RICORDI D'AMORE

(Hollywood Hearts, 3)

Jean C. Joachim

Romance contemporaneo

Moonlight Books

Dedica

Al Dott. Robert Ganz e alla signora Mary Walden, due degli insegnanti di inglese alla George Washington University, che mi hanno maggiormente incoraggiata e hanno incoraggiato il mio amore per la lettura e per la scrittura.

Ringraziamenti

Vorrei ringraziare le seguenti persone per il loro aiuto e il loro sostegno: Doug Hardin, sceriffo in pensione, per il suo aiuto con la ricerca sulle procedure di polizia, Larry Joachim, Tabitha Bower, la mia curatrice, Sandy Sullivan, Marilyn Lee e tutti i lettori che per cui vale la pena scrivere i miei libri.

Altri libri di Jean C. Joachim

BOTTOM OF THE NINTH (Edizione Italiana)
DAN ALEXANDER, PITCHER
MATT JACKSON, CATCHER
JAKE LAWRENCE, THIRD BASEMAN
NAT OWEN, FIRST BASE
BOBBY HERNANDEZ, SECOND BASE
SKIP QUINCY, SHORTSTOP

FIRST & TEN SERIES (Edizione Italiana)
GRIFF MONTGOMERY, QUARTERBACK
BUDDY CARRUTHERS, WIDE RECEIVER
PETE SEBASTIAN, COACH
DEVON DRAKE, CORNERBACK

HOLLYWOOD HEARTS SERIES
SE TI AMASSI
UN AMORE DA RED CARPET
RICORDI D'AMORE

NEW YORK NIGHTS NOVELS
LA LISTA DI MATRIMONIO

SHORT STORIES
DOLCE AMORE RIAFFIORATO

UN'HOUSESITTER PER NATALE

RICORDI D'AMORE
(Hollywood Hearts, 3)

Jean C. Joachim

Capitolo Uno

WASHINGTON D.C.

Grant Hollings era nudo davanti alla finestra dell'appartamento. Sono le tre del mattino, nessuno può vedermi. Appoggiò il suo corpo tonico e abbronzato al telaio della finestra. Le luci della città non lo distraevano dal dolore che gli colmava il cuore.

Non la vedrò mai più. Gli si formò un nodo alla gola, che lo soffocò e fece sgorgare le lacrime dai suoi occhi. Si scostò i capelli castano scuro dalla fronte, si grattò il petto, poi tornò a letto, distendosi dolcemente per non svegliare Carol Anne.

Lei si agitò leggermente nel sonno. Voltandosi su un fianco, il suo sguardo indugiò su di lei. Il suo volto era illuminato dal chiaro di luna, creando dei chiaroscuri che mettevano in evidenza i suoi lineamenti perfetti. Lui abbassò gli occhi sulla pelle chiara delle sue spalle, poi sempre più giù, fino al punto in cui il lenzuolo nascondeva il suo corpo da ulteriori sguardi. Lei è adorabile. Lei è mia. Per un altro giorno. Un sospiro gli sfuggì dalla gola mentre si avvicinava alla giovane donna, l'amore della sua vita.

Avvicinandosi a lui, lei mormorò qualcosa che non riuscì a capire. Grant la strinse a se, mettendo un braccio intorno al suo corpo nudo. Baciò i suoi capelli biondi e cercò di riaddormentarsi. Lui continuò a sonnecchiare finché il sole dell'autunno non fece capolino, risvegliandolo alle sei. Le sfumature rosse e arancioni dell'alba diedero inizio all'ultimo giorno in cui Carol Anne Brewster e Grant Hollings sarebbero stati insieme, prima che lei partisse per Los Angeles per recitare nel suo primo film.

Lui si voltò e scorse una mano lungo il suo fianco, così morbido e liscio. Lei si strinse a lui. Lui la avvolse con il suo corpo, accarezzandole il collo e tirando su la morbida coperta in pile per ripararsi dal freddo di quel mattino d'ottobre. Lei si voltò su un fianco e rimase immobile. Grant amava le coccole del mattino, prima che il mondo esterno si intromettesse tra di loro con impegni di lavoro, lezioni di recitazione e apparizioni in tribunale. Adesso c'erano solo Grant e Carol Anne.

Lui respirò profondamente, inalando il dolce profumo della sua pelle. Il suo aspetto, così straordinario per il pubblico, risvegliava le sue emozioni. La sua bellezza interiore e la vulnerabilità che lei rivelava soltanto a lui gli avevano catturato il cuore. Aver rinunciato ad altre donne per stare solo con lei era stato un grande cambiamento per Grant Hollings, avvincente avvocato di Washington ed ex rubacuori.

Posò la mano sul suo seno. Un contatto perfetto. Sorrise, ricordandosi la prima volta che l'aveva toccata e quanto fosse stato eccitante. Il suo corpo ebbe una reazione. Il desiderio cominciò a scorrergli nelle vene, ancor prima della sua prima tazza di caffè, mentre si avvicinava un po' al suo sedere.

"Mmm, sembra che qualcuno si sia svegliato presto", sussurrò lei, maliziosamente.

Lui si mise a ridere. "Non riesco a nasconderti niente, eh?"

"Non quando il tuo corpo è a diretto contatto col mio, G."

"Non c'è motivo di alzarci di fretta dal letto. Mi sono preso la giornata libera per accompagnarti all'aeroporto."

Lei si voltò a guardarlo. "E per fare l'amore con me un milione di volte prima che l'aereo parta?"

"Anche per questo." Lui spostò dolcemente le morbide ciocche di capelli biondi dal suo viso, accarezzandole la guancia con le dita.

"Non puoi nascondermi niente. Per me sei come un libro aperto, tesoro." Lei gli fece un ampio sorriso.

Lui le accarezzò le spalle, poi lasciò scivolare le mani sul suo petto, fino al sedere. Doveva ricordarsi ogni angolo, ogni sporgenza, ogni curva del suo corpo. I suoi occhi si inumidirono un po', ma lui cercò di nasconderlo con qualche battito di ciglia, senza successo.

"Questa non è la nostra ultima volta, Grant." Lei gli sfiorò il viso.

"Lo so." Lui fece un respiro profondo. È davvero così?

"Tu verrai a trovarmi. Io verrò a trovarti...ma verrai anche tu, vero?" Lei corrugò la fronte per la preoccupazione.

"Certo. È solo che questo caso in questo momento... ho avuto persino difficoltà a prendermi la giornata libera oggi."

"Ti amo, con tutta me stessa. Vorrei che tu venissi con me."

"Non hai bisogno di me. Starai bene."

"Sono spaventata."

"Questa è la tua grande occasione. Sarai fantastica, Cara Mia." Molto lontano da me.

"Fantastica? Come puoi dire così?" Lei si sollevò su un gomito.

"Ti ho vista recitare centinaia di volte. Sei fantastica." Lui la baciò. E tutta mia finché non salirai su quell'aereo.

"E se non fossi poi così fantastica? Questa è la mia unica occasione. E se non ce la facessi?" La sua voce si alzò di un'ottava.

"Non succederà. Sei pronta."

"Lo credi davvero?" Lei aggrottò la fronte.

"Certamente." Ma non sono pronto perché tu vada via.

"Ho scelto un nome d'arte." Lei alzò timidamente lo sguardo verso di lui.

"Quale?" Lui passò le dita tra i suoi lunghi capelli biondi.

"Cara. Cara Brewster, invece di Carol Anne."

"Ma questo è il mio nome per te."

"Sarà come averti con me. Ti dispiace?" Lei spalancò i suoi occhi blu.

"Non proprio." Odio che altre persone possano chiamarti così.

"Ti piace?"

"Mi piace molto."

"Non ho mai fatto nulla senza di te al mio fianco. Ho tanto bisogno di te, G." Lei si rannicchiò tra le sue braccia, nascondendo il viso sul suo petto robusto. Lei passò le mani tra i suoi capelli scuri.

Tenendola stretta a se, rimasero sdraiati, accarezzandosi a vicenda, per molto tempo. La passione stava crescendo dentro di lui, causando una reazione tra le sue gambe. "Starò sempre con te, ti amerò per sempre, Cara Mia," sussurrò lui. Torna da me.

"Anch'io. Anima e corpo."

Grant le accarezzò la guancia e le diede un bacio. Le sue mani sfiorarono la sua carne, concentrandosi sui suoi punti più sensibili, nel tentativo di accendere il suo fuoco. Lui ardeva dal desiderio e voleva che anche lei lo facesse. Dopo il loro anno insieme, conosceva bene il suo corpo e sapeva come stimolare il suo desiderio. Piccoli gemiti le sfuggirono dalla bocca. Lei si allungò, avvicinandosi al suo corpo, stringendogli una gamba intorno alla vita, mentre lui si metteva sopra di lei.

LE DOLCI E SINCERE promesse di restare insieme e amarsi per sempre furono messe alla prova durante il tragitto in taxi verso l'aeroporto. Grant era emotivamente distrutto, man mano che la sua partenza diventava sempre più reale. La rabbia gli invase il cuore.

"Siamo onesti, Carol Anne. Non tornerai mai più."

Lei ebbe un sussulto e si voltò verso di lui. "Come puoi dire così?"

"Perché è la verità." Lui le afferrò le braccia, tenendola ferma. "Sinceramente, puoi negarlo?"

"Stai facendo un sacco di congetture. Come se tu già sapessi che avrò successo. Un grande salto...basato sul nulla."

"E, se non avrai successo con il primo film, hai intenzione di rimanere per un altro o di tornare a casa da me? Eh? Rimarrai e continuerai a provare, giusto? Non sei il tipo che rinuncia."

"Non lo sono, ma questo non significa che..."

"Non significa cosa? Non significa che mi stai lasciando? Forza. Sii sincera."

Carol Anne scoppiò in lacrime. "Ti amo. Non voglio lasciarti, Grant. Tu mi stai lasciando?"

"Io non vado da nessuna parte."

"Sempre l'avvocato che viene fuori. Stai rompendo con me?"

"Non posso. Non lo farei mai. Ti amo troppo," sussurrò lui.

"E allora di che stai parlando?"

"Sto parlando della realtà. Saremo a cinquemila chilometri di distanza, Cara Mia. Questo va ben oltre la distanza geografica. È praticamente...impossibile."

Lei si gettò tra le sue braccia, singhiozzando sul suo petto. "Per favore, non rompere con me. Ritornerò. Vedrai."

"Non vorrei mai rompere con te, tesoro," disse lui, accarezzandole i capelli. "Ma non posso nemmeno chiederti di restarmi fedele."

"Se io frequenterò altre persone, lo farai anche tu?" Lei sollevò il viso, pieno di lacrime.

"È giusto così."

"Quindi vuoi frequentare altre donne... andare a letto con altre donne?" disse lei, con un tono di voce geloso, mentre si allontanava da lui, avvicinandosi allo sportello.

"Non voglio. Se potessi mollare tutto e andarmene, verrei con te. Ma non posso dirti che, se starai lontana da qui per mesi, non andrò con altre donne."

"Suppongo che sia troppo chiederti di farlo." Lei sospirò, con gli occhi lucidi.

"Lo stesso vale per te. Mi uccide pensare a te insieme ad altri uomini."

"Ok. Dopotutto, eri un playboy quando ci siamo conosciuti. Va a letto con chiunque tu voglia. Ma non osare innamorarti di nessun'altra." Lei prese un fazzoletto dalla borsa e si asciugò il viso.

Lui sorrise. "Non posso prometterlo...non ha senso. E nemmeno tu puoi farlo."

"Sì, io posso. Vedrai." disse lei, sporgendo il labbro inferiore in segno di sfida.

Lui si asciugò un'ultima lacrima con il pollice. "Ti amo, anima e corpo, Cara Mia."

Con riluttanza, accettarono di uscire con altri. Grant chiuse la sua mente al pensiero di lei con altri uomini, incapace di accettare quella possibilità senza essere sopraffatto dalla frustrazione e dalla possessività. Ciò che voleva era lei, per tutto il tempo, per sempre e alle sue condizioni. Ma non poteva andare così.

All'aeroporto, Grant la accompagnò al controllo di sicurezza. Si abbracciarono, procedendo lentamente, come se si stessero avviando verso la camera a gas. Qualcosa dentro di lui stava morendo e lui si sforzava di evitare di cadere a pezzi.

Si abbracciarono, si baciarono e si tennero per mano finché lei non dovette allontanarsi. Mentre la osservava avanzare lentamente verso il gate, un forte dolore nel petto gli tolse il respiro. Lei si voltò e camminò all'indietro, mantenendo il contatto visivo con lui il più a lungo possibile. Le persone in fila dietro di lui sussurravano, alcune a voce abbastanza alta perché lui potesse sentirle: "Anch'io vorrei tanto avere qualcuno che provi questo per me."

Quando non la vide più, il dolore iniziò ad attraversargli il corpo, dalla testa ai piedi. Riusciva a malapena a parlare e le lacrime gli facevano bruciare gli occhi. Chiamando un taxi, se ne andò via velocemente. Dentro la macchina, vedendo il taxi allontanarsi, mettendo chilometri e chilometri tra lui e Carol Anne, scoppiò in singhiozzi.

L'autista gli porse una scatola di fazzolettini. "Non ne vale la pena, amico."

"Per lei ne vale la pena," borbottò lui, asciugandosi gli occhi.

Separarsi da lei aveva un gusto dolceamaro. Il prezzo da pagare per un amore così totale era quello di imparare a lasciarlo andare. Essendo un prezzo troppo alto da pagare per Grant, lui programmò di allontanarla dal suo cuore. Ma riuscì solo a portarla dentro di se. Lui andò avanti con la sua vita come meglio poté. L'unico modo per riaverla è lasciarla andare. Spero che sia vero.

Grant rimase nel suo appartamento per alcuni giorni, ad ascoltare canzoni tristi, sentendo la mancanza di Carol Anne. Parlavano tutte le sere, ma non era abbastanza. Le telefonate iniziarono a diminuire, prima ogni due sere, poi una volta alla settimana. Fino a interrompersi del tutto.

Durante quel periodo, lui si consolò con una sfilza di donne adatte a lui. Una segretaria della sua ditta lo prese sotto la sua ala. Lei cucinava per lui, cercava di tirarlo su di morale e andava a letto con lui. Le sue attenzioni non compensavano il suo vuoto interiore, ma lui teneva questo per se.

La sua tristezza si trasformò lentamente in rabbia. Glielo dimostrerò, troverò qualcun'altra. E, casualmente, la trovò.

SETTE ANNI DOPO, A Washington D.C.

Grant Hollings e sua moglie, Evelyn, erano seduti sulle sedie pieghevoli della presidenza della Capitol Day School. Erano seduti davanti alla preside. Evelyn si sporse per sussurrare qualcosa a suo marito. "Che cosa ha fatto Sarah per essere convocati qui?"

Grant alzò le spalle e si portò un dito alle labbra, mentre la preside, la signora Craig, entrava nella stanza e si sedeva. Altri due uomini, che non aveva mai visto prima, entrarono nella stanza e si fermarono dietro di lei.

"Prima di tutto, lasciate che vi rassicuri, Sarah non ha fatto nulla di sbagliato. Ma c'è una situazione molto seria della quale dobbiamo discutere." Dopo un momento di silenzio, lei proseguì. "I nostri insegnanti hanno visto un uomo che scattava delle foto a Sarah. Durante la ricreazione, l'hanno visto, in più di un'occasione, dall'altra parte della strada. Cercava di nascondersi dietro un albero. Preoccupati per la sicurezza, sia di Sarah che della scuola, abbiamo chiamato la polizia."

La signora Craig bevve un sorso d'acqua prima di continuare: "Questi due detective del quinto distretto sono qui per consigliarvi. Spero che ascoltiate ciò che hanno da dire."

"Sono Bill Parsons. Il mio partner, Dave Shoemaker. Da quando la signora Craig ci ha chiamati, abbiamo perlustrato la zona a diversi orari durante la giornata. Abbiamo visto il colpevole in una sola occasione, ma è sparito prima che potessimo interrogarlo."

"Stava scattando foto a tutti i bambini o soltanto a Sarah?" domandò Grant.

"All'inizio pensavamo che fotografasse tutti i bambini, ma poi abbiamo notato che seguiva Sarah. Abbiamo persino provato a farla rientrare, in modo casuale, durante la ricreazione. Ma poi quell'uomo è stato riavvistato durante l'orario di uscita." La signora Craig incrociò le mani sulla sua scrivania.

Grant si rivolse a Evelyn. "Hai mai visto questo tipo venendo a prendere Sarah?" Evelyn scosse la testa.

"Il punto è, signor Hollings," continuò il detective Parsons, "che quest'uomo tiene sotto controllo vostra figlia. Crediamo che abbia qualche orribile piano in mente. Siamo preoccupati per la sua sicurezza.

Sfortunatamente, non abbiamo abbastanza personale per proteggerla giorno e notte. "

"Credete davvero che questa sia una minaccia per Sarah?" chiese Evelyn, appoggiando la schiena sulla sua sedia e incrociando le gambe.

"Sì, signora, lo crediamo." rispose il detective Shoemaker. Entrambi gli ufficiali avevano un'espressione seria sul volto. Non sembravano spaventati, ma non sembravano nemmeno tranquilli.

"Voi che cosa ci consigliate?" domandò Grant, con la fronte aggrottata per la preoccupazione.

"La cosa più sicura da fare sarebbe lasciare la città. Andate via. Prendete vostra figlia e andatevene."

Il silenzio cadde nella stanza.

"È una soluzione piuttosto estrema," mormorò Evelyn, sporgendosi in avanti.

"Sì, signora, lo è. Se si trattasse di mia figlia, la porterei via da qui in un batter d'occhio," disse il detective Shoemaker.

"Ma se le scatta solo delle foto...quanto può essere pericoloso?" chiese Evelyn.

"Questi luridi vermi scattano foto ai bambini e le vendono ai pedofili, che poi rapiscono i bambini. Li tengono in ostaggio per anni per - che Dio mi perdoni - fare delle cose alle quali non voglio nemmeno pensare." Il detective Parsons aggrottò la fronte.

Grant fu colto dal panico. Non riusciva a respirare. "Sarah!"

"Ho visto sua figlia, signor Hollings, e lei è esattamente il tipo di bambina che interessa a questi rifiuti della società."

"Mi dispiace tanto doverle comunicare questa notizia, Grant. Faremo tutto il possibile per aiutarvi a trovare una buona scuola per Sarah, ovunque voi andiate." La signora Craig si alzò in piedi.

"Se doveste scoprire qualcosa su questo tizio o se aveste bisogno di aiuto, vi prego di chiamarmi." Il detective Parsons gli porse un biglietto da visita. Il detective Shoemaker fece lo stesso.

"Grazie. Grazie per il vostro interesse. Signora Craig, mi terrò in contatto." Grant si alzò in piedi.

Lui ed Evelyn percorsero il corridoio verso la porta principale insieme ai due detective.

"Ehi, vorrei poter tenere tutti i bambini al sicuro, ma è impossibile. Il numero di vermi e farabutti sembra aumentare ogni anno," disse il detective Shoemaker.

Grant accennò un sorriso al poliziotto. "Il mio studio legale ha una filiale a New York. Potremmo andare lì. Chiederò il trasferimento oggi stesso."

"È il posto perfetto dove andare. Sarà molto difficile trovarvi lì," intervenne il detective Parsons.

Grant annuì, con un'espressione cupa, mentre stringeva la mano a quei due uomini e li ringraziava. All'uscita, si separarono.

"Credo che non dovremmo reagire in modo eccessivo, Grant." Evelyn si voltò a guardarlo.

"Sei matta? La polizia ci ha appena detto di lasciare la città. Ho intenzione di parlare immediatamente con Sam Smithers per chiedere il trasferimento." Lui aumentò il passo, mentre si dirigeva verso la sua auto.

"Ma, Grant." Evelyn gli mise la mano sull'avambraccio.

"Non si discute. Caso chiuso. Andremo via. Va tu a prendere Sarah a scuola, Evelyn. Niente babysitter."

Lei si morse il labbro e annuì.

"Non sei preoccupata per la sicurezza di nostra figlia?"

"Certo, è solo che è un tale disagio... Non sono il tipo di persona che... beh, non sono spontanea. Non mi piace il cambiamento."

La sua espressione si addolcì. "Lo so, Evie. È molto da chiedere. Ma dobbiamo tenere Sarah al sicuro. Lo capisci, vero?" Le prese la mano mentre camminavano insieme.

"Se ottengo il via libera per New York, Sarah e io ci trasferiremo per primi. Mia sorella Jane verrà insieme a noi. Lei può aiutarci a sistemarci in un appartamento, a trovare una scuola... tutte le cose che tu odi fare. Tu potrai restare qui il tempo necessario per raccogliere le tue cose e salutare i tuoi amici. Così dovrai portare con te solo una piccola borsa. Assumerò anche dei traslocatori per impacchettare tutto. Ti va bene?"

"Immagino che dovrò farmelo andar bene," borbottò lei. Grant mise in moto l'auto e si fece strada nell'intenso traffico di Washington. La mano gli tremava leggermente. Era preoccupato, non concentrato sulla guida o sugli altri veicoli. Sarah! La mia vita sarebbe finita se ti succedesse qualcosa. E come potrei affrontare Carol Anne? Le ho promesso che ti avrei tenuta al sicuro.

SUL METROLINER DA WASHINGTON a New York, a metà settembre

Grant si svegliò, sentendo una mano che gli scuoteva delicatamente la spalla. Sbuffò, si strofinò gli occhi e poi si guardò intorno.

"Tutto bene?"

Lui annuì, guardando fuori dal finestrino.

"L'hai sognata di nuovo?" Sua sorella, Jane, aveva un modo fastidioso di concentrarsi solo su ciò che gli passava in mente, sia che lui lo volesse o meno. Aveva solo due anni meno di lui, i suoi stessi capelli scuri e il suo stesso cervello acuto. Nonostante avessero litigato come cane e gatto quando erano bambini, da adulti erano diventati molto uniti. Ancor di più dopo la morte dei loro genitori.

Grant non rispose. Non ne aveva bisogno. Jane lo sapeva perché ne avevano parlato. Discusso, per essere più precisi. Lui si ricordò che la lite più accesa era avvenuta mentre passeggiavano vicino al Lincoln Memorial, sette anni prima.

"Lei ti ha lasciato. Smettila di pensare a lei!" gli aveva urlato Jane.

"Tu riesci a controllare il tuo cuore? Io no. Ci ho provato e non serve a niente." Lui si mise le mani nelle tasche dei pantaloni.

"Allora provaci di più! Questa storia ti sta distruggendo. Hai perso peso."

"E quando tu eri innamorata di Jason Sumner, non era la stessa cosa?"

"Andavo al liceo, Grant."

"E allora? Hai sofferto per lui per due anni." aveva detto lui, lasciandosi cadere sull'erba.

Lei l'aveva raggiunto. "Davvero? Beh, sono rinsavita. Da allora non sono più stata in quel modo."

"Non hai nemmeno più amato nessuno in quel modo, da allora." La voce di Grant si era addolcita.

"E non ne sento la mancanza. La sofferenza, il dramma..."

"L'amore. L'affetto."

Mi dispiace, Grant. A me manca. Anch'io le volevo bene. Carol Anne era...è...incredibile. Ma è andata via, fratellone, e tu devi andare avanti con la tua vita." Gli mise una mano sul braccio e lo fissò negli occhi.

"Lo sto facendo, Jane. Sto per sposarmi." Lui indugiò con lo sguardo su un dente di leone, che spuntava con orgoglio tra i fili d'erba.

"Per tutte le ragioni sbagliate."

"Forse. Ma mio figlio non crescerà senza un padre." Lui prese un ramoscello e lo spezzò in due.

"Ah, Grant. Sei sempre così responsabile." sospirò lei.

"Sai che non posso lasciare Evelyn."

"Lo so. Vorrei solo... Che differenza fa ciò che desidero? Andiamo." Lei si alzò. "Andiamo a mangiare. Sto morendo di fame."

Jane sapeva quanto lui amasse ancora Cara Brewster, pur non avendola più vista da cinque anni. Guardò Sarah, la sua adorabile figlia di sette anni - sua e di Cara - distesa sul sedile di fronte, con i tappi per le orecchie e il naso nascosto da un libro, mentre leggeva arrotolandosi tra le dita i capelli biondi.

"Hai fame?" Jane gli offrì mezzo sandwich al tonno. Lui scosse la testa e guardò fuori dal finestrino. Pioveva leggermente, ricoprendo le case a schiera e i prati con una specie di foschia grigia. Lui osservò le gocce di pioggia scorrere sul finestrino, mentre il treno prendeva velocità. La pioggia rispecchiava perfettamente il suo umore.

"Stiamo lasciando Washington. Lei non saprà dove siamo" sussurrò a Jane.

"Ha avuto cinque anni per contattarti, Grant. Se non l'ha fatto finora...beh, sai cosa penso," Jane tirò su col naso, scartando il suo sandwich.

"Deve esserci un motivo. Deve esserci. Ho provato a contattarla un paio di volte, ma lei era sempre sul set. Mai a casa... " La sua voce si affievolì. Quel dolore, così familiare nel suo cuore, riaffiorò, come succedeva sempre quando parlava di Cara o pensava a lei. Si chiese se sua moglie, Evelyn, lo sapesse. Aveva cercato di nascondere i suoi sentimenti come meglio poteva. Non parlava mai di Cara, ma il suo cuore apparteneva a lei, in ogni caso.

Aveva deciso di sposare Evelyn quando era lei rimasta incinta, per dovere, non per amore. Dopo il suo aborto, aveva pensato di andarsene - non perché volesse ferirla, ma perché si era semplicemente reso conto di non poter amare un'altra donna al di fuori di Cara.

Alla fine, era rimasto, sperando di dare a Evelyn e a Sarah una casa stabile. Era il minimo che potesse fare per la donna che aveva accettato di accogliere una figlia illegittima, la figlia di Cara - quella di cui era venuto a sapere solo dopo aver già sposato Evelyn.

Si era infuriato e offeso che Cara non l'avesse chiamato per dirgli di essere incinta. Quando l'aveva chiamato, due anni dopo, lei stava terribilmente male. Sua madre era morta improvvisamente in un incidente automobilistico e sua sorella minore, Grace, era al college. Cara era tutta sola, e lottava per prendersi cura di una bambina piccola.

Il movimento del treno lo calmò, facendolo appisolare. Chiuse gli occhi, cercando di sonnecchiare un po', ma le immagini di Cara lo perseguitavano. Si rivolse a sua sorella "Quindi, tu ed Evelyn dove avete deciso che andremo a vivere?"

"L'ho deciso io. Evelyn non voleva essere infastidita da dettaglio come la scelta di un buon quartiere o di un bel palazzo. Così, ho scelto lo Stanford, nell'Upper West Side. Va molto di moda adesso, è anche un po' fuori dal comune, e ci sono un sacco di grandi appartamenti."

"Immagino che ci sia spazio per te, quando verrai a trovarci per un po', vero?"

"Posso farlo, se lo desideri." Jane mangiò l'ultimo pezzo del suo sandwich e aprì la sua acqua vitaminica.

"Voglio che anche tu abbia una vita, Jane. Non è necessario che tu venga. Ci penserà Evelyn a prendersi cura di Sarah."

"Ne sei sicuro?"

Lui si raddrizzò sul sedile. "Che intendi dire?"

"So che sta portando a termine le sue cose a Washington, ma dovrebbe essere qui con te, no?"

"Non siamo attaccati con la colla. Non mi dispiace se vuole restare un po' lì per salutare i suoi amici."

Jane scrollò le spalle e bevve un altro sorso della sua bevanda. Mentre Grant guardava sua figlia, un sorriso spuntò sul suo viso. Era l'immagine sputata di sua madre.

"Mi ricorda Cara - ha la sua grazia e la sua bellezza," sussurrò a sua sorella. Aveva visto Cara di tanto in tanto nei suoi film e non se ne era perso nemmeno uno. Che ironia dover diventare un suo fan! Il suo fan numero uno.

Jane gli lanciò un'occhiataccia. Lo faceva sempre quando parlava affettuosamente di Cara.

"Tu le piacevi prima," le disse Grant.

"Prima è la parola chiave," brontolò lei.

"Non sono ancora pronto a condannarla...senza un processo. Davvero. Ci deve essere qualcosa che non sappiamo. Sto cercando di darle il beneficio del dubbio e il tuo atteggiamento non mi aiuta."

"A me piacerebbe darle il beneficio del mio pugno. Ti ha piantato in asso, spezzandoti il cuore. Nemmeno una telefonata?"

"È stata impegnata a fare dodici film. Non le restava molto tempo per chiacchierare."

"Nemmeno cinque minuti liberi? Pfft." Jane agitò la mano.

"Aveva l'epatite quando ci ha affidato Sarah. Stava troppo male per prendersi cura di lei." disse lui, mantenendo la voce bassa.

"Fino a quel momento, non ti aveva nemmeno parlato della bambina - finché non è stata costretta a farlo", sussurrò Jane.

"Non pensare che mi piaccia il fatto di non averla mai sentita - e che anche Sarah non l'abbia mai sentita. Continuo a cercare di capire perché. Non è da lei, non è affatto da lei." Lui scosse la testa e Sarah alzò gli occhi, con uno sguardo inquisitorio. Lui la salutò con la mano e lei tornò a leggere il suo libro. "E ora, Cara non può...non può trovarci..."

"Ricorda, abbiamo dovuto venire qui, per la sicurezza di Sarah. Non è stata una scelta."

"Come facciamo a sapere che il pervertito che scattava le foto a Sarah non ci seguirà anche qui?" Grant prese una bottiglia di acqua vitaminica e la aprì.

"Abbiamo coperto le nostre tracce. La polizia ha detto che probabilmente si arrenderà e cercherà qualche altro bambino da perseguitare. Mi dà i brividi", disse lei, tremando.

Lui tornò a osservare il panorama che sfrecciava davanti al suo finestrino. La bellezza del fogliame e il fascino delle case sfuggivano alla sua attenzione, essendo concentrato sui cambiamenti che stavano avvenendo nella sua vita.

"Ci divertiremo a New York." Jane gli mise un sandwich in mano.

"Evelyn non è molto entusiasta." Lui scartò il suo sandwich, improvvisamente affamato.

Jane sorseggiò la sua acqua vitaminica. "Lei si lamenta fin dal primo giorno."

"Si abituerà." Lui diede un morso al suo sandwich. O, forse, mi lascerà. Amen.

"Me lo auguro." Lei si appoggiò allo schienale e chiuse gli occhi. "Ancora un'ora e saremo arrivati. Ho bisogno di sonnecchiare un po'."

Sarah alzò per un attimo lo sguardo dal suo libro, facendo un sorriso smagliante a suo padre. Lui si sporse, le diede metà del suo sandwich, le prese il mento in mano e le diede un bacio sulla guancia. Lei è la luce della mia vita. Rimasero in silenzio per il resto del viaggio, ciascuno immerso nel proprio piccolo mondo.

Capitolo Due

Beverly Hills, California

Cara Brewster camminava nel cortile della sua spaziosa casa in stile spagnolo sulla Benedict Canyon Drive. La villa da sei milioni di dollari avrebbe dovuto ospitare sua madre e sua sorella, oltre a lei stessa. Ma sua madre era morta per le ferite riportate in un incidente automobilistico, cinque anni prima. Grace Brewster viveva in quella casa grazie alla generosità di sua sorella. Sebbene Cara avesse cinque anni più di lei, erano molto vicine. Nel mondo del cinema, i veri amici erano difficili da trovare, quindi Cara si riteneva fortunata ad avere Grace.

Essendo alta appena un metro e sessanta, Cara aveva un fisico da urlo, con tutte le curve nei punti giusti. Per un recente ruolo cinematografico, aveva dovuto tagliare i suoi lunghi capelli biondi, fluenti e iridescenti all'altezza delle spalle. Il suo corpo era a malapena contenuto da un bikini celeste, che si intonava al colore dei suoi occhi. Una camicia bianca e trasparente, che arrivava solo a coprirle la schiena, proteggeva la sua pelle chiara dal forte sole della California.

Il rumore dei suoi bei sandali color lavanda sulle piastrelle spagnole annunciò il suo arrivo. Skip Bedloe - il suo bellissimo agente alto, biondo e gay - si sedette su una sedia, sorseggiando del vino bianco ghiacciato.

"Se continui così, resteranno i segni del tuo passaggio su questo bellissimo pavimento, Cara. Fermati."

"Vuoi che io lasci Los Angeles? Grant non saprà come trovarmi." Lei prese un paio di carote da un vassoio sul tavolo di fronte a lui e si mise a sgranocchiarle distrattamente.

"Davvero?" Lui la guardò, aggrottando la fronte. "Forse lui è venuto a bussare alla tua porta per parlarti negli ultimi cinque anni? Non mi pare!"

"Non ricordarmelo. E se succedesse qualcosa a Sarah? Non saprà come contattarmi..." Lei si mordicchiò il labbro.

"Mi assicurerò che tu sia su tutti i giornali, tesoro. Ti troveranno. Inoltre, non succederà nulla a Sarah. È sposato da anni, Cara, e non ti sta esattamente cercando per il mondo in lungo e in largo. Devi dimenticartelo."

Cara si fermò vicino al cancello posteriore e guardò verso le colline, ricordandosi quel giorno di sette anni prima, quando lei lo aveva chiamato per dirgli di essere incinta. Corrugò la fronte mentre quel ricordo balenava nella sua mente.

Un misto di eccitazione e paura le scorse nelle vene. Incapace di stare ferma, continuava a camminare nel suo minuscolo appartamento, in una zona problematica di Los Angeles. "Sono incinta, Grant, di tua figlia. No, vediamo, sai una cosa, Grant? Sono incinta. No.' Lei aveva scosso la testa. Lui ne sarebbe stato felice? O si sarebbe arrabbiato? Nonostante questo avesse modificato tutti i suoi piani, Carol Anne era felice. Le mancava Grant e, in qualche modo, questa gravidanza inaspettata la faceva sentire più vicina a lui, ma aveva rimandato di chiamarlo, avendo paura di ciò che lui avrebbe potuto dirle. Le avrebbe chiesto di tornare a Washington per sposarlo? Le avrebbe chiesto di liberarsi della bambina? No, mai. Tuttavia, una figlia non programmata avrebbe modificato la vita di entrambi. Così, aveva continuato a mangiucchiarsi le unghie, a fare lunghe passeggiate e a rimandare di dirglielo. Ora, stava per entrare nel quarto mese e doveva farsi coraggio e affrontarlo - almeno al telefono.

Carol Anne si era seduta, cercando di mantenere la calma, pronta a chiamarlo. 'Che cosa gli dirò? Devo dirglielo e basta. Sono incinta, Grant. Sì. Di tua figlia. Mi crederà? Potrà farsi i conti. Sarò diretta. Basta stronzate. Questo è il modo migliore.' Lei aveva fatto diversi respiri profondi. 'Vorrà sposarmi? E io voglio sposarlo?' Naturalmente! Dolci pensieri di Grant le danzavano in mente mentre componeva il suo numero.

Le tremavano le mani mentre squillava il telefono. Ora la sua paura era diventata reale. Per un attimo, era riuscita a malapena a respirare. Poi, era accaduto qualcosa di inaspettato. Le aveva risposto una donna.

"Pronto?" aveva detto Carol Anne, con la voce tremante.

"Chi parla?"

"C'è Grant?" Sembrava che la sua fiducia in se stessa fosse sparita all'improvviso.

"Chi è lei?" La persona dall'altra parte del telefono era femminile ma burbera.

"Un'...amica."

"Io sono la moglie di Grant. Forse posso aiutarla?"

Moglie? Cara si poso la mano sul petto quando sentì quelle parole. La tensione che sentiva nel petto le tolse il fiato.

"Pronto?" La donna pretendeva una risposta.

Carol Anne si bloccò al suo posto, facendo fatica a respirare.

"Pronto? Se questo è una specie di scherzo...vada al diavolo!" Dopo quelle parole arrabbiate, cadde la linea.

Le dita di Carol Anne diventarono dei ghiaccioli mentre stringeva il telefono. Sposato? Grant è sposato? Sono passati solo pochi mesi da quando me ne sono andata.

In piedi vicino al cancello, a Cara bruciavano gli occhi per le lacrime non versate. Tutti i sentimenti che aveva provato in quel momento - shock, tradimento, rabbia, abbandono e confusione - le attraversarono di nuovo il corpo. Aveva il petto contratto, gli occhi umidi e le ginocchia deboli. Trovò rapidamente una sedia a sdraio e vi si gettò, perché i suoi arti non riuscivano a leggerla.

"Cara? Cara?" Gracie tirò la manica di sua sorella. Cara alzò lo sguardo.

Grace spostò il peso da un piede all'altro, tenendo in mano un mucchio di fogli. "Ascolta questa battuta!"

"Non ora!" disse Cara, irritata. "Sto pensando! Devo prendere una decisione su questa commedia."

"Anche la mia vita è importante. Lavoro a questa sceneggiatura da tre mesi e finalmente sta prendendo forma."

"Mi dispiace, Gracie. So che ti sei impegnata molto. Non vedo l'ora di leggere la tua commedia, ma non riesco a concentrarmi oggi."

"La leggerà sull'aereo per New York, Grace," intervenne Skip.

"Qual è il problema? Fa questa maledetta commedia. Broadway non è forse il sogno di ogni attore?" Grace si adagiò su una sedia a sdraio, mettendo il broncio. Skip si alzò e si tolse la camicia. Poi, si tirò su i pantaloncini e si diresse verso la piscina.

"Lei ha ragione." disse Skip, prima di immergersi.

"Come se tu non guadagnassi niente, Skip!" Quando lui riaffiorò con la testa, Cara socchiuse gli occhi e gli lanciò un'occhiataccia.

"Ok. Giusto. Le commissioni. Capisco. Ma hai un'occasione di recitare con Quinn Roberts. È così figo!" Skip alzò gli occhi al cielo.

Cara scoppiò a ridere. "Sei davvero prevedibile!" Grace ridacchiò insieme a sua sorella.

"Continuate. Prendetemi in giro. Comunque me lo farei senza pensarci troppo."

"Sua moglie potrebbe avere qualcosa da ridire a riguardo!" Entrambe le ragazze erano piegate in due dalle risate.

"Continuate pure, se vi divertite così. Siete proprio due cattivone!" Lui si sollevò sul bordo della piscina e balzò fuori, fingendo di mettere il broncio. Grace gli lanciò un asciugamano. Afferrandolo con una mano, lui se lo avvolse attorno alla vita prima di tornare al suo posto.

"Mi dispiace, Skip. So che hai una cotta per lui, ma è fuori dalla tua portata, tesoro. " Cara gli mise la mano sull'avambraccio, cercando di trattenere le risate.

"Potresti almeno accettare di fare lo spettacolo, dopo avermi preso in giro così spudoratamente."

"Hai intenzione di venire con me?"

"Vuoi che lo faccia?" Lui le lanciò un'occhiata inquisitoria, mentre si passava le dita tra i folti capelli biondi.

"Ovviamente. Adoro viaggiare con te."

"Siamo compatibili, no? Certo, tu hai anche il tuo ragazzo, e nessuno lo sa." Lui sorrise.

"Dovrò dire addio a Shane, vero?" Lei si mordicchiò un'unghia.

"Tu riesci sempre a sostituirli," intervenne Grace.

"Perché non lo cedi a Grace?" sorrise Skip.

"Un regalo? Non saprei dove mettere il fiocco!" ridacchiò Cara.

"Io lo farei," disse Skip, con una risatina.

Entrambe le ragazze scoppiarono a ridere. Skip finì il suo drink. "Per favore, Cara. Voglio andare a New York."

"Va bene. Mi hai convinta. Mi piacerebbe andare a Broadway, ma mi fa anche un po' paura."

"Hai già recitato prima, vero?"

Lei smise di sorridere mentre le vecchie parole di Grant le tornavano in mente. Questa è la tua grande occasione. Sarai fantastica, Cara Mia. "Ti ho vista recitare centinaia di volte. Sei stupenda.

"Solo a Washington." Guardò le palme e le colline, che risplendevano sotto il sole.

"Washington, Broadway...nessun problema."

Cara distolse lo sguardo dal panorama e si voltò verso Skip. "Ci sto. Quando partiamo?"

"La sceneggiatura è completa. Le prove iniziano...mmm, vediamo," disse lui, consultando il suo telefono, "tra due settimane. Sarai pronta per la prossima settimana?"

"Ovviamente. Grace, dammi la tua commedia. La leggerò in aereo."

"Probabilmente passerai cinque giorni a dire addio a Shane, in camera da letto", borbottò Skip.

"Sei geloso?" Lei lo guardò, inarcando un sopracciglio.

"E se lo fossi?"

"Peggio per te. Trovati anche un tu un ragazzo di ventitré anni che vuole recitare," ridacchiò lei.

"Vorrei poterlo fare, tesoro. Vorrei poterlo fare." Lui fece un sospiro.

"Gracie, tesoro, resterai qui per tenere d'occhio la casa, vero?"

"Certo, sorellina. Dove dovrei andare?"

"E niente feste selvagge." Cara fece l'occhiolino a sua sorella.

"Qualcuno dovrà pur restare a consolare Shane." Grace lasciò la stanza, ridendo.

"È tutto tuo," le urlò Cara. "A che cosa servono le sorelle maggiori?" Lei sorrise a Skip.

Lui fissò Cara. "Questo ti fa commuovere, non è vero?"

"Forse un po'."

"C'è qualche aspetto della tua vita che quell'uomo non abbia rovinato?"

"Non è così." Lei sprofondò su un amorino di vimini, davanti alla limpida piscina turchese.

Skip si allontanò da lei, distendendosi e chiudendo gli occhi. Il rumore degli insetti e l'occasionale cinguettio di un uccello potevano essere uditi, nel silenzio che li avvolgeva. Alla fine, lui si alzò e le si avvicinò. Abbassandosi sul cuscino, le mise un braccio intorno alle spalle.

"Forse è ora di smetterla di aspettare che Grant ti chiami," sussurrò lui. "È sposato, tesoro."

"E come faccio a dimenticarlo? Tuttavia, non significa che non possiamo parlare al telefono. Non è così? Non potrà dirmi come sta Sarah?"

"Lascia perdere. Ti stai torturando." Lui le diede un bacio tra i capelli.

"Non posso. Lei è mia figlia... " Cara si strinse a lui, nascondendosi il viso sul suo collo.

"Lo so, lo so. Lascia perdere. Lui l'ha fatto." Lui le accarezzò la schiena. I suoi occhi si riempirono di lacrime. Skip tirò fuori un fazzoletto e le asciugò le guance. "Cosa faresti senza di me?"

"Non lo so." Lei riuscì a fargli un piccolo sorriso.

Se la avvicinò al petto e la strinse a sé. "Se avessi una bacchetta magica..."

"Renderesti tutto migliore," concluse lei. "Sarà meglio che io inizi a fare i bagagli. Potrebbe fare freddo a New York."

"Sbaglio o sento profumo di shopping?"

"Vuoi venire?"

"Solo un finocchio accetterebbe di farlo."

Lei si mise le mani sui fianchi. "Quando uscirai allo scoperto?"

"Quando il resto del mondo non avrà più pregiudizi e mia madre non sarà più in vita."

"Certo che noi due siamo proprio una bella coppia!" disse lei, scuotendo la testa. Cara si alzò in piedi e gli diede un bacio sulla guancia. "Grazie di essere il mio migliore amico."

"Sempre avanti, Lady Cara! Conquisteremo Broadway."

"Vado a fare i bagagli. Non esagerare con il buonumore, Skip." Lei gli fece un sorriso beffardo.

"Risparmiati lo shopping per New York. Bergdorf Goodman, stiamo arrivando. Ti porterò in tutti i negozi migliori...Henri Bendel, Bloomies...ci divertiremo un mondo."

Cara si ritirò nella sua lussuosa camera da letto. Arieggiata, con i suoi rilassanti colori nei toni del deserto e il suo letto king-size, la stanza era stata decorata specificamente per renderla un ambiente rilassante. Un tenue pavimento in piastrelle di ceramica sui toni della terra, le pareti color crema e un copriletto color arancione bruciato. Aprì il suo immenso armadio e tirò giù una grossa valigia.

Mentre sceglieva la lingerie da un cassetto per il viaggio, le squillò il cellulare. "Salve, sono Happy Murphy."

"Salve, Happy. Ha delle foto nuove?" Cara si appoggiò il telefono sulla spalla.

"Sì. Saranno le ultime, signorina Brewster."

"Le ultime? Perché?" Cara si lasciò cadere sul materasso.

"Lei è sparita."

"Sparita?" Cara si alzò in piedi.

"Sì. Non riesco a trovarla da nessuna parte. Non va a scuola da una settimana."

"Ha provato a casa?"

"Non è nemmeno lì. La moglie è in casa, ma nessuna traccia della ragazza."

"Eh? Assurdo."

"Posso mandarle quello che ho. Va bene?"

"Certo, certo." Lei riattaccò.

Distratta, Cara si sedette di nuovo sul letto. Cadde all'indietro e si mise a fissare il soffitto. Dove diavolo sono andati? Cosa è successo a Sarah? Il cuore le batteva rapidamente. Le lacrime le fecero bruciare gli occhi. "Oh, piccola mia. Per favore, fa che stia bene."

Qualcuno bussò forte alla porta, poi Skip irruppe nella stanza. "Sapevo che non ti avrei trovata nuda...non che il corpo femminile mi sia indifferente...ma che cosa..."

Cara giaceva prona, con il braccio sugli occhi mentre le tremavano le spalle.

Lui si precipitò verso di lei e la sollevò. "Cosa c'è che non va, tesoro?"

"Lei è sparita." Cara si gettò fiaccamente sul suo petto.

"Chi?" Le accarezzò i capelli.

"Sarah. La mia bambina, Sarah. Se n'è andata, e non ho idea di dove o perché."

"Quel bastardo."

WASHINGTON D.C.

In un ufficio rivestito di plastica economica, simile al legno, sepolto nella zona sud-est di Washington DC, Happy Murphy, investigatore privato, lanciò una dozzina di foto di Sarah Hollings sulla sua scrivania. Condivideva il suo piccolo ufficio con Raco Miner, che si occupava principalmente di divorzi. Lonnie Garson, un uomo grassottello con l'acne e i capelli, biondi e sporchi, pettinati all'indietro, si sedette su una sedia di plastica sagomata, in attesa di Raco.

"Accidenti," mormorò Happy senza fiato.

"Che cosa c'è che non va?" Lonnie si avvicinò alla scrivania di Happy e appoggiò il sedere in un angolo.

"La fine di un buon affare." Happy parlava più tra se che con Lonnie.

"Sì?" Gli occhietti avidi di Lonnie si illuminarono alla vista delle fotografie sparse.

"Scattare foto a questa bambina. Somiglia molto a sua madre, Cara Brewster."

"La star del cinema?" Lonnie si avvicinò per esaminare le foto.

"Sì. La ragazzina si è trasferita e il lavoro è sfumato. Merda. Era anche molto ben pagato."

"Hai qualche foto nuda di questa bambina?" Il tono di Lonnie era disinvolto. Parlava tenendo lo sguardo incollato alle fotografie.

Happy si rabbuiò in viso e aggrottò la fronte. "Ehi! Bada a come parli! Stiamo parlando di una bambina. Non dire queste cose ripugnanti."

Lonnie alzò le mani. "Ok, ok. Non arrabbiarti. Era solo una domanda. Alle persone piacciono un sacco di cose strane."

"Ma nessuna di quelle merdate da pervertiti avviene in questo ufficio. Capito?" Happy strinse le dita in un pugno.

"Certo, certo. Ho capito." Lonnie si raddrizzò la schiena. "Sai dove si è trasferita questa bambina?"

Happy lo guardò con sospetto. "No. Perché vuoi saperlo?"

"Così. Solo curiosità. Washington è un bel posto in cui vivere." Lonnie abbassò lo sguardo sulle foto di Sarah.

Happy guardava l'uomo panciuto. Una lieve luce nello sguardo di Lonnie fece venire il mal di stomaco all'investigatore privato. Pensava che avrebbe davvero potuto vomitare. "Se lo sapessi, non te lo direi, disgustoso pervertito. Raco non è qui. Togliti dai piedi. Esci da qui. E non tornare." Happy tirò indietro il suo braccio muscoloso come per fare uno swing.

Lonnie mostrò le mani. "Che cosa devo fare?" Fingendo innocenza, lasciò cadere le mani e scrollò le spalle.

"Fottutissimo rifiuto della società. Mi fai vomitare." Happy spinse Lonnie fuori dalla porta, gliela sbatté in faccia e la chiuse a chiave.

"Fottuto pervertito. Devo portare quelle foto a Cara," disse, parlando tra se. Le raccolse, le contò e poi le mise giù. Le contò e ricontò dieci volte, ottenendo sempre lo stesso numero - undici. "So che erano dodici." Guardò sotto una piccola pila di fogli e cercò per terra, sotto la scrivania. Poi si controllò le tasche...ma nessuna foto. Happy riprese la fotocamera digitale e controllò lì dentro.

"Già. Dodici. E c'è il suo nome sul retro. Merda!" Corse verso la porta e la spalancò. Guardando su e giù per il marciapiede vuoto, non vide alcuna traccia di Lonnie, che se n'era andato già da tempo. Versandosi due dita di scotch in un bicchiere, prese il telefono e si passò la mano tra i capelli.

"Vorrei denunciare un furto. Di una foto. Forse dovrei spiegare..."

Capitolo Tre

New York City

Dopo l'arrivo del furgone dei traslochi, Jane e Grant trascorsero la giornata a dirigere la consegna delle loro cose, scatola dopo scatola. Tavoli, sedie e scatole grandi e piccole, piene di libri, venivano accatastati in ogni stanza, finché non riuscirono quasi più a muoversi per la casa. La polvere si agitava nell'aria, soffocando Grant, il quale attaccava ogni scatola con determinazione.

L'appartamento era situato in un palazzo prebellico, costruito prima della seconda guerra mondiale. Le camere erano spaziose, con pavimenti in legno appena rifiniti. Le finestre erano alte e strette, soprattutto in soggiorno. Jane prese le misure e sussurrò, "Tende su misura", parlando tra se. Le intelaiature erano di quercia vecchia, levigata fino a ottenere una patina liscia.

Tutte le pareti erano dipinte di bianco crema. Grant era incline a lasciare quella tinta, tranne nella stanza di Sarah. Gli piaceva quel colore rilassante, che sembrava adattarsi perfettamente con il legno. I soffitti, alti almeno due metri e mezzo, forse di più, rendevano più ventilato l'appartamento. Non appena vi era entrato, gli era piaciuto. Jane conosce i miei gusti. Sarebbe stata una casa confortevole per Sarah, Jane e Grant.

"Ho solo tre giorni per fare tutto, Jane." Lui aprì ogni scatola di cartone con una taglierina.

"Ti sento. Succederà, Grant. Rilassati. Devo sistemare la cucina. Questa è la cosa più importante." Lei si allontanò per svolgere il suo compito.

Ma lui non riusciva a rilassarsi. Ogni minuto lì gli ricordava il motivo per il quale si erano trasferiti - per tenere al sicuro Sarah. Eppure, quell'enorme città lo faceva sentire tutt'altro che al sicuro. Un pesce fuor d'acqua, come diceva sempre ai suoi colleghi.

Moltissimi estranei, volti sconosciuti ovunque, persino nella nuova scuola di Sarah. Lui guardava ognuno di essi, chiedendosi se quella fosse la persona che aveva fotografato sua figlia. I detective non erano nemmeno stati in grado di dirgli il nome dell'uomo con la macchina fotografica. Qualcuno l'avrebbe rapita per poi scomparire, svanendo nella metropolitana o in un'auto in attesa? Quel pensiero lo fece rabbrividire, facendogli venire in mente dei brutti pensieri.

Quando partirono, la polizia pensò che sarebbero stati al sicuro e mise da parte il loro caso. La polizia credeva che, una volta che la bambina se ne fosse andata, quel delinquente sarebbe passato a un obiettivo più facile. Pensavano che non l'avrebbe seguita fino a New York. Grant cercava di essere altrettanto fiducioso, ma non funzionava. Non capendo se la sua fosse cautela o paranoia, manteneva sempre all'erta il suo istinto e le sue capacità di osservazione quando era fuori casa insieme a Sarah.

Jane si occupò di sistemare e risistemare la disposizione dei mobili e di scegliere dove riporre le loro cose. Lei si occupò di sistemare la cucina, lasciando a Grant il compito di sistemare il salotto. Sarah non faceva che svolazzare da un punto all'altro della casa, facendo commenti di approvazione o disapprovazione, poi Jane la prese per mano. Sistemò la bambina nella sua stanza, con un nuovo libro di bambole di carta e un paio di forbici.

Una volta riuscita a farsi strada attraverso quel caos, Jane entrò nella stanza di Sarah, seguita da Grant. "È ora di sistemare la tua stanza, tesoro."

"Non mi piacciono le pareti bianche." Sarah incrociò le braccia sul petto.

"Le dipingeremo di rosa. Che ne dici?" chiese Grant, abbassandosi per stare allo stesso livello visivo di sua figlia.

Lei si mise a saltellare su e giù. "Il rosa è il mio colore preferito!"

"Lo so", si mise a ridere lui.

Jane scaricò una scatola di vestiti, spostandosi dalla scatola all'armadio o all'ufficio. Poi, controllò il suo orologio. "È ora di iscriverti nella nuova scuola, piccolina." Lei ripiegò una minuscola maglietta rosa.

"Verrai con me, papà?" Sarah lo guardò con uno sguardo implorante.

"Certo, patatina. Andiamo." Grant indossò la sua giacca e la prese per mano. Camminarono per quattro isolati fino alla nuova scuola. Lui compilò i documenti, mentre Sarah andò a sedersi in classe. L'insegnante era cordiale e la classe era accogliente. Grant fece un sospiro di sollievo, dopo aver superato quell'ostacolo.

Quella sera, portò Jane e Sarah in un ristorante cinese locale, perché erano troppo stanchi per preparare la cena. Sarah andò a letto presto, mentre Jane e Grant rimasero in cucina fino a tarda note a bere del tè.

"Il suo primo giorno nella scuola pubblica #15." Jane bevve un sorso del suo Earl Grey.

"E sono terribilmente nervoso." Grant mescolò lo zucchero.

"Perchè?"

"Perché quel pervertito potrebbe essere lì in agguato." Grant aggiunse il latte.

"La terremo al sicuro. Tu andrai a lasciarla la mattina e io andrò a prenderla il pomeriggio."

"Sai come si dice, i piani migliori..."

"Preoccuparti in questo modo non ti sarà d'aiuto. Come potrebbe sapere dove siamo? Dobbiamo solo stare attenti. A scuola lo sanno. Dov'è Evelyn?"

"Ancora a Washington."

"Ammettilo. Lei verrà a New York o vi state separando?"

Grant la guardò sorpreso. "Come ti è venuta quest'idea?"

"Immagino che la speranza non muoia mai," ridacchiò Jane.

"Davvero simpatica, Jane," la guardò Grant.

"Sono solo sincera."

"Come se io non sapessi cosa pensi di lei!" Grant sollevò un sopracciglio.

"Scusa. Non è colpa tua."

"Oh, ma lo è."

"Come fai a dirlo?" Jane sollevò la sua tazza.

"Ho permesso che Carol Anne andasse via." Esaminò il suo tè come se le risposte al suo dolore fossero tra quelle foglie.

"Stronzate. Solo stronzate. Certe cose si fanno in due, Grant. "

Lui si mise a ridere. "Entrambe ti fanno incazzare, vero, Carol Anne ed Evelyn?"

"Hai dannatamente ragione!" Jane mise giù la sua tazza con un po' troppa forza.

"Ok, ok. Sta tranquilla," disse lui, appoggiando la mano su quella di lei. "Inoltre, ora che siamo spariti, è finita per Carol Anne e me."

Dopo aver pronunciato le parole che temeva, la tristezza gli strinse il cuore. È finita? È davvero finita?

"Spero di no," sussurrò Jane, alzandosi in piedi. "È ora di andare a letto. La scuola inizia domani e sono già esausta." Lei gli diede una pacca sulla spalla prima di andare nella sua stanzetta.

Grant lavò i piatti e andò in camera da letto. Era un disastro, ma il letto era fatto e sembrava molto invitante. Era esausto, ma non così stanco. Se Carol Anne fosse qui, troverei l'energia per fare l'amore con lei. Lui si sdraiò, chiuse gli occhi e sognò le loro notti appassionate, mentre il sonno prendeva il sopravvento su di lui.

DOPO LA PRIMA SETTIMANA, trovarono la loro routine. Al mattino, Jane preparava la colazione, poi Grant portava Sarah a scuola prima di andare al lavoro, lasciando a Jane un po' di tempo per se stessa.

Quindi, Jane andava a riprenderla nel pomeriggio. La sera, Jane preparava la cena mentre Sarah apparecchiava la tavola e Grant riordinava.

Funzionavano come una macchina ben oliata. Essendo cresciuti insieme, Jane e Grant erano compatibili e conoscevano le rispettive abitudini, tenendo a bada eventuali attriti. Perché Evelyn non si comportava come Jane? Perché non riusciva ad adattarsi? Sospirando, lui pensò che, se non erano riusciti a raggiungere un equilibrio in sette anni, non sarebbero riusciti a farlo molto presto.

La vita era impegnativa nella famiglia Hollings. Un nuovo quartiere da esplorare, una nuova scuola da conoscere e nuovi compagni di classe per Sarah continuavano a farli correre tra i vari eventi e impegni.

Grant passava lunghe nottate in ufficio, familiarizzando con i nuovi clienti e facendosi aggiornare dai nuovi colleghi. Spesso, portava a casa dei documenti legali e li sistemava sul tavolo della sala da pranzo, per poi mettersi a leggerli e a prendere appunti. La novità del lavoro in quell'ufficio lo ricaricava. Gli piaceva imparare a conoscere i suoi colleghi di New York e ne invitò anche uno a cena, un certo Gary Lawrence. Grant e Gary stavano lavorando a un caso insieme.

Grant si aspettava che la sua cena con Gary si basasse in particolare sulla loro strategia legale, soprattutto dopo che Sarah avesse avuto il permesso di alzarsi per fare i compiti, ma rimase sorpreso. Gary mostrò un evidente interesse per Jane e i due trascorsero la serata a conoscersi. Osservando da lontano, Grant fu lieto di vedere sua sorella illuminarsi per Gary. Allo stesso modo, Gary sorrise più di quanto Grant gli avesse mai visto fare in ufficio.

Grant ascoltò la loro conversazione, meravigliandosi di quante esperienze avessero in comune. Se Jane iniziasse a frequentare Gary, non mi sentirò in colpa per averla allontanata dalla sua vita a Washington per seguirlo.

Evelyn li avrebbe raggiunti tra una settimana. Ma passò una settimana, poi ne passarono due e poi ancora tre. Grant smise di chiamarla tutte le sere. Spesso, restava a lavorare fino a tardi e trascorreva del tempo con Sarah quindi, quando se ne ricordava, era ormai troppo tardi per telefonare. O almeno era quello che diceva a se stesso.

L'atmosfera tranquilla, senza Evelyn, era rassicurante sia per Grant che per Sarah. Non si era reso conto di quanto litigassero prima d'allora. Aveva cercato di andare d'accordo con lei.

Una sera, quando era a corto di scuse e di giustificazioni per la sua distanza da Evelyn, decise di parlarle. Spinto dal senso di colpa per la sua negligenza nei confronti della moglie, si costrinse a prendere il cellulare. Si distese sul letto e compose il numero.

"Ciao, sono io. Spero di non averti svegliata." Grant chiuse il suo computer portatile e allungò un braccio sopra la testa. "Allora, quando ci raggiungerai?"

"Ero sveglia. Sono sorpresa che ci sia così tanto da sistemare, lasciando questo posto."

"Il nuovo appartamento è carino. Spazioso. Abbiamo anche una sala da pranzo." Lui si tolse le scarpe.

"Magnifico. Penso di venire alla fine della settimana."

"Fammi sapere quando arriva il treno, così verrò a prenderti alla stazione."

"Non è necessario. Posso prendere un taxi."

"Non sai come muoverti qui. All'inizio, può disorientare." Lui si sfregò gli occhi con la mano libera.

"Non sono una bambina, Grant. Ce la farò."

"Ok, ok. Non volevo offenderti, Evelyn. Significa che sarai qui per cena venerdì?"

"Non ho controllato l'orario dei treni. Conservami qualcosa da mangiare, in ogni caso."

"Lo dirò a Jane."

"È ancora lì?"

Sentì il tono tagliente della sua voce. "Mi sta aiutando con Sarah."

"Giusto. Bene, ci vediamo allora. Notte."

La linea andò giù ancora prima che lui potesse salutarla. Le loro conversazioni diventavano sempre più brevi e più fredde. Le cose stanno peggiorando con lei. Non posso impedirlo. Forse è meglio così. Irrequieto, Grant si alzò dal letto e andò in soggiorno. Le luci di New York lo attirarono alla finestra. C'era una vista incredibile da lì. Rimase in piedi, guardando fuori, cercando di capire cosa stesse succedendo nella sua vita.

Quando vide le migliaia di minuscole luci, capì che i suoi problemi erano di poco conto in una città così grande. Siamo solo piccole persone che lottano con le proprie vite. Mi rifeci il letto. L'ho sposata. Ho cercato di essere un buon marito, ma faccio schifo. Suppongo di non essere capace di esserlo. Quanto tempo dovrò vivere in questo modo? Lui si mise la testa tra le mani. La consapevolezza di essere solo uno su un milione di persone in quella città, molte delle quali erano probabilmente disperate e infelici quanto lui, non gli era di conforto.

Si lasciò cadere sul divano, esausto e svuotato. La disperazione lo investì, facendogli crollare le palpebre, così come tutto il resto del corpo. Jane uscì dalla cucina.

"Hai parlato con Evelyn?" Lei si asciugò le mani sul grembiule.

Lui annuì, mentre i suoi occhi scuri si rabbuiavano.

"Finalmente. Non avete parlato molto." Lei lo raggiunse, appoggiandosi sui morbidi cuscini del nuovo, sofficissimo divano di pelle beige.

"Sempre meno. Forse è meglio così." Lui fece un sospiro.

"Le sta succedendo qualcosa."

"Credo che lo scopriremo alla fine della settimana." Lui si passò le dita tra i capelli castano scuro.

"Oh?"

"Lei arriverà venerdì." Lui si alzò in piedi.

"Bene. Un uomo di trentotto anni è nel fiore degli anni e dovrebbe avere una donna amorevole al suo fianco."

Lui sorrise a sua sorella. "Buonanotte, sorellina." Lui allungò le lunghe braccia sopra la testa, estendendo ulteriormente il suo metro e settantacinque di altezza. *Una donna amorevole al mio fianco. Lo vorrei tanto.*

"DAI, PAPÀ, FAREMO TARDI!" Sarah tirò la manica di suo padre.

Grant prese la sua valigetta e lasciò che sua figlia lo trascinasse attraverso la porta. Ridacchiò al suo atteggiamento determinato. Somigliava tantissimo a Carol Anne. Lui prese la mano di Sarah e si abbottonò la giacca, per ripararsi dal freddo di quel mattino di ottobre. Le foglie, ancora attaccate agli alberi di Central Park, formavano una cornucopia di sfumature, che andavano dall'oro brillante, al colore giallo del sole, all'arancione acceso e al rossiccio scuro.

L'avvicendarsi delle stagioni rispecchiava il mutamento nella vita di Grant. La sensazione di aver messo il pilota automatico, inciampando dove la vita l'aveva trascinato, lo rendeva frustrato. Essendo sempre stato un uomo che aveva il controllo della sua vita professionale, questa impotenza nella sua vita personale lo innervosiva. *Evelyn, sii mia moglie fino in fondo oppure lasciami.*

Lui scosse la testa per allontanare la preoccupazione e i pensieri inquietanti, in modo da potersi concentrare su sua figlia.

"Alla signora Wilner non piace che arriviamo in ritardo. Inoltre, chiudono il cancello e dovrò farmi tutta la strada a piedi fino all'entrata. E così arriverò tardi e poi..."

Passarono davanti a una fila di case in pietra rossa - ognuna dipinta di un colore diverso, con le tipiche porte in ferro battuto. Diverse persone stavano passeggiando con i loro cani, facendosi strada tra le famiglie che, con i loro bambini e i loro passeggini, si trascinavano per la strada per arrivare a scuola in orario. *Questa città è un moto perpetuo.*

"Più tardi", la corresse lui.

"Già. Proprio così. Andiamo! Non puoi camminare più veloce?" Lei gli tirò la mano.

Cercare di restare al passo con lei lo fece inciampare. Le sue lunghe gambe seguivano quelle corte di sua figlia, mentre lei correva sul marciapiede. Dopo aver preso il ritmo, i due arrivarono appena in tempo. Grant diede un bacio a Sarah e la affidò alla sua insegnante.

Lui si fermò davanti al cancello, a guardarla per un momento. Molly Evans, una ragazza dai capelli rossi, aveva preso la mano di Sarah per entrare nell'edificio. Lei aveva già un'amica. Buon per te, Sarah. Lui sorrise tra sé, mentre si voltava per farsi strada nella calca di genitori. Il trasferimento a New York stava funzionando. Almeno per Sarah. E per me? Vedremo.

Dopo aver accompagnato Sarah, lui rimase un po' lì, scrutando la marea di mamme e papà, per vedere se c'era un uomo con una macchina fotografica. O anche qualcuno che sembrava fuori posto, in agguato. Ridacchiò tra sé al pensiero di credere di poter notare un pervertito con uno squallido impermeabile, dall'aspetto sciatto e trasandato. Altamente improbabile. Probabilmente si sarebbe confuso in mezzo agli altri. Questo era ciò che lo rendeva così pericoloso. Quando la folla si dissolse lentamente, vide alcuni volti familiari, ma nessuno che potesse identificare come sospetto.

Dopo alcuni giorni, quando nessun sospetto si presentò, lui emise un sospiro di sollievo, certo che l'uomo che aveva fotografato Sarah non li avesse seguiti a New York. Tuttavia, lui insisteva ogni giorno per accompagnarla a scuola personalmente e per lasciarla al sicuro nelle mani dell'insegnante, prima di dirigersi verso il suo studio legale in centro.

In breve tempo, il rito di accompagnarla a scuola divenne un piacere per Grant. Il tempo trascorso con Sarah era prezioso, poiché tornava a casa molto tardi ogni sera. Le passeggiate mattutine erano diventate i loro momenti speciali per recuperare un po' il tempo perduto. L'atteggiamento vivace e allegro, seppur autoritario, di Sarah lo affascinava. Non vedeva l'ora di passare del tempo con lei.

All'inizio, Grant aveva ammesso a se stesso che c'erano molte persone che si aggiravano nel cortile della scuola, tanto che era difficile dire se ci fosse uno stalker che vi si nascondeva. Aveva cercato di ricordarsi i volti delle persone, per capire chi era sempre presente, in modo da poter individuare il malintenzionato intruso. Lentamente, stava raggiungendo il suo obiettivo. Man mano che i volti diventavano più familiari, lui allentava la sua vigilanza. La polizia aveva ragione. Sarah è al sicuro qui.

Dopo aver lasciato l'elegante cortile della scuola pubblica, a tre isolati dal loro appartamento, Grant si prese una pausa dal ritmo frenetico della sua vita, fermandosi per un caffè e un bagel nella caffetteria locale. Chez Java, un piccolo locale accogliente, situato all'angolo, a due isolati a nord della stazione della metropolitana, aveva suscitato il suo interesse.

L'aroma proveniente dall'elegante locale aveva stuzzicato le sue papille gustative. Spalancò la porta ed entrò. Sembrava che tutti fossero lì solo per il take away, così non ebbe problemi a trovare un tavolo. Notò una ragazza carina dietro il bancone. I suoi lunghi capelli biondi erano legati in una coda di cavallo, che rimbalzava mentre si muoveva. Forse aveva ventun anni? Un giovane della stessa età stava pulendo il registratore di cassa.

Grant origliò la loro conversazione.

"Ho un provino stasera," disse la ragazza.

"Per cosa?" Il ragazzo passò il suo straccio umido sulla vetrina dei dolci.

"Uno spettacolo off-off Broadway." Lei si avvicinò al frigorifero e prese un litro di latte. "Ti va di leggere la sceneggiatura con me?"

Grant non ascoltò il resto del loro dialogo, voltandosi verso la finestra, senza guardare, mentre il ricordo di una conversazione simile allontanava dalla sua mente tutti gli altri pensieri.

Era successo al Coffee Cave a Washington, più di sette anni prima. Aveva osservato Carol Anne al lavoro ogni sera, per settimane. Era un locale affollato e lei non aveva mai il tempo di chiacchierare. Era sempre occupata a prendere gli ordini, a servire cibo o caffè o a pulire. Grant aveva cercato un modo per iniziare un dialogo con lei per settimane.

La sua bellezza aveva attirato la sua attenzione nel momento stesso in cui era entrato nel locale. Ma erano stati il suo sorriso caloroso, la sua risata e il suo atteggiamento dolce, settimana dopo settimana, a farsi strada nel suo cuore e a farlo ritornare ogni volta. Una sera tardi, lui arrivò poco prima della chiusura. Due donne stavano rimettendo a posto il locale per la notte, mentre Carol Anne era seduta a un tavolo, intenta a recitare a voce alta le battute di una sceneggiatura.

Lui fece un respiro profondo e poi si avvicinò a lei. "Hai bisogno che qualcuno lo legga con te?"

Lei lo guardò con i suoi grandi occhi blu. Lui vide la sua speranza, la sua paura e la sua ansia. Il suo cuore si sciolse.

"Lo faresti?"

Si sedette immediatamente e l'ascoltò mentre gli spiegava la parte. Doveva essere la sostituta della protagonista del nuovo spettacolo che sarebbe iniziato a breve al Washington Arts In the Round. Rimasero fino alla chiusura del negozio. Lui tornò ogni sera a lavorare con lei fino allo spettacolo. La sera della prima, lui si sedette in prima fila e dopo la portò fuori.

Divennero rapidamente inseparabili. Lei aveva ventisei anni e tirava avanti economicamente, mentre lui aveva trentun anni e guadagnava bene come avvocato associato.

Lei si trasferì nel suo appartamento, intraprendendo con lui una relazione che durò più di un anno. Ricordando la dolcezza iniziale della loro storia d'amore, lui sorrise. Non aveva mai conosciuto una ragazza come lei. Incantato fin dall'inizio, Grant si era legato a lei senza nemmeno rendersene conto. Ridacchiò al ricordo della sua ingenuità. Le aveva aperto il suo cuore e lei vi era entrata dentro.

"Ne vuole ancora, signore?" Grant scosse la testa e si voltò a guardare la ragazza bionda, in piedi accanto a lui, con una caraffa di caffè in mano. "Di solito non è gratis, ma sto preparando dell'altro caffè e dato che lei è l'unico qui dentro..."

"No, grazie," disse lui, coprendo la tazza con la mano. È ora di tornare al lavoro. Lui si alzò, gettò via i suoi avanzi e uscì dalla porta, fermandosi un attimo a dare un'occhiata alla ragazza. Lei aveva raggiunto il ragazzo dietro il bancone ed era impegnata a riempire i barattoli di zucchero. Camminò per la strada e scomparve sottoterra, nella metropolitana.

SARAH TROVAVA L'AFFOLLATA classe della Scuola Pubblica #15 intimidatoria ma affascinante. Il rumore e le opere d'arte appese ovunque stimolavano i suoi sensi, sovrastando la sua paura dell'ignoto, di essere la ragazza nuova. I suoi occhi affondavano in quei colori brillanti, le sue orecchie si perdevano tra i ritornelli delle canzoni, provenienti dalle diverse aule, che echeggiavano nei corridoi.

Il trambusto di energia creativa, mescolato alle voci allegre dei bambini di varie etnie che saltavano la corda e giocavano ad acchiapparello nel parco giochi, dava a Sarah una sensazione di libertà. A differenza della sua rigida scuola privata di Washington, la scuola pubblica #15 era una scuola nella quale non era un problema sporcarsi ed era normale avere amici che avevano un aspetto diverso dal proprio. E questo le piaceva.

Quando l'ansia aumentava, se non si sentiva ancora a proprio agio o non sapeva cosa aspettarsi, lei si metteva a giocherellare con la sua collanina. Il ciondolo era un cuoricino d'oro, spezzato a metà. Il bordo verticale frastagliato lasciava percepire l'esistenza di un'altra metà, che combaciava perfettamente con la prima, come il pezzo di un puzzle.

Grant le aveva spiegato che la sua madre naturale le aveva dato quel ciondolo per ricordarsi di lei quando Sarah aveva solo due anni ed era andata a vivere con suo padre. Le aveva detto anche che sua madre aveva l'altra metà. Sarah non si toglieva mai quella collanina, nemmeno per farsi il bagno. La faceva sentire connessa a Cara e la aiutava a calmarsi nelle situazioni di tensione.

Il primo giorno di scuola, Molly Evans si sedette a pranzare con Sarah e la invitò a giocare a saltare la corda con lei nel cortile della scuola. Molly fu la prima migliore amica di Sarah a New York. Si incontravano in casa dell'una o dell'altra per giocare. Josie, la sorella quindicenne di Molly, andava a prenderla a scuola ogni pomeriggio, perché la loro mamma lavorava. Quando loro andavano a casa di Sarah, era Jane a riportarle a casa.

Quel giorno, erano dirette a casa di Molly. Camminando per la strada, passarono davanti a un autobus che aspettava all'angolo.

"Hey! Guarda!" indicò Molly.

"Che cosa?" domandò Sarah.

"Quella foto. Lei è identica a te!" esclamò Molly, indicando il poster sul fianco del veicolo. Il poster pubblicizzava un nuovo spettacolo di Broadway, del quale ci sarebbe stata la prima tra due settimane, dal titolo L'amore è cieco. La foto sull'autobus ritraeva un uomo affascinante e una bellissima donna. Le ragazze si fermarono. Molly strattonarono la mano di sua sorella.

"Che cosa c'è, mocciosa?" chiese Josie, infastidita.

"Guarda. Non somiglia moltissimo a Sarah?" Molly indicò la foto.

Sarah rimase paralizzata. Non riusciva a muoversi e poteva a malapena respirare. Mi somiglia proprio tanto.

"Merda! Sì che le somiglia," disse Josie, con la bocca spalancata.

Le due sorelle rimasero ferme per un po', spostando lo sguardo dalla foto a Sarah, fino a quando tutti i passeggeri in attesa vi salirono e l'autobus partì, allontanandosi lungo la strada.

"Non è molto strano?" chiese Josie, scuotendo la testa. "Forza, andiamo." Lei tirò la mano di sua sorella. Molly, a sua volta, tirò la mano di Sarah. Sarah rivolse di nuovo l'attenzione alla sua amica, ma sembrava che non ascoltasse ciò che Molly stava dicendo della scuola. Aveva cose più importanti alle quali pensare. Quella donna deve essere la mia vera mamma.

Josie finse di ascoltare Molly, alla quale sembrava non importare di non essere ascoltata, continuando a parlare.

Un formicolio dietro il collo e un brivido sulle braccia misero Sarah in allerta. Lei si voltò e vide un uomo alto e paffuto, che le seguiva discretamente a distanza. Lui si fermò all'angolo, guardandole proseguire lungo la 79ª Strada, fino a casa di Molly. I loro sguardi si incrociarono per un breve secondo, prima che lui proseguisse sulla Amsterdam Avenue. Lui le sorrise.

Sarah non ricambiò il sorriso, ma si concentrò sulla strada. Suo padre le ripeteva continuamente di non parlare con gli estranei e di non avvicinarsi a loro, soprattutto agli uomini. Le aveva consigliato di correre se si fosse sentita impaurita o minacciata... o anche se non ci si fosse sentita. "Se vedi un uomo sospetto, scappa," Le aveva detto suo padre. Quell'uomo rispecchiava la descrizione di suo padre, così lei continuò a tenerlo d'occhio, finché non raggiunsero in sicurezza la casa di Molly.

A distanza di mezzo isolato, le ragazze salutarono il portiere, prima di dirigersi verso l'ascensore. Una volta al sicuro dentro casa, Sarah si avvicinò alla finestra per cercare quell'uomo sospetto. Osservò attentamente la strada, ma lui era sparito. Lei fece un sospiro di sollievo e tornò in camera di Molly.

"Eccoti. Vieni. Ho delle nuove bambole di carta," Molly tirò la manica di Sarah, la quale seguì la sua amica.

Capitolo Quattro

La sera, quando Grant lavorava fino a tardi, la cena a casa degli Hollings era un evento piuttosto solitario, al quale partecipavano solo Jane e Sarah. Sarah aiutava volentieri Jane in cucina, perché sua zia era molto più paziente, quando si trattava di schizzi ed errori, rispetto a Evelyn. Evie di solito mandava via la ragazzina dalla stanza quando era presa a cucinare.

Nella cucina dell'ampio appartamento, c'era lo spazio per un piccolo tavolo, che poteva ospitare quattro persone. Quando Grant non era a casa, le ragazze mangiavano lì, non in salotto. Jane metteva da parte le regole e permetteva a Sarah di sedersi a tavola in accappatoio e pantofole. A Jane piaceva fare la zia permissiva. Evelyn aveva delle regole molto rigide, che Sarah doveva seguire.

Quella sera, mangiarono crocchette di pollo surgelate e lo speciale mac and cheese fatto in casa di Jane. Completarono il pasto con carote fresche e peperoni verdi crudi. Jane si versò un bicchiere di vino rosso, mentre Sarah bevve del latte.

"Che cosa avete fatto a scuola oggi?" le chiese Jane, mettendosi in bocca una crocchette di pollo.

"Niente.", rispose Sarah, giocherellando con il cibo. È successo dopo la scuola.

"Dovete aver fatto qualcosa." Jane guardò la ragazza con sospetto.

"Niente di particolare. Tu hai conosciuto la mia vera mamma?" Sarah guardò Jane.

"In un certo senso. L'ho incontrata una volta, di sfuggita, quando è venuta a lasciarti a tuo padre."

"Evelyn dice che non devo parlare di lei." Sarah si mise a dondolare i piedi.

"Oh? Perché no?" Jane diede un morso al suo mac and cheese.

"Dice che la intristisce. Inoltre, mia madre mi ha lasciata qui."

"È vero, ma stava male."

"Perché non è tornata quando è guarita?"

"Non lo so, tesoro. Credo che abbia promesso a tuo padre e a Evelyn di farti crescere da loro."

"Oh." Sarah fissò il suo piatto. "Perché papà è sposato con Evelyn e non con mia madre?"

"Hai tante domande stasera. È difficile dirlo, ragazzina." Jane evitò lo sguardo di sua nipote.

"Che intendi dire?" insistette Sarah.

"Intendo dire che non lo so. Devi chiederlo a tuo padre, zuccherino." Jane le si avvicinò e passò le dita tra i lunghi capelli biondi della ragazzina.

"Ho visto la sua foto oggi." Sarah diede un morso al suo mac and cheese.

"La foto di chi?"

"Di mia madre. La mia vera madre."

"Come?" Jane lasciò cadere fragorosamente la sua forchetta sul piatto.

"L'ho vista sull'autobus. È davvero bellissima."

"Sull'autobus?"

Sarah annuì. "Mi somiglia moltissimo, quindi deve essere lei la mia vera madre, vero?"

"Lei era sull'autobus?" Jane sollevò le sopracciglia.

"No, la sua foto. Insieme a un uomo."

"Cazzo," borbottò Jane sottovoce.

"Niente parolacce, zia Jane." Sarah agitò il dito.

"Scusa. Come fai a sapere che è tua madre quella che hai visto?"

"Perché Molly e Josie hanno detto che è identica a me. E avevano ragione. Quindi quella deve essere mia madre. Voglio dire, come sarebbe possibile che mi somigli così tanto se non fosse mia madre, giusto?"

"Bisogna vedere."

"Tu dici un sacco di cose che io non capisco, zia Jane." Sarah si mise a mangiucchiare una carota.

Dopo quella conversazione, Jane rimase vigile — tenendo gli occhi ben aperti per la strada, sperando di vedere quella pubblicità. Ogni volta che un autobus si avvicinava, lei si fermava ad osservarlo, quando andava al mercato, all'ufficio postale o alla lavanderia a secco, facendo sempre molta attenzione ai veicoli di passaggio, alla ricerca del poster che raffigurava Cara. Non sapeva se volesse davvero trovarlo o se lo temeva.

Cosa sarebbe successo se Cara e Grant si fossero incontrati? Si sarebbero messi a litigare? L'idea di una colossale battaglia verbale spaventava Jane. E se Cara volesse portarsi via Sarah? Grant non poteva riprendere i rapporti con lei, perché ora era sposato con Evelyn. Jane scosse la testa. Che enorme errore!

Aveva deciso di dover vincere quella partita, di scoprire se Cara fosse davvero a New York. Giorno dopo giorno, non trovava niente, a parte la sua delusione. Poi lo vide — il poster di L'amore è cieco. E lì c'era la foto di Cara Brewster, a grandezza naturale.

Cazzo, è veramente lei, Carol Anne, Cara. Lei è qui. Grant impazzirà. Lei è a New York. Non sa che Grant è qui. Questa cosa sta durando troppo a lungo. Il troppo è troppo. Decisa a porre fine al duello tra suo fratello e la sua ex amante, Jane comprò un giornale e sfoglio le pagine, in cerca degli spettacoli teatrali.

SUL PALCO DELL'IRVING Berlin Theater, sulla 53ª strada, Cara era seduta su una sedia pieghevole e teneva in mano una tazza con del tè caldo e dolce. Quinn Roberts entrò portando il caffè, seguito dall'affascinante attore debuttante, Jake Matthews. I suoi capelli e i suoi occhi castano chiaro, insieme al suo fisico atletico, avevano contribuito ad accrescere la sua popolarità nel cinema.

Tuttavia, a Broadway, lontano dal suo elemento naturale, sembrava un pesce fuor d'acqua. Cara ridacchiò tra sé. Due film, solo ventinove anni ed è qui a Broadway. Sembra terrorizzato. Lei guardò Quinn con uno sguardo di approvazione. Peccato che lui non sia più single. Lui le si avvicinò e le porse la mano.

Cara parlò per prima, "ci siamo tu, io e Jake... nessun veterano di Broadway qui. Chi terrà la mano a chi?" Un bagliore di malizia le fece risplendere gli occhi.

"Cavolo, se non fossi un uomo sposato, io terrei già la tua." Quinn sorrise.

Cara si mise a ridere. Il regista li chiamò per una lettura preliminare. Lui disse la sua opinione sulla produzione e tutti fecero delle domande. Alle sei in punto, il cast fu congedato. Si sparpagliarono in direzioni diverse. Cara trovò un messaggio di Grace. Skip arrivò dietro le quinte per prendere Cara prima che lei potesse richiamarlo.

"Ho preso per noi una bella suite all'Empire Hotel. Possiamo restare lì finché non troviamo un appartamento."

"Spero che sia vicino al teatro."

"Ovviamente. Adoro il West side. Ci sono un sacco di ristoranti meravigliosi." Lui sorrise.

Lei si allontanò da lui. "Dammi solo un minuto, d'accordo?"

Lui annuì. "Ci vediamo fuori."

Per prima cosa, lei richiamò sua sorella.

"Mi piace molto la sceneggiatura, tesoro. È magnifica." Cara ritornò verso il palco.

"Lo pensi davvero?" Cara sorrise per l'entusiasmo di approvazione nel tono di voce di Gracie.

"Certo. Mi conosci, sono brutalmente sincera... soprattutto con te, cucciolotta."

"Smettila di chiamarmi in quel modo. Ho ventisette anni... ormai sono troppo vecchia per questi soprannomi infantili."

"Mi dispiace. Non posso farci niente. Per me sarai sempre la mia cucciolotta."

"Com'è il cast? E il regista? E il teatro?"

"Ci siamo visti solo una volta finora, ma sembra che tutti abbiano voglia di lavorare. Il regista non è nuovo, ma tutti gli attori lo sono. Mi piacciono le sue idee."

"Di chi, di Quinn Roberts'? Immagino che non siano l'unica cosa che ti piace di lui," ridacchiò Grace.

"Ragazza cattiva. È un uomo sposato... ed è anche sposato da poco. No, del regista. Siamo d'accordo sul mio personaggio."

"Immagino che tu debba pascolare in prati più verdi. Che mi dici del secondo attore?"

"Troppo giovane per me. Tuttavia, sarebbe perfetto per te."

"Perfetto. Impacchettamelo e mandamelo a casa."

Cara scoppiò a ridere. "Perché non prendi un aereo e vieni a incontrarlo?"

"Vedremo. Skip mi ha mandato un mucchio di suggerimenti per la revisione, quindi sarò molto occupata. Mi ha consigliato di mandare la sceneggiatura al produttore Gunther Quill. Tu che ne pensi?"

"Penso che Skip sappia di cosa parla. Fa le modifiche che ti ha consigliato e mandaglielo."

"Ha detto che mi aprirà la strada con Quill."

"Se ha detto così, sono sicura che lo farà. Io sto prendendo in considerazione uno dei suoi film." Cara guardò il suo orologio. "Devo scappare adesso. Skip mi sta aspettando per cena."

"Mi ero dimenticata del fuso orario. Non farlo aspettare. Diventa furioso quando ha fame. Buona fortuna, sorellina. Ti voglio bene."

"Anch'io ti voglio bene, cucciolotta...ehm...Gracie."

Cara rimase sul proscenio, vicino alla buca dell'orchestra, e guardò tutti i posti vuoti. Si sentì un brivido lungo la schiena mentre immaginava il teatro pieno per la sera della prima. Broadway. Finalmente. Ebbe un sussulto mentre le farfalle le invadevano lo stomaco. La mia prima volta sul palco senza Grant tra il pubblico. Lei sospirò.

Lasciandosi cadere su una sedia pieghevole, ripensò al suo primo spettacolo, quando l'attrice principale aveva avuto un incidente e Cara, come sostituta, dovette recitare al suo posto.

Una telefonata impaurita a Grant gli aveva fatto mollare tutto e correre in teatro. In camerino, prima dello spettacolo, lei era crollata, scoppiando a piangere e gettandosi tra le sue braccia. Lui era lì, con le sue parole d'incoraggiamento. "L'hai fatto migliaia di volte. L'abbiamo letta così tante volte che potrei recitare la parte anch'io. Tu sarai magnifica perché sei già magnifica come sei. Recita guardando me. Io starò il più possibile vicino al palco. Cercami."

Infatti lui era lì. Al centro della terza fila c'era un posto vuoto. Quando le ginocchia avevano iniziato a tremarle, lei l'aveva cercato, per poi soffermarsi sul suo volto sorridente. Lui l'aveva guardata alzando il pollice e, all'improvviso, tra il pubblico non c'era più nessuno al di fuori di Grant. Una sensazione di calma le aveva pervaso il corpo e le aveva fatto mettere il pilota automatico, recitando le sue battute perfettamente, come aveva fatto provandone con lui centinaia di volte. La sua fiducia in se stessa era aumentata a ogni scena, fino a una standing ovation finale. Ma nessuno aveva battuto le mani o esultato più forte di Grant Hollings.

Il terrore di quelle giornate le ritornò improvvisamente in mente. Tremò ricordandosi di non riuscire a mangiare prima di uno spettacolo, arrivando talvolta a vomitare. Ridacchiò ricordandosi la paura e l'ansia che aveva provato ogni sera per mesi. Ma Grant era lì a tenermi la mano. Stavolta non ci sarà. Avrò anche trentatré anni ma, in occasione di una prima, sarò sempre nervosa come quando ne avevo ventisei. Soprattutto senza di lui. Vorrei tanto che tu fossi qui, G.

Dopo quella prima vittoria, erano usciti a festeggiare fino alle due del mattino. Tornando a casa, spinti dal successo e dallo champagne, si erano spogliati a vicenda, in una frenesia di passione e desiderio.

Le mani e il corpo di Grant erano caldi ed eccitanti. I muscoli del suo petto erano forti e robusti. Le sue braccia l'avevano sollevata come se fosse una piuma e l'avevano portata in camera da letto. Lui l'aveva stuzzicata con la bocca, mentre le sue dita l'avevano condotta in uno stato quasi febbrile. Lei si era aggrappata a lui, baciandogli e mordicchiandogli la pelle, stringendosi a lui, poi lui l'aveva presa con rapida decisione, bramoso, facendo in modo che il desiderio di entrambi lasciasse spazio al puro piacere.

Il solo ricordo di quella notte di passione le fece venire i brividi. Nessuno è in grado di fare l'amore come Grant. Lei sospirò e la rabbia nei suoi confronti per il suo silenzio svanì, lasciando il posto a un leggero desiderio per il suo tocco, che tornava ancora in superficie al pensiero del tempo trascorso insieme tra le lenzuola, anche dopo tutti quegli anni.

Devo fare questo spettacolo, proprio come vorrebbe lui. Mettendo da parte le sue paure, lei si costrinse a impegnarsi il più possibile perché quello spettacolo fosse un successo. Ovunque tu sia, G, so che farai il tifo per me. Per un attimo, mentre si voltava per andarsene, lei percepì la sua presenza nell'auditorium, quando un soffio d'aria calda le sfiorò la nuca. Ma stava semplicemente sognando.

"Cara! Forza, vieni. Sto morendo di fame." Skip la chiamò, tenendosi lo stomaco e aggrottando la fronte.

In un attimo, il suo sogno a occhi aperti svanì. Lei mandò un bacio al pubblico e uscì dal teatro con il suo caro amico.

"PAPÀ, MOLLY PUÒ RESTARE a dormire venerdì sera?" Sarah gli fece quella domanda mentre mangiava i suoi broccoli.

Grant guardò sua sorella, seduta dall'altra parte del tavolo, che sollevò le spalle.

"Non vedo perché no. Jane?" Lui sollevò le sopracciglia.

"Per me va bene. Magari sarà reciproco."

"Recipro... Che vuol dire?"

"Reciproco. Vuol dire che una sera lei dorme qui e un'altra volta tu potrai dormire da lei."

Sarah batté le mani. "Ottima idea. Mi piace la sua sorella maggiore, Josie. Vorrei avere anch'io una sorella maggiore."

Grant ridacchiò. "Temo che sia troppo tardi per avere una sorella maggiore. Ma un giorno potresti diventare una sorella maggiore."

"Aspettate un bambino, papà?" Sarah spalancò gli occhi.

"No, no, tesoro. Non farci caso," disse lui, tornando a rivolgere la sua attenzione verso sulla bistecca che aveva iniziato a tagliare.

"Perfetto. Chiamerò sua madre e organizzeremo tutto. Possiamo anche organizzare di uscire, caro fratellino."

Grant le sorrise. "Cosa avevi in mente?"

"Niente di scandaloso, ma siamo nella capitale del teatro, quindi ho pensato che uno spettacolo a Broadway sia imperdibile."

"Sembra che tu abbia un piano." Lui mise la mano nella tasca posteriore e tirò fuori il suo portafoglio. Dopo aver frugato al suo interno, prese una carta di credito. "Tieni, prendi i posti migliori del teatro."

"Credo proprio che lo farò." Jane si alzò per sparecchiare.

"Posso venire anch'io?" intervenne Sarah.

"Tu sarai a casa di Molly. Inoltre, gli spettacoli a Broadway cominciano la sera tardi. Quando sarai più grande, ti ci porterò," disse Grant.

"Papà, perché mia madre non è tornata a prendermi quando è guarita?"

Grant smise di mangiare e lanciò un'occhiata a sua sorella, che scomparve opportunamente in cucina. "Perché aveva accettato che Evelyn e io ci prendessimo cura di te. Lei viaggia molto per lavoro."

Il mento di Sarah iniziò a tremare. "Lei non mi vuole bene, papà?"

Gli occhi di Grant si inumidirono. Gliene vuole? "Certo che te ne vuole, tesoro." Sarah si alzò da tavola e si sedette sulle gambe di suo padre. Lui la abbracciò. "Lei ti vuole molto bene. Ne sono sicuro."

"E allora perché non posso vederla?" Sarah si raggomitolò tra le braccia di suo padre.

"Lei va spesso fuori dal paese. Evelyn non è una buona madre per te?"

"Lei è gentile e tutto il resto, ma non posso giocare a travestirmi o a recitare quando lei è presente. Si arrabbia e si mette a urlare, è troppo occupata per giocare, e ha sempre un sacco di commissioni da fare."

"Commissioni?" Lui aggrottò le sopracciglia.

"Dice così quando viene a prendermi a scuola in ritardo. Non mi piace restare ad aspettarla seduta in segreteria."

Grant fu soffocato dalla rabbia. Si sentì il sangue ribollire in viso. Te ne vai in giro a scopare, Evie? Lui mise da parte le sue sensazioni, nascondendole a Sarah.

"Glielo chiederò, zuccherino." Lui le diede un bacio sulla testa.

"Verrà a vivere con noi?"

"Dovrebbe arrivare stasera."

"Oh. A me piace stare con zia Jane. Lei non si arrabbia mai e mi fa fare quello che voglio."

Grant scoppiò a ridere. Lei non è esattamente un sergente. "Ne sono sicuro, ma Evelyn è tua madre e dobbiamo rispettarla."

Una folata di aria fredda precedette una domanda. "Rispetto? E l'amore?"

Grant si voltò e vide Evelyn, in piedi con le mani sui fianchi, davanti alla porta, con una piccola valigia accanto a se. I suoi corti capelli castani ramati si agitavano al vento. Lei aveva le guance rosse per il freddo. Se non avesse avuto un'espressione così burrascosa, Grant avrebbe persino pensato che lei fosse carina.

"Ciao, Evie," disse Sarah, allontanandosi da suo padre. Grant si alzò e si avvicinò a sua moglie. Lui le diede un bacio sulla guancia e prese il suo bagaglio. Sarah raggiunse Jane in cucina, mentre Evelyn seguì suo marito in camera da letto, chiudendo la porta alle sue spalle.

"Benvenuta nella Grande Mela, Evelyn." Lui mise la valigia accanto alla cassettiera.

"Non è stata un'accoglienza molto calorosa."

"Sei stata lontana per molto tempo." La rabbia gli ribolliva dentro, ma lui cercò di controllarla. Innocente fino a prova contraria. Arriva al dunque, prima di esplodere.

"Una ragione in più per un saluto più affettuoso, non trovi?" Lei sollevò le sopracciglia.

Lui si voltò per guardarla. "Sarah mi ha detto che vai sempre a prenderla a scuola in ritardo. Dice che hai sempre commissioni da fare. Che cosa sta succedendo?" Lui aggrottò la fronte.

Evelyn arrossì in viso. Lei prese la sua valigia e la mise sul letto, evitando il suo sguardo.

Grant le strinse le dita intorno all'avambraccio. "Voglio la verità. Adesso. Hai una relazione?" Lui aveva la voce rauca, ma il suo tono era minaccioso.

"Niente a che vedere con la relazione che hai avuto con Cara Brewster negli ultimi sette anni," disse lei, voltandosi per guardarlo, con un'espressione furiosa.

"Di che diavolo stai parlando? Non vedo più Cara da cinque anni."

"Non importa. Sei innamorato di lei da prima che ci sposassimo. Non negarlo. Questo è molto peggio di una relazione di sesso." Lei continuò a lanciare i vestiti nei cassetti.

"Ti rendi conto di quanto sia ridicolo quello che dici?" Lui si avvicinò alla finestra, fissando le luci lampeggianti della città di notte.

"Davvero? Puoi negarlo?" Lei incrociò le braccia sul petto.

"A proposito di sincerità, prima di lasciare Washington, ho trovato i tuoi contraccettivi. Quando ti ho detto di volere un altro figlio, tu mi hai detto di essere rimasta sterile dopo l'aborto. Ma stavi solo prendendo la pillola, non è così?" Lui cercò di mantenere un tono di voce calmo.

"Non farebbe comunque nessuna differenza. Non facciamo sesso da mesi."

"Perché? Perché non mi hai detto che non volevi un altro figlio?"

"Io voglio un figlio, un figlio con un uomo che mi ama. Tu non mi hai mai amata... E non mi amerai mai." Le lacrime le scorsero sulle guance mentre si sedeva sprofondando sul letto.

Grant si sedette accanto a lei. Le mise un braccio intorno alle spalle. "Mi dispiace se ti ho ferita, Evelyn. Non volevo farlo."

Lei prese un fazzolettino dalla sua borsa. "Lo so, Grant, ma l'hai fatto. Sette anni di sofferenza, nel tentativo di farti dimenticare un fantasma."

Grant non rispose, perché ciò che diceva era vero. Non poteva più negarlo. "Hai una relazione?" Le chiese lui, tranquillamente.

"Che cosa cambia?" Lei si nascose il viso nel fazzoletto a fiori.

"Vuoi il divorzio?" le chiese lui, con tono solenne.

"Non lo so. Forse. Non riesco a pensare. Sono stanca. Voglio solo andare a letto." Lei si allontanò da lui e andò verso la finestra. Grant si alzò e uscì dalla stanza.

Si versò un bicchierino di brandy in salotto e sprofondò su una sedia, al tavolo della stanza da pranzo. Jane era lì, a lavorare al suo laptop. Lei lo guardò e il suo sorriso si trasformò in un'espressione accigliata. Poi, rivolse di nuovo la sua attenzione allo schermo del computer.

"Nuovo spettacolo in anteprima. Ti va di andarci, senza sapere com'è?"

Grant agitò la mano. "Quello che vuoi. Non mi importa."

"Bene. E che anteprima sia. Prima che i critici lo distruggano. Ottima idea, Jane," disse lei, guardando storto suo fratello. "Prendo tre biglietti per il prossimo sabato sera o solo due?"

"Due," rispose lui, finendo di bere il suo drink ed evitando il suo sguardo curioso.

Capitolo Cinque

"Molly, vieni qui. Voglio svelarti un segreto." Sarah si gettò sul letto e guardò Molly, che era distesa sul letto degli ospiti nella stanza di Sarah, intenta a giocare con la sua lavagna magica.

"Di che si tratta?" Lei alzò lo sguardo dal suo disegno e si avvicinò alla sua amica.

"Credo che quella donna dell'autobus sia mia madre, la mia vera madre." Sarah abbassò la voce e fissò la porta.

"Evelyn non è la tua vera madre?" Molly mise via il suo giocattolo e diede a Sarah la sua totale attenzione.

"Lei è la mia madre adottiva."

"E tuo padre è il tuo vero padre?"

"Sì. Non so dove sia la mia vera madre, ma credo che sia quella donna e devo trovarla."

"Quella donna sul poster dell'autobus?"

"Già. Forse domani rivedremo lo stesso autobus. Forse Josie è riuscita a leggere quello che c'era scritto? Era troppo veloce per me."

"Io ho visto la parola cieco. Credi che voglia dire che tua madre è cieca?"

"Spero di no." Sarah si strinse al piumone.

Dopo aver bussato, Grant entrò nella stanza, con un libro sotto il braccio.

Sarah si mise un dito sulle labbra e fissò Molly, che rispose annuendo.

"È l'ora della storia della buona notte, signorine. Stiamo leggendo i libri di Nancy Drew, Molly. È un po' da grandi per una bambina di sette anni, ma Sarah voleva leggerlo. Ti va bene questa storia?"

Molly annuì. Grant si sedette sulla grande poltrona imbottita e le due bambine si sedettero in braccio a lui, una su ogni gamba. Lui mise un braccio intorno a loro e aprì il libro. Dopo aver finito un capitolo, rimboccò le coperte alle bambine e spense la luce.

Non appena la porta si chiuse alle sue spalle, Sarah si sedette. "Mi aiuterai a trovare mia madre?" Sussurrò.

"Certo. Dimmi cosa fare." Molly si voltò su un fianco, guardando Sarah.

"Cominceremo lunedì a scuola. Dobbiamo trovare quello stesso autobus. Noi due lo cercheremo. Forse Josie ci aiuterà a leggere cosa c'è scritto."

"Glielo chiederò. Anche se la troverai, come farai a sapere che la donna dell'autobus è la tua vera madre?"

"Vedi questo?" Sarah toccò il suo ciondolo a forma di cuore spezzato. Molly annuì. "È la metà di un cuore. La mia vera madre ha l'altra metà. Dovrò solo guardarle il collo e, se indosserà l'altra metà del cuore, vorrà dire che è lei la mia vera madre."

"Forte. Vorrei avere anch'io una collanina come quella." Molly si avvicinò per toccarla.

"A te non serve. La tua vera mamma vive con te."

"Già, ma tua madre è più bella della mia."

Sarah sorrise e sospirò. "È bellissima."

Jane fece capolino nella stanza. "Ancora sveglie? È tardi. Su, forza. A dormire." Lei rimboccò di nuovo le coperte alle bambine, diede loro il bacio della buona notte e si mise un dito sulle labbra. "Basta chiacchierare, ragazze."

Dopo che Jane chiuse la porta, Molly iniziò a parlare. "Mi manca il mio orsacchiotto," disse piagnucolando.

"Aspetta. Ho un sacco di orsacchiotti." Sarah accese la luce. "Ecco, vedi? Prendine uno."

Molly si alzò e si avvicinò alla cassapanca dei giocattoli, dove i pelouche di Sarah erano conservati ordinatamente. C'erano tre orsacchiotti, uno rosa, uno marrone e uno beige. A far loro compagnia, vi erano quattro cani di diverse dimensioni, tre gatti e una scimmia.

"Dove hai preso tutti questi pelouche?"

"Alle mie feste di compleanno. Dove vivevo prima, i miei amici mi regalavano tanti pelouche, perché a me piacciono molto."

"Avevi molti amici?"

Sarah annuì.

"Ti mancano?"

Lei annuì di nuovo, mentre le si formavano le lacrime intorno agli occhi.

"Io sarò la tua migliore amica, Sarah," disse Molly, prendendole la mano.

"Lo sei già. Scegline uno."

"Io adoro i gatti, ma non posso averne perché sono allergica. Posso dormire con questo?" Lei scelse un soffice gatto himalayano, dal pelo beige e marrone scuro.

"Io la chiamo Fluffy. È la mia gatta preferita," disse Sarah.

"Allora dovresti dormire con lei." Molly gliela porse.

"Prendila tu. Sei la mia migliore amica. Tu dormi con Fluffy e io dormo con Buster."

"Grazie, Sarah. Chi è Buster?"

"È un carlino. So che ha un aspetto molto buffo, ma mi piace. Un giorno, avrò un carlino vero."

Sarah spense di nuovo la luce e tornò a letto. Le bambine si voltarono sul fianco, guardandosi. Prima di iniziare di nuovo a parlare, furono sopraffatte dal sonno e i loro piani di mettersi a cercare Cara Brewster furono rimandati al giorno dopo.

IN SALOTTO, GRANT RAGGIUNSE Jane sul divano. Lei mise via la sua copia di Vanity Fair e affrontò suo fratello.

"Che diavolo sta succedendo tra te e Evelyn?" gli chiese, fissandolo.

"Non lo so. Le ho chiesto se vuole il divorzio, ma non mi ha risposto."

"Il divorzio?" Jane spalancò gli occhi.

"Credo che abbia una relazione." Lui si passò le dita tra i capelli.

"Ne sei sicuro?"

"Sarah si è lamentata che Evie va sempre a prenderla a scuola in ritardo. Poi è venuta qui solo dopo diverse settimane. E a volte non risponde al cellulare. Le sue scuse sono piuttosto banali. Forse perché sono un avvocato, o semplicemente perché sono un tipo sospettoso, ma non mi piacciono le risposte che mi da... o meglio, che non mi da."

"Lei non l'ha negato?"

"No. Ha cambiato discorso. La classica distrazione per evitare la verità." Lui si strofinò il viso con le mani.

Jane gli mise una mano sul braccio. "Mi dispiace, Grant."

"Non dispiacerti. Credo di essere felice per lei. Forse ha trovato l'uomo giusto. Di sicuro non sono io." Lui si alzò e si avvicinò alla finestra.

"Siete sposati da tanto tempo. Sei sicuro che non si tratti semplicemente della crisi del settimo anno?"

"Io non sono mai stato veramente libero per darle ciò di cui ha bisogno."

"Cara?" Lui annuì. "A proposito, quando la affronterai?"

"Hey, una lite alla volta," ridacchiò lui.

"Seriamente, Grant. Stai giocando con molte persone."

"Credevo di poterlo fare. Lasciar andare Cara, amare Evelyn, avere una famiglia per Sarah. Ma ora sta crollando tutto e io non posso impedirlo." Lui cominciò a passeggiare.

"Dovresti mettere ordine nella tua vita. Hai una figlia di cui prenderti cura. E io credo che lei abbia bisogno di sua madre, della sua vera madre. Cara è stata assente troppo a lungo, in modo ingiustificato."

"Sarah continua a fare domande e io non ho nessuna risposta. Maledizione, Cara! Dove diavolo è? Perché non viene qui a trovarci? Potrebbe almeno chiamare o scrivere! Non so nemmeno in quale continente si trovi adesso." Lui sbatté il pugno sul bracciolo del divano.

"È ora di scoprirlo," mormorò Jane.

"Come?" Grant si voltò a guardarla.

"Niente. È come vivere in un campo di battaglia qui. Tu ed Evelyn non restate nella stessa stanza per più di qualche minuto. L'attenzione si potrebbe tagliare col coltello. Non riesco a vivere in questo modo. È una follia."

"Troveremo una soluzione. Dacci solo qualche altro giorno." Lui sospirò.

"Fareste meglio a restare insieme fino al prossimo weekend, perché ho preso tre biglietti per il teatro, non solo due." Lei si alzò in piedi.

"Tre? Ti avevo chiesto di prenderne due."

"È ora che tutti mettano le proprie carte in tavola. Abbiamo bisogno di aria pulita e tu devi farti una vita." Jane prese la sua rivista.

"Di che diavolo stai parlando?" Lui prese il suo giornale dal tavolino da caffè.

"Di niente. Lo scoprirai presto."

"In questa casa non mi ascolta nessuno. Me ne vado a letto." Grant mise giù il giornale e si alzò in piedi.

"Sogni d'oro. Tra non molto ti sentirai sollevato, fratellone." Jane gli fece un sorriso enigmatico.

"Dio, Jane. Rabbrividisco al solo pensiero di ciò che hai in mente." Lui andò in camera da letto e chiuse la porta alle sue spalle.

Era buio quando entrò. Il respiro regolare di Evelyn gli fece capire che lei stava dormendo. Restando in boxer, si passò la mano sugli addominali. Anche a trentotto anni, aveva un fisico forte. Si allenava durante la pausa pranzo, perché per lui essere in forma era una priorità.

In piedi davanti alla finestra, guardando la città di notte, esaminò la vastità del mondo. Le luci scintillanti della città sembravano infinite. *Cara, dove sei? Nostra figlia ha bisogno di te e anch'io. Torna a casa, maledizione!*

Lui si chiese in quale località esotica lei si trovasse. *E se andasse a letto con l'attore protagonista? Probabilmente tutti gli uomini sul set ci provano con lei. Sicuramente, va a letto con qualcuno di loro.* Lui si passò una mano tra i capelli. *Non voglio nemmeno pensarci.*

Aveva visto tutti i suoi film e gli erano piaciuti tutti. Guardandola sul grande schermo, il cuore gli battè più veloce. Si immaginò nel ruolo del protagonista e si sentì vibrare le dita per un attimo, al pensiero di accarezzarle le guance o di stringere la mano intorno al suo seno. Sospirò profondamente, poi guardò il letto. Per fortuna, non svegliò Evelyn.

Secondo i tabloid, Cara Brewster non era sposata... non ancora. Ridacchiò mentre si chiedeva quando le malelingue avrebbero iniziato a dire che lei fosse omosessuale, ma il fatto che non si fosse sposata gli dava speranza. *Ha incontrato ogni sorta di ragazzi attraenti, ricchi e di successo. Avrebbe potuto trovare qualcuno. Magari prova ancora dei sentimenti per me.*

Con la crisi del suo matrimonio, si chiedeva se tutto questo non fosse destino, proprio nel momento in cui sua figlia aveva più bisogno di lei e il suo bisogno di Cara era ancora molto forte. Ma voleva essere corretto nei confronti di Evelyn. Lei aveva ragione. Era stata affettuosa con lui in tutti quegli anni, nonostante qualcosa l'avesse sempre trattenuto.

E che cosa sapeva di Cara? *Forse lei era da qualche parte, pazzamente innamorata di qualche principe o di qualche famoso produttore.* Si strofinò la nuca per allontanare un po' la tensione. *Perché una donna così attraente dovrebbe ancora essere innamorata di me o essere ancora disponibile? Continua a sognare, Grant.*

Evelyn si rigirò nel letto. Lui si voltò e si sentì improvvisamente sopraffatto dal sonno. Si distese accanto a lei e si addormentò non appena appoggiò la testa sul cuscino.

LE PROVE SI INSERIVANO in un programma sempre più intenso, man mano che venivano stabilite le date delle anteprime. Quinn, Cara e Jake lavoravano ogni sera fino alle nove. Vuoti di memoria, battute sbagliate, prove dei costumi e prove delle luci li tenevano impegnati giorno e notte. Per la maggior parte del tempo, Quinn, essendo sposato da poco, aveva sua moglie Susanna seduta in sala.

Lei era un artista, quindi portava sempre con se il suo album da disegno. Alcuni giorni riproduceva le foto che qualcun altro aveva scattato, mentre altri giorni disegnava i membri del cast e dello staff. Lei e Cara diventarono amiche. Chiacchieravano tra una scena e l'altra e, qualche volta, lei andava a pranzo con Susanna e Quinn.

Jake Matthews si sedeva vicino a Cara e le faceva spesso domande. Non essendo interessata a lui, notò il suo aspetto e il suo comportamento. Era sempre educato, le faceva complimenti senza essere mai eccessivamente affettuoso ed era piacevole trascorrere del tempo con lui. Lei scherzava con lui e lo aiutava il più possibile a ripassare e a ripetere le sue battute, dandogli dei consigli per ricordarsi dove stare, di guardare sempre il pubblico e di parlare a voce alta.

Lui sarebbe perfetto per Grace. Devo farla venire qui al più presto. Mi manca.

Mentre Cara era al lavoro, Skip si incontrava con i produttori, le star e altri agenti di New York. Il piccolo cast divenne come una famiglia. Sebbene i nomi delle due star avrebbero di certo fatto vendere molti biglietti, sia Quinn che Cara erano in ansia per lo spettacolo. In teatro non si facevano più riprese e registrazioni e non vi era alcun doppiaggio — il teatro dal vivo era una sfida, soprattutto per coloro che erano abituati alla natura indulgente dei film, grazie alle videocassette, alle riprese, al montaggio e al potenziamento del suono.

Un pomeriggio, Cara fece una passeggiata intorno all'isolato per chiarirsi le idee. Al suo ritorno, Gus, la guardia di sicurezza, la prese da parte. "Ci sono due poliziotti che vogliono vederla, signorina Brewster. Se vuole svignarsela, dirò loro di non averla vista."

"Due poliziotti?" Lei sollevò le sopracciglia. "E vogliono vedere me?"

Lui annuì.

"Non ho bisogno di nascondermi, Gus, ma grazie," disse lei, nascondendo un sorriso, mentre gli dava una pacca sul braccio.

Non appena entrò nel teatro, i due detective le si avvicinarono. Entrambi erano alti circa un metro e ottanta e avevano lo stesso peso. Uno aveva i capelli castano scuro, mentre l'altro era biondo. I loro sguardi freddi rendevano i loro volti impenetrabili. Con la schiena dritta, l'uomo dai capelli castani mise la mano sulla pistola, mentre le si avvicinava.

"Cara Brewster?" Lei annuì, sentendo un brivido di paura scuoterle il corpo, nonostante non avesse fatto nulla di illegale. "Detective Marx e Brick, signora. Potremmo parlarle in privato per un attimo?"

Lei fece loro strada verso il suo camerino. Loro rimasero in piedi, mentre lei si sedette davanti alla sua piccola toeletta con lo specchio. Il detective Marx si avvicinò e prese una fotografia dallo specchio.

"Lei ha molte foto di questa bambina, signorina Brewster. Può spiegarci come mai?", le chiese il detective Marx. Il suo sguardo penetrante fece rivoltare lo stomaco di Cara.

"È confidenziale. Ho firmato un accordo per non parlare di..."

"Sembra che una scuola di Washington abbia segnalato un uomo che scattava delle foto a questa bambina. L'hanno rintracciato e lui ha detto di aver dato a lei quelle foto. Quindi, voglio chiederle perché ha pagato qualcuno per scattare foto a questa bambina." Lui si spostò, continuando a fissarla e ad esaminarla attentamente.

"Lei è coinvolta in un traffico di bambine, signorina Brewster?" chiese il detective Brick, alzando la voce.

"Oh, mio Dio! No! Ma che cosa pensate... è disgustoso." Cara si mise la mano davanti alla bocca, mentre il cuore le batteva rapidamente.

"Davvero? Lei che cosa penserebbe al nostro posto, signora?", le domandò il detective Marx. "Voglio dire, con tutte le foto di questa bambina qui... in bella mostra."

"Credo che farebbe meglio a dirci esattamente perché è in possesso di queste foto, o forse preferisce venire al distretto per spiegarci tutto lì?"

"Non potete dirlo a nessuno. Veramente. L'ho promesso, per iscritto, e sto cercando di rispettarlo." Lei intrecciò le mani. "Potreste fare in modo che quest'informazione resti confidenziale?"

"Dipende. Non le promettiamo niente, signorina Brewster. Se si tratta di qualcosa di illegale..."

"Niente di illegale." Lei lo implorò con lo sguardo.

"Ci spieghi tutto e vedremo cosa potremo fare." Il detective Brick tirò fuori un taccuino.

"Queste sono le foto di mia figlia."

"Questa bambina è sua figlia?" Il detective Marx sollevò le sopracciglia. Lei annuì. Lui guardò il suo partner. "In effetti, le somiglia molto." Lui spostò lo sguardo dalle foto di Sarah a Cara. "Perché scatta delle foto di sua figlia?"

"È una lunga storia."

Il detective Marx si sedette su una sedia di legno curvato. "Ho molto tempo, signorina Brewster. La ascolto."

IL SABATO SUCCESSIVO, Grant accompagnò Sarah a casa di Molly, dove la bambina sarebbe rimasta a dormire, poi raggiunse sua moglie e sua sorella per dirigersi all'Irving Berlin Theater per l'anteprima di L'amore è cieco.

Scesero dal taxi e si precipitarono dentro il teatro, perché mancavano solo cinque minuti all'inizio dello spettacolo.

"Jane, credo che avresti dovuto organizzarlo meglio. Siamo arrivati appena in tempo," la rimproverò Evelyn, sedendosi al suo posto.

"Hai il programma, Jane?" le chiese Grant, sedendosi in mezzo a loro.

Jane gli fece un sorriso nauseato, mentre gliene porgeva uno. Poi, lei gli sussurrò: "Non odiarmi."

Grant le lanciò un'occhiata inquisitoria. Le luci iniziavano ad affievolirsi, quindi non potevano leggere. Lui arrotolò il programma e lo tenne in mano. Sorrise, ricordandosi che quello era il suo posto preferito dal quale guardare Carol Anne sul palco a Washington. Terza fila, al centro dell'orchestra. Ancora ricordi. Quando si alzò il sipario, sentì un leggero brivido lungo la schiena.

Quando Quinn Roberts apparve sul palco, il pubblico iniziò ad applaudire. Poi, arrivò Cara Brewster. Di nuovo applausi.

Grant spalancò gli occhi. Cominciò a tossire e a farfugliare. Evelyn ebbe un sussulto. Lui fissò il palco, si strofinò gli occhi e poi lo fissò di nuovo. Non vi era alcun dubbio, Cara era proprio davanti a lui. Lui tossì un'altra volta, attirando il suo sguardo. Lei spalancò gli occhi e inciampò su Quinn, che la tenne prima che cadesse. Cara si mise a ridere e fece una battuta sarcastica sulla sua cecità, per coprire la sua gaffe.

Grant lanciò delle occhiatacce a Jane, che si limitò a sollevare le spalle. Era bloccato. Non poteva andarsene, disturbando la performance di Cara. Così rimase al suo posto, sorridendo. *Lei è stupenda.* Cara lo guardò. Lui incrociò il suo sguardo e ampliò il suo sorriso. Poi, notò che lei abbassò le spalle, rilassando la sua postura mentre si muoveva sul palco con la sua solita grazia.

Lieto di vedere che era ancora una vera professionista, notò che non sbagliò mai le sue battute. Senza alcuna interruzione, lei e Quinn crearono una relazione romantica per i loro personaggi sul palco. Grant prese la mano di sua sorella e la strinse. Ridacchiò tra se quando la sentì sospirare. L'ha fatto di proposito. Brava, Jane.

Lui si sentiva il cuore molto più leggero di quanto fosse stato negli ultimi anni, seguito dal suo corpo. Lui abbassò le spalle, sentendosi le braccia leggere.

Guardando il volto arrossato di Evelyn, Grant capì come si sentisse. Evelyn era totalmente in silenzio, seduta al suo posto, mentre il rossore le spariva lentamente dal viso, facendolo ritornare al suo tono naturale. Grant la guardò e cercò di prenderle la mano, ma lei la allontanò.

Due occhi ostili gli lanciarono uno sguardo arrabbiato. Lui sollevò le spalle per farle capire che non lo sapeva, ma l'espressione di disgusto sul suo volto gli fece capire che lei non gli credeva. Lui appoggiò la schiena sulla sua poltrona. Che io sia maledetto se le permetterò di rovinare questo momento. Poi, si concentrò di nuovo su Cara, senza riuscire a distogliere lo sguardo da lei per tutto lo spettacolo.

Col passare del tempo, prima che se ne rendesse conto, lui si ritrovò in piedi a fare una standing ovation per il cast, in particolare per Cara. Quando lei comparve sul palco per l'inchino finale, non distolse mai lo sguardo da lui, inchinandosi direttamente verso di lui. Lui le sorrise.

"Dobbiamo andare nel back stage," disse a Jane.

"Non se ne parla!" Evelyn si alzò in piedi. "Voglio andarmene da qui."

"Forza, Evelyn." Grant le prese il braccio.

"È stato orribile che tu abbia programmato tutto questo.", disse lei, con un'espressione arrabbiata.

"Io non ho fatto niente —" ribatté Grant, finché Jane non lo interruppe.

"Ascolta, Evelyn. Grant è rimasto sorpreso tanto quanto te. È stata una mia decisione. Sono stata io a organizzare tutto, e sì, sapevo perfettamente cosa stavo facendo. Dovevo risolvere questa situazione, in un modo o nell'altro."

"Hai una bella faccia tosta a interferire —"

"Tu sei felice, Evelyn?"

"Credi che siano affari tuoi?"

"Io devo vivere tutti i giorni nell'atmosfera folle di quella casa. E anche Sarah. Lei si merita di meglio. Se voi volete comportarvi da idioti, fate pure, ma non trascinate Sarah e me nella vostra piccola farsa."

"Come osi!"

"Sta zitta, Evelyn," disse Jane, con un'espressione seria.

"Voi potete andare a incontrarla. Io torno a casa." Evelyn si fermò e guardò Grant. "Sempre che io abbia ancora una casa."

"Evelyn, adesso stai esagerando," disse Grant.

"Perché non chiami Carl Butler a Washington? Credo che tu abbia avuto una casa con lui per molti pomeriggi, quando saresti dovuta andare a prendere Sarah a scuola," ribatté Jane.

Evelyn impallidì. Grant sollevò le sopracciglia. Lui si aggrappò alla poltrona davanti a sé per reggersi. Il collo e il viso gli diventarono rossi. "È vero, Evelyn?" riuscì a farfugliare lui.

"Io me ne vado. Non ho intenzione di affrontare questo... questo interrogatorio."

Grant le afferrò l'avambraccio. "Invece lo farai. Ma non qui." Lui si voltò e notò che le persone li stavano guardando. "Andiamo a parlarne fuori."

I tre furono gli ultimi a uscire dal teatro. Con un'espressione imbronciata, Evelyn non guardò né Grant né Jane. Sta per farsi troppo tardi per incontrare Cara.

"Perché non torni a casa, Evelyn? Io voglio provare a incontrare Cara. Potremo parlare al mio ritorno."

"Bene," disse lei, liberando il braccio dalla sua stretta.

"Ci sarai al mio ritorno, vero?"

Lei annuì.

"Io torno a casa con lei. Devi farlo da solo," disse Jane a suo fratello.

Grant raggiunse il retro dell'edificio, in cerca della porta del palcoscenico. La trovò e si mise ad aspettare pazientemente all'esterno, insieme a poche altre persone. Dopo poco tempo, Jake Matthews uscì, guardandosi intorno per un attimo.

"C'è un certo Grant Hollings tra di voi?" urlò lui. Grant alzò la mano.

"La signorina Brewster vuole vederla. Si accomodi. Il suo è il primo camerino sulla sinistra." Jake gli tenne la porta aperta. Il teatro era silenzioso quando lui vi entrò. Alcuni macchinisti sorrisero e annuirono. Quando raggiunse la sua destinazione, si fermò e si schiarì la voce prima di bussare. Sono nervoso come quella sera in cui le parlai per la prima volta. Adesso hai trentotto anni, non sei più un ragazzino. Fatti coraggio.

Capitolo Sei

Cara passeggiava nervosamente su e giù per il camerino. *Grant era tra il pubblico! Sicuramente verrà a incontrarmi. Anche solo per farmi le congratulazioni. So che ha visto che lo guardavo. Non sarebbe mai così crudele da venire allo spettacolo senza venire a salutarmi.*

Qualcuno bussò alla porta, interrompendo i suoi pensieri. *Oh, mio Dio.* Fece un respiro profondo e sospirò lentamente. Poi, intrecciò le mani tra di loro, per evitare che tremassero.

"Avanti." Lei cercò di mantenere la voce stabile, ma le tremo un po' alla fine. Grant entrò nel camerino. Lei ebbe un sussulto. *È più bello che mai.*

I suoi occhi scuri, carichi di emozione, la fissavano. I suoi capelli color mogano gli scivolavano sulla fronte, come sempre. Con le spalle larghe, aveva ancora i fianchi e le cosce snelle, perfettamente messi in risalto dal suo abito ben confezionato. Una camicia bianca metteva in risalto i suoi lineamenti scuri. Lei soffermò per un attimo lo sguardo sulla sua fede. *È ancora sposato. Maledizione.*

Lei gli fece un cenno con la mano, esitando, "Entra pure." Lui strinse le dita tra le sue, attraversando la soglia e chiudendo dolcemente la porta alle sue spalle. "Come sta Sarah? Perchè vi siete trasferiti?"

"Sta bene. È una lunga storia. Carol Anne, sei bellissima", disse, continuando a tenerle la mano.

Lei scoppiò a ridere. "Con la tua vecchia camicia di flanella e un paio di leggings?" Lei gli lasciò la mano.

"Con qualsiasi cosa, come sempre", ribatté lui, sorridendo.

"Ti è piaciuto lo spettacolo?" Lei si strinse un fazzoletto tra le mani.

"Mi è piaciuto molto. Tra te e Quinn c'è molta alchimia. Se non sapessi che si è appena sposato, penserei che voi due abbiate una relazione."

Lei arrossì al suo complimento. L'unico con cui vorrei avere una relazione sei tu.

Grant le si avvicinò, stringendola tra le sue braccia.

"Non posso farci niente," sussurrò lui, poi abbassò velocemente la testa per afferrarle la bocca con la sua. Le passò la lingua sulle labbra e lei le schiuse. All'inizio, lei si sentì rigida e a disagio, colta di sorpresa. Mentre lui esplorava la sua bocca, lei si rilassò tra le sue braccia. Lei lasciò rapidamente scivolare le sue mani, appoggiate sul suo petto, sempre più in alto, fino al collo. Un brivido le attraversò la schiena.

Lei si sentì sciogliere il corpo. È sposato, tirati indietro. Ma non ci riuscì. Cinque anni di desiderio represso, mentre i suoi bisogni prendevano il sopravvento. Lei lo voleva.

Sembrava che anche lui non riuscisse a trattenersi. Mentre i loro corpi si stringevano l'uno all'altro, il bisogno di Grant divenne evidente. Riuscendo a malapena a respirare, lei gli strinse le spalle, volendo di più. Lui fece scorrere le mani lungo la sua schiena, stringendole le dita sul sedere.

Qualcuno bussò rumorosamente alla porta e i due si separarono. Cara si coprì la bocca con la mano. I suoi occhi color cioccolato erano un turbinio di passione, mentre lui la fissava. Rimasero fermi per un attimo, l'uno di fronte all'altra, finché una voce rauca non ruppe quella magia.

"Stiamo chiudendo, signorina Brewster," urlò Gus.

Cara fece un respiro profondo prima di rispondere. "Grazie, Gus. Andrò via tra cinque minuti."

Le mani di Cara tremarono, mentre prendeva la sua giacca. Grant gliela prese dalle mani e l'aiutò a indossarla.

"Mi dispiace, Carol Anne. Non avrei dovuto farlo." Lui arrossì.

"Tu sei un uomo sposato, G." Quando lei si lasciò sfuggire il suo vecchio soprannome, lui spalancò gli occhi.

"Non ancora per molto." Lei lo guardò con la fronte corrucciata, come per fargli una domanda silenziosa. "Non dopo stasera. Non dopo averti ritrovata."

"Ma finché non sarai libero, non dovremmo..." lei gli voltò le spalle, perché lui non la vedesse arrossire in volto.

Lui le afferrò le spalle da dietro, sussurrandole qualcosa all'orecchio. "Tu non mi hai respinto. Hai lasciato che ti baciassi."

Lei abbassò la testa per l'imbarazzo. "Forse non è stato il mio momento migliore."

"Lo è stato per me. Tu sei ancora tutto per me e quel bacio mi ha detto tutto ciò che avevo bisogno di sapere."

Rimasero in silenzio per un attimo, prima che Grant la lasciasse andare. *Lui sa che lo voglio ancora. Bene. Non fingerò.* "Alloggio in una suite all'Empire Hotel. Ti va di venire a bere qualcosa?"

"Grandioso." Lui la osservò dalla testa ai piedi.

Quando uscirono, Skip stava tamburellando col piede. "Beh, era ora, Cara. Sono qui fuori a congelarmi da..."

Lei gli mise una mano sul braccio. "Skip, ti presento Grant Hollings. Grant, questo è Skip Bedloe."

Skip si fermò. Guardò Grant e sorrise. "Era ora che ti conoscessi."

Grant aggrottò la fronte, guardando Skip.

"Stiamo andando nella mia suite per un drink," proseguì lei.

"Anch'io ho un impegno. Piacere di averti conosciuto." Skip gli porse la mano e Grant ricambiò la stretta.

"Piacere mio," borbottò Grant. Quando lui si allontanò, Grant si rivolse a lei. "Il tuo amante?"

Cara scoppiò a ridere. "Non esattamente. Skip è il mio migliore amico. Ed è gay."

"Quindi non state insieme?" Lei notò una nota di speranza nella sua voce.

"Non al momento." Lei abbassò lo sguardo, cercando di nascondere i suoi veri sentimenti. Nessuno ha mai potuto competere con te.

"Questo è proprio il mio giorno fortunato." Lui le prese la mano.

"Non penso proprio," urlò una voce femminile. Si voltarono e videro Evelyn nel vicolo, con le mani sui fianchi. "In effetti, penso proprio che questo sia il tuo giorno più sfortunato in assoluto."

"Evelyn. Ti ricordi di Cara?" Grant fece un debole tentativo di presentazione.

"Ricordarla? Dici sul serio, Grant? Ricordarla? Dorme tra noi due da cinque anni." Evelyn si avvicinò pericolosamente a Cara.

"Che intendi dire?" Cara si sentì ribollire dalla rabbia.

"Sai perfettamente cosa intendo dire, puttanella —" A quelle parole, Cara le diede uno schiaffo sul viso, poi indietreggiò, sconvolta per ciò che aveva appena fatto.

Evelyn sollevò la mano, ma Grant le afferrò il polso e la domò. "Evelyn, non farlo," disse lui, dolcemente.

"Perché no? È da sette anni che voglio farlo," disse lei a denti stretti.

"Non farlo, per favore. Non vince nessuno se continui…"

"Ma davvero? Io vinco. Così Miss perfezione può sapere cosa penso di lei. Di lei e della sua preziosa carriera. Lei è un'attrice così famosa — tutta spazzatura, secondo me."

"Evelyn, basta!" Grant strinse la presa.

"Lasciala parlare, Grant." disse Cara. "Lascia che si sfoghi."

"Sei solo una puttanella accondiscendente! Ti strapperò tutti i capelli dalla testa."

"Evelyn, calmati."

"Non dirmi di calmarmi!" Lei si voltò per guardarlo. "Ho cercato di fare qualunque cosa che una donna possa fare per farti innamorare di me. Invece, Miss Riccioli d'oro ti ha avuto sempre in pugno."

"Non so di cosa tu stia parlando. Non ho più visto Grant né gli ho parlato per cinque anni."

"Questo non importa. Niente di tutto questo importa. È stato innamorato di te per tutto il tempo. Mi ha sposata, ma non riusciva ad amarmi. Lo sapevo, ma folle com'ero, l'ho fatto lo stesso."

"Evelyn, basta...per favore," la supplicò Grant.

"No, questo devo dirlo. Pensavo di poterlo fare innamorare di me. Pensavo di poter essere perfetta, come te, ma non ha funzionato. Non importava quello che cercavo di fare, lui non riusciva ad amarmi."

"Grant?" Cara lo guardò incuriosita.

Lui scosse la testa. "Evelyn, non farlo."

"È vero quello che sta dicendo?" Cara si rivolse direttamente a lui.

Lui esitò. Fissò lo sguardo sul marciapiede, mentre si schiariva la voce. "Beh...questo non è né il momento, né —"

"Invece questi sono il momento e il luogo perfetti", gli rispose furiosamente Evelyn. "Diglielo, Grant. Dille quanto mi ami. Dille che mi ami più del sole, della luna e delle stelle, mentre la tieni per mano. Forza. Accontentami."

Ci fu un silenzio imbarazzante.

"Non ci riesci. Lo so. Perché è lei che ami, non me. È sempre stata lei, non sono mai stata io." La sua voce si spense, mentre le lacrime le scendevano sulle guance.

"Nemmeno tu mi ami, Evelyn. In effetti, credo che tu ami Carl adesso, non è vero?" Lui la guardò, spalancando gli occhi.

"Forse. Forse alla fine sono rinsavita. Forse ho semplicemente rinunciato. Forse..." Le lacrime le si riversarono sulle guance.

"Penso che faresti meglio a tornare a casa. Lascia che ti chiami un taxi." Lui fece scivolare un braccio sulle spalle di Evelyn.

"Credi di sbarazzarti così facilmente di me, eh? Ovviamente." Grant la accompagnò fino alla Eighth Avenue. Cara li seguì. Lui fermò un taxi, aprì lo sportello e la aiutò a entrare. Porse all'autista una banconota da venti dollari.

Cara vide Evelyn sedersi e spostarsi sul lato opposto. "Sembra che sia davvero finita", disse lei, raggiungendolo.

"Immagino di sì. Mi dispiace che tu abbia dovuto assistere a questo...e che tu abbia dovuto subire la sua rabbia. Tu non hai fatto niente."

"Lo so. Ma lei mi ha detto molto di te. È vero quello che ha detto?" Cara si fermò, avvicinandosi a un palazzo per avere un po' di discrezione.

Grant abbassò lo sguardo e annuì. "Mi vergogno di ammettere che è vero."

"Perché l'hai sposata?"

"Era incinta."

"Non hai perso tempo a rimetterti in gioco dopo che me ne sono andata."

"Ehi, tu mi hai lasciato, ricordi?"

"Quindi hai due figli?"

"Lei ha avuto un aborto dopo che ci siamo sposati."

"Mi dispiace."

"Mi sono posto delle domande su questo negli ultimi sette anni. È stata una fortuna."

"Grant!"

"Beh...sono solo sincero."

"Non la biasimo per quello che mi ha detto. Probabilmente mi sentirei allo stesso modo se fossi al suo posto."

"Andiamo a prendere quel drink. Ne ho davvero bisogno." Le prese la mano e tornarono in silenzio in albergo. L'ascensore li portò al trentacinquesimo piano in un batter d'occhio. Cara aprì la porta di un'elegante suite con l'ingresso con pavimento in marmo e una carta da parati con una leggera trama color crema e verde chiaro.

Si avvicinarono alle finestre a parete intera del salotto. Decorato in pelle beige, cromo e vetro, il salotto era moderno ma freddo. Le porte della camera da letto erano su pareti opposte, conferendo maggiore privacy a ogni stanza. C'era un piccolo tavolo da pranzo rotondo in vetro vicino alle finestre.

"La città è bella, non credi?" Lei si tolse il cappotto e lo posò sul bracciolo del divano, poi si avvicinò al mobile bar in teak.

"Non è bella come te." Lui si voltò per guardarla.

"Vivi qui da molto tempo?" Aveva bisogno di rallentare.

"Da meno di un mese."

"Nemmeno io sono qui da molto tempo. Bevi ancora la vodka?"

"Sì, ma mescolata a qualche bevanda analcolica"

"Qualche bevanda analcolica? Prima ci mettevi solo un po' di limone," osservò lei.

"Non sono più un coglione pretenzioso come ero un tempo. O almeno non penso di esserlo," ridacchiò lui.

Lei mescolò le bevande e gli porse un bicchiere. Quando le sue dita sfiorarono le sue, lei sentì un brivido lungo il braccio, facendo quasi cadere il bicchiere. Grant le prese la mano.

"Dimmelo se non sono affari miei, ma vai ancora a letto con lei?"

"Lascia che ti spieghi." La sua espressione implorante da cane bastonato ammorbidì il suo atteggiamento. Mi calmo sempre con quello sguardo.

"Continua. Ti ascolto." Lei cercò di mantenere un atteggiamento talmente freddo da far persino raffreddare la vodka di Grant, dall'altra parte del divano, ma stava solo fingendo. Dentro di lei, si sentiva bruciare ogni volta che lo guardava. Non riusciva a evitare di guardare il suo corpo maschile, che la tentava a toccarlo e a farsi toccare.

"Sinceramente, non andiamo a letto insieme. Non lo facciamo da tanto tempo..."

"Non è troppo da sopportare per te?" Il suo tono di voce era fragile.

"Per favore. Questo non è da te." Lui si portò il suo drink alle labbra.

"Come fai a saperlo? Non ci siamo né visti né parlati per cinque anni."

"Aspetta solo un minuto. Chi di noi due è scomparso per cinque anni? Di certo non io! Tu non hai visto né parlato con tua figlia...con nostra figlia...per cinque anni. E quindi, di chi è la colpa? "Dove diavolo sei stata?" Lui si alzò in piedi, con un'espressione arrabbiata in volto.

Lei lo seguì. "Dove? A guadagnarmi da vivere, ecco dove. Guadagnando maledettamente bene. Evelyn poteva restare a casa e fare da madre a mia figlia, mentre io dovevo lavorare."

"Quella è stata una tua scelta. Avresti potuto —"

"Tu eri sposato, ricordi? Io sarei tornata volentieri e ti avrei sposato quando ho scoperto di essere incinta." La sua voce si alzò di un'ottava.

"Allora perché non l'hai fatto?" gridò lui.

"Perché tu eri già sposato!" Lei urlò più forte.

"Come facevi a saperlo?"

"Ho chiamato." Lei abbassò lo sguardo dal suo viso ai suoi piedi, quasi sussurrando.

"Cosa?"

"Ho chiamato. Ha risposto Evelyn. Ero sconvolta. Non mi aspettavo che rispondesse una donna. Mi aspettavo che tu ti arrabbiassi molto, ma che poi, sentendo che ero io...saresti stato felice. Io ero entusiasta. Sapevo che saresti stato felice con me. Quindi, le ho chiesto di parlare con te." Lei andò alla finestra.

"E poi, che cosa è successo?" Lui le si avvicinò e le mise le mani sulle spalle.

"Evelyn si è insospettita. Mi ha chiesto chi fosse al telefono. Pensavo che ti avrebbe semplicemente dato il cellulare. Ma non l'ha fatto. Mi sono innervosita. E ho posato il telefono. Poi ha detto che era tua moglie e mi ha chiesto se poteva aiutarmi. E io non riuscivo a parlare." I suoi occhi si riempirono di lacrime.

"Oh, mio Dio. Cara Mia..."

Cara si asciugò le lacrime con le dita. "Poi lei si è arrabbiata, ha detto qualcosa di brutto e ha riattaccato il telefono. Mi sentivo devastata, schiacciata. Non sapevo cosa pensare. Ero incinta di tua figlia e tu...non eri raggiungibile."

"Oh, tesoro, mi dispiace così tanto. Non lo sapevo." Lui la strinse tra le braccia. Lei si mise a singhiozzare sul suo petto.

"Fu allora che capii il significato della parola 'sola'. Così, mi sono difesa come potevo. Ma ti volevo moltissimo e mi mancavi da morire." È bellissimo stare di nuovo tra le sue braccia.

"Avrei voluto esserci per te." Lui le accarezzò la schiena e le baciò i capelli.

"Anch'io l'avrei voluto. È stato difficile, dannatamente difficile. Per un po'. ho pensato che la frequentassi mentre stavi con me, mentre stavamo insieme...ma non è così, vero?" Lei fece un passo indietro, in cerca del suo viso.

"Certo che no. Non c'è mai stata nessun'altra al di fuori di te."

"Ma la gravidanza e il matrimonio sono stati così veloci."

"Lei lavorava nella mia azienda. Non sapevo di piacerle già da un po' di tempo. Ero totalmente accecato da te... Non vedevo né lei né nessun'altra."

"Oh, Dio, Grant. Come vorrei che le cose fossero andate in modo diverso."

"Anch'io, Cara Mia."

Lei lasciò la stanza per prendere un fazzolettino di carta ed era più calma al suo ritorno. "Ma, dal momento che sei ancora sposato, che cosa stai facendo qui?" Il suo tono gelido nascondeva i suoi sentimenti. Dimmi che hai sbagliato a non chiamarmi. Dimmi che mi ami ancora.

"Non voglio più restare sposato con Evelyn. Non credo che durerà ancora a lungo, e ora che so dove sei..."

"Dopo aver visto Evelyn stasera, sembrerebbe che il tuo matrimonio si stia sgretolando. O era solo una lite?" Lei si accasciò sul divano. Lui la raggiunse.

"Oh, no." Era tutto reale. Penso che abbia una relazione. Non è mai stato un gran matrimonio. Ho lottato per così tanto tempo, ma non posso farci più niente. Ti amo, Cara Mia. Ti ho sempre amata. Non ho mai smesso. Ci ho provato, ma non ci sono riuscito. Ero così arrabbiato con te quando te ne sei andata. Però, quando mi sono calmato, sapevo che non ti avrei mai dimenticata." Si allontanò da lei e bevve un sorso dal suo bicchiere.

"E che cosa c'è di male?" Lei gli mise una mano sulla spalla.

"Sono stato debole. Ho rovinato la sua vita...la mia vita, e forse anche la tua vita. Se fossi stato più forte, ti avrei trovata e riportata a Washington per sposarti. Avevo persino comprato l'anello. Te l'avrei dato il giorno che te ne sei andata."

"Un anello? Volevi farmi la proposta?"

"Certo.Ero...sono ancora...sono pazzo di te."

"Allora perché non l'hai fatto?" Gli occhi di Cara si riaccesero di lacrime mai versate.

"Mi sono sentito insicuro e mi sono tirato indietro. Mi sono detto che saresti tornata. Che ci saremmo rivisti. Tu eri così entusiasta di andare a Los Angeles..."

"Se solo avessi saputo..." Cara chinò la testa, mentre alcune lacrime le scivolavano sulle guance. Si avvicinò a lei, la strinse dolcemente tra le braccia e le accarezzò i capelli.

"Avresti detto di sì?" sussurrò lui.

Lei annuì, soffocata dall'emozione, poi appoggiò il viso sul suo petto.

"Non pensavo di mancarti. Avevi una vita così eccitante."

Lei si allontanò da lui, cercando un fazzoletto. "Mi sei mancato ogni giorno. Mi sentivo impaurita e sola. Poi, quando ho scoperto di essere incinta... l'ho ignorato per mesi, sentendomi in ansia su cosa fare. Quindi, quando alla fine ti ho chiamato, era troppo tardi."

"Tu te ne eri andata. Ero triste e confuso ed Evelyn era lì. Poi è rimasta incinta. Ero in trappola. Ho fatto quello che ritenevo giusto."

"Mi hai sostituita in un batter d'occhio."

"Ero ferito. Non intendevo finire con Evelyn. Un momento di follia. Mi dispiace. Mi dispiace davvero, Carol Anne." Lui le accarezzò la guancia. "Sei rimasta lontano da Sarah a causa mia?" le chiese lui, dolcemente.

"Chiedilo a tua moglie perché sono rimasta lontana." disse lei, con voce tremante.

"Evelyn?" chiese, tenendo Cara a debita distanza. Lei annuì. "Non hai intenzione di dirmelo?"

"Non posso." Lei si nascose il viso con le mani.

"Perché no?"

"Per favore. Chiediglielo." Lei allungò la mano per bere un sorso del suo drink.

"Se fossi libero...mi sposeresti?"

"Grant, ti amo ancora, ma cinque anni sono tanti."

"Sarà meglio che io vada." Lui si alzò in piedi.

Lei lo afferrò per un braccio. "Cavolo, ti arrendi facilmente, eh?"

"Non posso costringerti a sposarmi. Rendere infelice una moglie è già abbastanza."

"Non ho detto che non lo farei. Solo che non ti conosco più. Potresti darmi un po' di tempo per conoscerti di nuovo - dopo che avrai ottenuto il divorzio?"

"Ora che so che sei qui e che sei libera. Non posso...non posso tornare indietro."

"Lei ti lascerà andare senza lottare?"

"Lei non mi ama. Non mi ama da anni. E non penso che gliene importi qualcosa di Sarah."

Cara ebbe un sussulto. "Non le importa di mia figlia?"

"Nostra figlia", la corresse lui. "Non che lei non le piaccia, ma sembra che non provi alcun sentimento sincero per lei. È una bambina adorabile. La amerai."

"Non posso vederla...non prima che compia quindici anni."

"Di che stai parlando?" Lui aggrottò la fronte.

"Non lo sai davvero? Chiedilo a Evelyn. Lei può dirti tutto a riguardo." Lei si alzò in piedi, per fargli capire che il suo tempo con lei era finito.

"Sei molto misteriosa."

"Non ho scelta." Lei abbassò lo sguardo sul pavimento.

"Indagherò. Tu resterai qui?" Lui la seguì fino alla porta. "Posso rivederti?"

"Una volta che avrai risolto le cose con Evelyn. Fino ad allora è meglio...non farci coinvolgere."

"Capisco. Tornerò domani, l'indomani e il giorno dopo ancora..."

"Ci sarò. Non so se posso lasciarti andare di nuovo," sussurrò lei, stringendosi tra le sue braccia ancora una volta.

"Tu sei mia e non ho intenzione di rinunciare."

Un sorriso le illuminò il viso. Hai sempre saputo cosa voglio sentirmi dire.

Capitolo Sette

Grant si mise le mani in tasca mentre percorreva la Broadway, diretto a casa. Non badava all'aria fredda o ai rumori della città. Era concentrato sulla sua vita. Felicità, apprensione, preoccupazione e confusione— tanto da fargli girare la testa. Aveva bisogno di un po' di tempo per pensare, prima di affrontare sua moglie. Cara aveva sollevato troppe domande. Troppi segreti. Una relazione? Che cos'altro c'è che io non so, Evelyn? La sua frustrazione aumentava a ogni passo.

Quando raggiunse l'appartamento, la sua frustrazione si era trasformata in rabbia, che si agitava nel petto di Grant. Grazie a Dio, Sarah è a casa di Molly stanotte. Era mezzanotte quando inserì la chiave nella serratura. C'era una luce accesa in salotto e sotto la porta della cameretta della cameriera, che apparteneva a Jane. La sua camera da letto era buia. Grant andò nella sua stanza, spalancò la porta e accese la luce.

"Alzati, Evelyn," disse in tono severo.

Lei si ritirò, voltandosi dall'altra parte e coprendosi gli occhi dalla luce col braccio. Borbottò qualcosa di incomprensibile.

"Dobbiamo parlare."

"Adesso?" chiese lei, senza muoversi.

Colto dalla rabbia, con uno scatto, tolse le lenzuola e le coperte dal letto. "Sì! Proprio adesso! Dopo quella scenata che hai fatto con Cara!"

Lei spalancò gli occhi. Il suo viso era paralizzato per la paura.

Grant fece un passo indietro e addolcì il suo tono di voce. "Se non ti dispiace..."

Evelyn si sedette sul bordo del letto. "Ok, ok. Non essere aggressivo."

"È l'ora della verità."

Lei evitava il suo sguardo. Si alzò, imbronciata, tirandosi giù la camicia da notte.

"Presumo, dalla tua risposta evasiva di prima, che tu abbia una relazione..." Lui si mise le mani sui fianchi.

"Mi sembra il minimo, dato che tu hai solo una donna in mente da quando abbiamo detto 'Sì, lo voglio.'"

"Allora lo ammetti. Come prova."

"Quale prova?"

"Roba da avvocati. Non innervosirti. Nessuna prova."

"Ok, lo ammetto. Vuoi sapere chi è?" Lei sollevò il mento in segno di sfida.

"Immagino che sia Carl. Seconda domanda. Quando ho visto Cara stasera, lei..."

"Sei andato a letto con lei?"

"No. Non tutti infrangono i voti del matrimonio..." Lui si mise a passeggiare per la stanza.

"Stronzate. Nella tua mente, sei sempre andato a letto con lei. Scommetto che, quando scopi con me, in realtà pensi a lei." Lei strinse gli occhi.

"Questa è una cosa orribile da dire."

Lei lo fulminò con lo sguardo. "Eppure, non lo stai negando! Non sei mai stato innamorato di me."

"Stavo cercando di riprendermi, quando abbiamo cominciato a frequentarci. Tu lo sapevi, non te l'ho mai nascosto. Che cosa ti aspettavi? Non ci frequentavamo da molto tempo quando sei rimasta incinta. Io ho solo fatto la cosa giusta. Tu avresti potuto dire di no."

"Io ero molto innamorata di te. Ti avevo aspettato per un anno intero... Mentre tu vivevi con lei. Avrei fatto qualunque cosa per averti — qualunque!" Lei si mise la mano davanti alla bocca.

Grant fece un passo indietro fino a quando non colpì il muro, dopo aver capito. "Dimmi che non l'hai fatto." Lei rimase in silenzio. Lui le si avvicinò e la strattonò verso di sé. "Dimmi che non hai mentito sulla gravidanza."

"Vuoi la verità?" gli chiese lei, con uno sguardo sprezzante. "Gli uomini sono così facili da ingannare."

"L'hai fatto!" Lui sprofondò sul letto, con il cuore che gli batteva all'impazzata nel petto.

"Sì, l'ho fatto. Non ne sono orgogliosa, ma ho ottenuto ciò che volevo. O almeno pensavo. Ho avuto te."

"Oh, mio Dio. Tu sei responsabile...di tutta questa tristezza." Lui era sconvolto.

"Quelli sono stati i giorni più felici della mia vita. Per tutto il primo anno tu sei stato dolcissimo, cercando di consolarmi per il finto aborto. All'inizio, è stato difficile continuare a mentirti, ma poi è diventato più semplice. Tu eri così amorevole, ma nel tempo hai smesso. Mi ci sono voluti altri due anni per affrontare la verità — che tu la amavi ancora, qualunque cosa io facessi."

Lui si mise la testa tra le mani. "Non riesco a credere che tu abbia fatto questo a me... A noi, a noi tre. E a Sarah." Lui la guardò. "Come hai potuto?"

"L'amore fa fare cose folli alle persone." Lei alzò le spalle.

"E tu lo chiami amore?"

"Tuttavia, non mi ha portato quello che volevo. Ho pagato per la mia bugia. Ho pagato ogni giorno perché amavo un uomo che non avrebbe mai potuto amarmi." Lei arrossì, con gli occhi carichi di lacrime.

"Sei solo una stronza bugiarda," borbottò lui, scuotendo lentamente la testa.

Lei trasalì. "Non preoccuparti. Avrai la tua preziosa Cara. Io vado via. Carl vuole che vada a vivere da lui. Ho chiuso con te, finalmente! Finalmente la mia testa dura si è convinta che non mi amerai mai. Così ho trovato un pascolo più verde. All'inizio mi faceva male, ma ora non più."

Grant si alzò in piedi, afferrando Evelyn per un braccio. "Cara mi ha detto di chiederti perché non ha visto Sarah per cinque anni," ringhiò lui, con un tono di voce teso.

"Davvero? Lei non te l'ha detto?"

"Mi ha detto che non poteva dirmelo."

"Ah! Che stupida! Proprio un idiota! A rispettare quell'accordo per tutti questi anni."

"Quale accordo?"

Lei si liberò dalla sua presa e si avvicinò alla porta, con un'espressione impaurita. "Le ho fatto firmare un accordo. Ha accettato di non avere alcun contatto con Sarah finché non compirà quindici anni. Altrimenti, non avrei mai acconsentito all'adozione."

"Cosa?" Grant non riusciva a credere alle sue orecchie.

"Mi hai sentita." Evelyn uscì dalla porta, mangiucchiandosi una cuticola. "Lei aveva bisogno di sistemare Sarah. Era disperata. Non volevo essere una madre di riserva, così l'ho tenuta lontana. Merda. Nemmeno questo ha funzionato. Sarah non è mai stata veramente mia figlia. Ha sempre voluto la sua vera madre."

"Cara non me ne ha mai parlato." Lui allungò il braccio, appoggiando la mano sul muro.

"Veramente? Forse, se tu l'avessi chiamata, ma non l'hai fatto, non è vero?"

"Tu hai fatto firmare a Cara quell'accordo?" le chiese, ignorando la sua domanda.

"Lei non voleva farlo — se questo ti fa sentire meglio, ma è stata costretta."

"L'ha fatto per Sarah." Le lacrime gli appannavano gli occhi. Per tutti questi anni sono stato arrabbiato con lei. E mi sbagliavo.

"Comunque, non ho mai firmato i documenti per l'adozione. Grazie a Dio. Perché adesso posso tirarmi fuori da tutto. Un taglio netto. Un nuovo inizio... Per tutti."

Grant si lasciò cadere su una poltrona alata, con la testa tra le mani. "Tutto questo dolore — non doveva andare in questo modo."

"Ehi, anch'io ho sofferto." Lei si batteva sul petto con l'indice.

"Certo che hai sofferto. Ed è stata tutta colpa tua. Vattene." Il suo tono di voce era controllato, basso e uniforme.

"Ho già detto che me ne andrò."

"Adesso. Devi andartene adesso." Lui cominciò ad alzare la voce. Perse il controllo man mano che la rabbia gli faceva arrossare il viso.

"Ok, ok. Calmati."

"Subito!" Lui prese una ciotola dalla credenza e la lanciò sul muro. La ciotola si ruppe in un milione di pezzi. Evelyn si spostò dalla traiettoria.

Jane comparve davanti alla porta. "Sei tutto rosso. Che cosa è successo?"

Grant era fuori controllo. Lanciò sul muro una tazza, poi una sedia, scheggiandone il bracciolo, prima di crollare sulle ginocchia, col viso tra le mani, e mettersi a singhiozzare. Jane entrò nella stanza e gli mise un braccio intorno alle spalle.

Evelyn esitò davanti alla porta. "Voglio solo prendere la mia roba e togliere il disturbo."

Grant si asciugò il viso con la mano.

"Hai finito di fare i capricci? Posso entrare?"

"Jeff Banks ti contatterà domani per il divorzio." Lui si sollevò su una gamba.

"Non vedo l'ora che succeda," singhiozzò lei, dirigendosi rapidamente verso il suo cassettone.

Grant si alzò in piedi, si tolse la fede e la gettò nella spazzatura. Evelyn si tolse l'anello di platino e diamanti, se lo mise in mano e glielo porse. "Lo vuoi?"

Lui scosse la testa. "Impegnalo. Tieniti i soldi. Ed esci subito dalla mia vita."

"Con molto piacere.", ribattè lei, mettendosi l'anello in borsa.

Lui si appoggiò al suo cassettone e si mise la fronte sul braccio, mentre Evelyn prendeva i suoi pochi oggetti dal suo studio per metterli nella sua valigia. Il silenzio nella stanza era denso come la nebbia di Londra. Le emozioni si alternavano dentro di lui, la rabbia diventava tristezza, per poi tornare a essere rabbia. Lui sentiva il gusto amaro del rimpianto in bocca. Non riusciva a fermare le lacrime.

Quando lei finì di rivestirsi, si fermò davanti all'uscio e si voltò per guardarlo. "Addio, Grant. Grazie di nulla."

Lui sollevò la testa e la fissò. L'odio che aveva nel cuore gli faceva bruciare la gola, impedendogli di parlare. Lei si fermò, in attesa di una sua risposta, sollevò le spalle davanti al suo silenzio e se ne andò.

Jane rimase a guardare davanti alla finestra. Quando Evelyn richiuse la porta, lei si mise subito al lavoro. "Lascia che ripulisca tutto."

"Lo faccio io," disse Grant. Ma le mani gli tremavano così tanto che non riusciva a raccogliere i cocci.

Sua sorella gli toccò la spalla. "Nessun problema. Lo faccio io. Non mi dispiace. Potresti tagliarti." Jane lasciò brevemente la stanza, per poi tornare armata di scopa, paletta e un bicchierino di brandy, che porse a Grant.

"Bevilo. Ti farà bene." Lui si lasciò cadere sulla poltrona alata e bevve un sorso di quel liquido ambrato.

"Hai sentito tutto?"

"Chiunque nell'Upper West Side ha sentito tutto."

Lui accennò un sorriso.

Jane mise i cocci in una busta di plastica, poi si sedette sul letto e lo guardò. "Non guardare indietro. Guarda avanti. Lei se n'è andata e adesso potrei vivere la vita che vuoi da tanto tempo."

"Potrebbe essere troppo tardi."

"O potrebbe non esserlo."

"Sempre ottimista."

"A che serve essere pessimisti in questa situazione? Io resterò tutto il tempo che avrai bisogno di me."

Lui sollevò le sopracciglia.

"Lo farò. Inoltre, il tuo collega Gary Lawrence mi ha chiesto di uscire. È carino. Non ho nessuna fretta di tornare a Washington."

"Grazie." Lui la guardò con gratitudine. "Che cosa farei senza di te?"

"Saresti nei guai. Quindi, sii gentile con me."

"Io sono gentile con te."

"Lo so. Che cosa diremo a Sarah domani?"

"Maledizione! Non lo so."

"Perché non le diciamo che Evelyn è dovuta tornare a Washington per un po'..."

"Almeno finché non parlerò con Jeff per capire come funziona."

"E dopo le diremo la verità?" Domandò Jane.

"Dopo. Non voglio trascinare Sarah in questa situazione finché non sapremo esattamente cosa succederà."

"Troverò una soluzione domattina," disse Jane.

"Non mi sembrava che le mancasse Evelyn."

"Questo dovrebbe rendere tutto più facile."

"Sei la migliore, Jane. Grazie."

"Non è niente." Lei gli sorrise e gli accarezzò la spalla, prima di dargli un bacio sulla testa e di augurargli la buona notte.

Lui si diresse verso il cassettone e aprì il primo cassetto. Aprendolo, frugò per un minuto prima di tirare fuori un pagliaccetto di satin color crema, che aveva regalato a Carol Anne.

Passò le dita sulla morbida seta, lucida e scivolosa. Farlo gli fece ricordare le lunghe mattine trascorse a mangiare pane tostato e bacon e a fare l'amore all'infinito. Carol Anne apprezzava le sue attenzioni e il suo corpo, incoraggiando la sua passione per lei. Lui aveva sempre trovato rifugio dallo stress della professione legale tra le sue braccia, perdendosi nella loro estasi condivisa.

Si portò delicatamente l'indumento al naso e respirò. C'era ancora qualche traccia del suo profumo di lillà, quello che l'aveva fatto impazzire quando aveva trentun anni e che lo faceva impazzire ancora adesso. Carol Anne era più bella che mai. La sua figura si era arrotondata un po' nei posti giusti e lei emanava fiducia. Lui sorrise, pensando a loro due aggrovigliati tra le lenzuola, che ridevano e facevano l'amore in una mattinata pigra, come facevano a Washington.

Grant rimise il pagliaccetto nel cassetto e si stese sul letto. Rimase sveglio, ricordando la sua ultima conversazione con Carol Anne nel taxi che li portava all'aeroporto.

"So che non tornerai."

"Perché dici così?"

"Perché è vero. Tu diventerai una grande star del cinema e non ci sarà più posto per me nella tua vita."

"Ma io ti voglio."

"La mia vita è qui. Non ho intenzione di allontanarmi, come un albero trapiantato, lasciando tutto ciò per cui ho lavorato, per seguirti in giro per il mondo come un cagnolino."

"Pensavo che mi amassi."

"Lo faccio, ma amo anche la mia vita."

"E non c'è posto per me nella tua vita?"

"Certo che c'è. Qui a Washington. Per vivere insieme a me. Puoi fare teatro qui. Perché devi andare a Los Angeles?"

"Pensavo che l'avremmo superato. Devo aiutare mia madre e mia sorelle e i teatri di Washington non pagano abbastanza."

"Se tu vivessi con me, pagherei tutte le tue spese."

"Non è abbastanza, Grant. Te l'ho detto."

"L'hai fatto, ma non credere che io ti aspetterò."

"Cosa?" aveva detto lei, con le lacrime agli occhi.

"Mi hai sentito. Qualunque ragazzo arrapato nell'ambiente cercherà di portarti a letto."

"Credi che questo sia quello che cerco?"

"È quello che troverai. È solo una questione di tempo prima che ti scopi ogni regista e ogni attore affascinante in città."

Lei gli aveva dato uno schiaffo sul viso. Lui aveva provato vergogna mentre si accarezzava la guancia.

"Io non sono così.", aveva detto lei, così piano che era riuscito a malapena a sentirla.

"Scusa." Aveva cercato di prenderle la mano, ma lei l'aveva respinto.

"Questa è la tua scusa per poter andare dietro a tutte le donne? Quanto tempo passerà prima che un bel ragazzo come te trovi qualcuna con cui andare a letto? Forse cinque minuti?"

"Ti amo, Carol Anne, Cara Mia. Ma non sono un uomo paziente e non mi piace condividere."

"Non possiamo cercare di farlo funzionare?" Lei gli si era avvicinata.

"Possiamo, ma non ho molte speranze. Le relazioni a distanza sono destinate a finire."

"Abbracciami, per favore." Lui la prese tra le braccia, mentre le lacrime le scendevano sulle guance. "Ti amerò sempre, Grant Hollings, anche se tu smetterai di amarmi."

"Sono stato uno stupido. Mi dispiace. Ho cercato di non amarti più, Cara Mia, ho cercato e non ci sono riuscito," sussurrò lui, nella notte silenziosa, prima che il brandy facesse il suo effetto, facendolo addormentare.

CARA SI SVEGLIÒ IN preda a un turbinio di emozioni insolite, dall'entusiasmo all'apprensione. Vedere Grant le aveva fatto battere di nuovo il cuore, ma lui era ancora sposato. L'ultima cosa che avrebbe voluto era essere coinvolta in un divorzio. Che cosa avrebbe pensato Sarah? La stampa ci sarebbe andata a nozze. E che cosa ne sarebbe stato del suo spettacolo? Chiamò il servizio in camera per la colazione e si vestì. Mordicchiandosi il labbro inferiore, si mise a passeggiare in salotto, aspettando la colazione.

"Ok, conosco quello sguardo. Che cosa è successo ieri sera?" Skip entrò in salotto, allacciandosi la vestaglia.

Cara si buttò sul divano. "Non vedevo Grant da...cinque anni."

"È lui?"

Lei annuì.

"L'amore della tua vita? ed è tornato? Magnifico! Dovresti festeggiare. Hai ordinato da mangiare?"

"Certo. Il solito per te. Per quanto riguarda i festeggiamenti...non ne sono sicura."

"Non sei di nuovo follemente innamorata?" Skip si avvicinò per guardare fuori.

"Provo sempre gli stessi sentimenti, ma lui è sposato."

"Sposato? Ed è venuto a trovarti? Che coraggio! Sei andata a letto con lui?" Lui si voltò per guardarla.

"Ovviamente no." Lei agitò la mano davanti a lui.

"Allora come fai a sapere che provi le stesse cose?"

"Il bacio.", disse lei, giocherellando con l'orlo della sua gonna.

"Ti ha baciata?" Lui sollevò le sopracciglia.

"Se quello si può definire solo un bacio." Lei guardò fuori dalla finestra, senza vedere. Ricordandosi la passione, appena contenuta, che ardeva tra di loro, lei si portò un dito davanti al labbro inferiore.

"Non è un atteggiamento da uomo sposato."

"Credo che il suo matrimonio sia finito." Lei si alzò in piedi.

"Lascialo perdere, tesoro. È un disastro di cui non hai bisogno." Lui le diede un bacio sulla guancia.

"Non posso, Skip. È da cinque anni che aspetto che succeda e non ho intenzione di allontanarmi da lui adesso. Non potrei, nemmeno se volessi."

"Se è quello che vuoi...ma, come tuo agente, avendoti aiutata a costruire una carriera di enorme successo da cinque anni, devo farti notare che stai mettendo tutto a rischio. E per cosa? Una scopata?"

"È più di questo. Molto di più." Lei scosse la testa.

"Grandioso! La mia cliente più importante finirà a gambe all'aria. Ti cacceranno dallo spettacolo. Ti sostituiranno. E ti chiederanno anche i danni morali. È previsto in tutti i contratti." Lui alzò la voce.

"Non farò niente per mettere in imbarazzo né te né i produttori, ma non ho intenzione di rinunciare a Grant. Non voglio fare lo stesso errore per la seconda volta."

La loro conversazione fu interrotta da qualcuno che bussò alla porta. Un cameriere spinse dentro la suite un tavolo con due omelette di albumi, patatine novelle arrostite, bacon di tacchino, frutta, un cestino di pane tostato e una grossa caraffa di caffè. Lo portò davanti alla grande finestra che dominava la città. Skip gli diede la mancia, firmò la ricevuta e tirò fuori la sedia di Cara per aiutarla a sedersi. Lei versò il caffè in due tazze.

Lo sorseggiarono in silenzio, evitando di guardarsi. Poi, Skip si avvicinò e le strinse la mano. "Ok, smetterò di essere il tuo agente per un attimo. Che cosa posso fare per aiutarti a conquistare questo tipo?"

Lei sorrise. "Niente. Sono piuttosto sicura che tornerà dopo aver lasciato sua moglie."

"Lo sposerai?" Skip tagliò la sua omelette con la forchetta, lasciando venir fuori il ripieno di funghi e cheddar fuso.

"Non me l'ha chiesto." Lei infilzò un pezzo di melone.

"E se lo facesse?"

"Che ne dici di andarci piano? Non preoccuparti adesso. Non voglio smettere di recitare, quindi puoi rilassarti."

"E se te lo chiedesse?"

"Ci penserò se succederà davvero. Mi ha lasciata andare cinque anni fa, ma ora è diverso."

"Ma se —"

"Perché non puoi semplicemente essere felice per me?" Lei prese un pezzo di bacon.

"Hai ragione, scusami." I loro sguardi si incrociarono.

"Presto quell'espressione triste che hai negli occhi sarà sparita per sempre. Io sarò sempre felice."

"Ahah! Nessuno è sempre felice." Lui alzò di nuovo la sua tazza di caffè.

"Mettimi alla prova." Lei gli sorrise e prese un grosso boccone della sua omelette.

Dopo la colazione, Cara andò in teatro per ascoltare la critica del regista sulle loro performance dell'anteprima. Ma lei camminava sulle nuvole e sentiva a malapena i suoi commenti. Una sensazione di pace si diffuse nel cuore di Cara. Ora che Grant era tornato nella sua vita, come avrebbe fatto a recitare le scene drammatiche se non riusciva a smettere di sorridere? Sono un'attrice. Troverò un modo. Ma questo non fece che aumentare il suo sorriso.

Quando le modifiche furono approvate, il regista li congedò. Gli attori si sparpagliarono, cercando di ritagliarsi un po' di tempo prima di ritornare sul palco. Cara ritornò in albergo a riposare, prima dello spettacolo di quella sera. Lei cercava sempre di prendersi un po' di tempo per leggere e rilassarsi qualche ora prima dello spettacolo, per rigenerarsi la mente e i nervi. La solitudine e un buon libro la calmavano.

Quel giorno aveva troppe cose in mente per concentrarsi su un romanzo. Grant e Sarah. Il desiderio di essere una famiglia era una fiammella che, nel corso degli anni, era diventata un fuoco. Lei prese un album di fotografie dal comodino. Lo portava sempre con sé. L'album conteneva le fotografie per le quali aveva pagato Happy. Si distese tra i cuscini e iniziò a sfogliare quelle pagine ormai logore, per rivivere i primi anni di Sarah.

Si toccò la collanina con il ciondolo a forma di cuore spezzato, che indossava per sentirsi connessa con Sarah. Presto la vedrò. Eppure, non voleva precipitare le cose, per non confondere sua figlia. Mia figlia. La mia bambina. Dio, che bello pronunciare queste parole! Spero di riuscire a essere una buona madre. Grant saprà quando sarà il momento giusto.

Skip bussò alla porta, poi entrò nella stanza. "Di nuovo quell'album?" sbuffò.

"Presto potrò rivedere mia figlia."

Skip si fermò di colpo. "Cosa?"

"Mi hai sentita. Presto Sarah e io saremo di nuovo madre e figlia."

"Stai scherzando, vero?" Lui spalancò gli occhi.

"Non sono mai stata così seria. Mi sono già persa cinque anni della sua vita e ora tutto questo sta per finire. Sono sicura che Grant vorrà farci riunire."

"Non puoi farlo! Ammettere di aver abbandonato tua figlia? La stampa ci andrà a nozze. Ti condanneranno al rogo e ti definiranno egoista e insensibile...la peggiore madre del mondo!"

"Che cosa intendi dire?" Cara mise giù l'album.

"Non puoi dire la verità su Sarah. Ne andrà della tua reputazione." Skip si mise a passeggiare.

Lei raddrizzò la schiena. "Se non lo faccio, perderò mia figlia!"

"Questa è una scelta che hai già fatto cinque anni fa."

"Cinque anni fa avevo l'epatite. Non è stata una scelta. È stata una necessità. Non ho rinunciato a lei — l'ho affidata a suo padre."

"Prova a spiegare tutto questo in un titolo di tre parole. Sono serio, Cara. Non puoi parlare di Sarah."

"Vuoi che io la nasconda? Non posso farlo. Non lo farò!" Le lacrime le annebbiavano la vista.

"Maledizione! Fanculo! Ci siamo impegnati molto per costruire una carriera favolosa per te e adesso vuoi buttare via tutto...per...fare la madre?"

"Tu non sai come la prenderanno le persone. Inoltre, non devo gridarlo ai quattro venti. Posso silenziosamente svolgere il mio ruolo di madre."

"Va bene. Nessuno deve sapere la verità. Puoi negare di essere la sua madre biologica ed essere la sua matrigna." Skip sorrise.

Cara scoppiò a piangere. Lui si precipitò al suo fianco e la strinse tra le braccia. "Non posso. Vuoi che io neghi che lei sia mia figlia? Non posso, Skip. Non posso. Siamo già state lontane per troppo tempo." Lei si mise il viso tra le mani.

Lui prese un fazzoletto dalla sua tasca. Cara lo afferrò e si asciugò gli occhi.

"Basta bugie. Basta finzione. Io ho bisogno di lei e lei ha bisogno di me."

"Tesoro, sta attenta. Le confessioni avventate arrivano direttamente sulla prima pagina di Celebs R Us. Tu non vuoi che questo succeda...e che la tua carriera vada in rovina.", disse lui, con un tono di voce più dolce.

Lei lo guardò con gli occhi umidi. "Non posso andare avanti senza di lei, Skip. Ho guadagnato molto denaro con i miei film. Se ho bisogno di prendermi una pausa...forse è il momento di farlo. Voglio essere una mamma presente. Voglio infornare i brownies per i mercatini scolastici. Voglio andare a fare shopping con mia figlia, voglio che ci facciamo le unghie insieme. Voglio essere una madre."

Lui la lasciò andare. "Lo capisco — o almeno credo. Non puoi fare entrambe le cose?"

Lei scosse la testa. "Non lo so. Non ci ho mai provato. Ma non devo rinunciare totalmente alla mia carriera. Potrei fare un film all'anno ed essere felice."

"Quello che sto dicendo è, prima di confessare tutto al mondo intero, rifletti sulle tue opzioni. Parla con Grant. Dopotutto, dovrai sposarlo per diventare sua madre, non è così?"

Cara si sollevò, stirandosi la vestaglia con le mani. "No, non è così. Io sono la madre biologica di Sarah. Questo non può essere cambiato. Se fosse necessario, potrei anche richiedere la sua custodia. E, se Evelyn cercherà di interferire, è esattamente quello che farò," disse lei, tirando su col naso.

"Oh, mio Dio. Pensa allo scandalo. Non farlo!" Skip si gettò sul letto.

"Non c'è niente che non farei per mia figlia — potrei anche prendermi un periodo di pausa dalla recitazione per riportarla nella mia vita. Se è questo ciò che devo fare..."

"Cara, va piano."

"Forse dovrei chiamare un avvocato adesso? Qualche consiglio?" Lei fece un sorriso appena accennato.

Skip le afferrò le braccia. "Aspetta! Rallenta. Parla con Grant. O almeno, aspetta prima che lasci sua moglie."

Lei scoppiò a ridere. "Ci sei cascato, non è vero?"

"Mi hai quasi fatto venire un attacco di cuore! Non farlo mai più." Lui si mise la mano sul cuore.

"Skip, hai solo quarantaquattro anni, sei troppo giovane per un attacco di cuore."

"Tu mi hai appena tolto dieci anni di vita."

Lei scoppiò a ridere. "Questo è ciò che ti meriti per aver cercato di metterti tra me e Sarah."

Lui alzò le mani. "Non lo farò più, lo prometto!"

Cara guardò il suo orologio. "Ho ancora un po' di tempo per un riposino prima dello spettacolo."

"Dimmi che non rinuncerai alla tua carriera."

"Non credo che Grant lo vorrebbe. Sa quanto mi sono impegnata e quanti sacrifici ho già fatto per arrivare dove sono. Sono sicura che potrà accettare il fatto che io faccia un film all'anno e che trascorra del tempo nella mia casa sulla costa occidentale."

"Lo pensi davvero?"

"Grant è pentito della nostra separazione tanto quanto me. Se fosse stato più flessibile sul mio primo film, potremmo stare ancora insieme. Sono sicura che adesso lo capisca. È un uomo intelligente. Lui capirà che non ci si può allontanare totalmente da una carriera come la mia in breve tempo e, se gli garantirò di fare solo un film all'anno, dovrebbe andare tutto bene." Lei sorrise, soddisfatta di aver trovato una soluzione per tutto.

"Spero che tu abbia ragione, per il bene di tutti."

Quella sera, quando Cara era sul palco, notò Grant, seduto anche stavolta nella terza fila. Il suo cuore si riempì di calore mentre una nuova energia le scorreva nelle vene.

Capitolo Otto

Dopo lo spettacolo, Grant la aspettò fuori dalla porta del palcoscenico. Gus lo chiamò e lo fece entrare. Lui bussò alla porta di Cara e, quando lei aprì, le donò i suoi fiori preferiti, le rose albicocca.

"Te lo ricordavi!" Lei fece un ampio sorriso mentre lo lasciava entrare nel suo camerino. Mise le rose in un vaso alto e lo riempì d'acqua. Dopo aver respirato il loro dolce profumo, gli diede un bacio sulla guancia.

Cara indossava una camicetta scollata di seta viola, una collana d'argento intrecciata e un paio di jeans. Grant indossava ancora il suo abito di lavoro.

Lei lo guardò, sollevando un sopracciglio. "Pensavo che eravamo d'accordo di aspettare finché non avessi risolto le cose con Evelyn."

"L'abbiamo fatto."

"Davvero? E le andava tutto bene?"

"Credo che lei sia sollevata quanto me. Smetteremo di torturarci. È meglio per tutti."

"Non riesco a credere che tu sia libero…e sei così bello stasera." Lei gli lanciò uno sguardo provocante.

"Sei bellissima. Andiamo a cena?" Il suo sguardo indugiò sul suo petto per qualche secondo di più di quanto dovesse. *Chissà se mi farà provare le stesse sensazioni! Se avrà lo stesso sapore!*

"Vedo che alcune cose non sono cambiate. I miei occhi sono quassù," ridacchiò lei, sollevandogli il mento con le dita.

"Beccato a sbirciare. Sono colpevole, signor giudice," scherzò lui, sentendosi ribollire le guance.

"Allora, smettila di sbirciare e andiamo. Sto morendo di fame." Lei si mise a braccetto con lui.

Lui si fermò prima che andassero via, facendola voltare per guardarlo. Alzò la mano sinistra e indicò il segno lasciato dalla fede.

"Evelyn è andata via ieri sera. È ritornata a Washington dal suo ragazzo. Jeff ha avviato le pratiche del divorzio. C'è un periodo di attesa. Tra sei mesi, sarò un uomo libero. Allora mi sposerai?"

Cara scoppiò a ridere. "Tu non mi conosci più, Grant. Non sono più la ragazzina innocente che hai conosciuto a Washington."

"Tu sei ancora Carol Anne...lei vive ancora, da qualche parte dentro di te. Inoltre, io potrei amare Cara Brewster tanto quanto amo Carol Anne."

"Ne dubito!" disse lei, con gli occhi luccicanti. "Non possiamo parlare di matrimonio un'altra volta...cioè quando sarai ufficialmente single?"

Lui ridacchiò. "Ok. Hai ragione. Immagino che sia perché voglio trattenerti, perché tu non sparisca di nuovo." Lui la strinse a se per baciarla.

Cara si allontanò. "Se non ci fermiamo...Gus interromperà qualcosa di molto più imbarazzante di un bacio, tra qualche minuto," sospirò lei.

Come se stesse ascoltando, lui bussò alla porta. "Stiamo per chiudere, signorina Brewster."

"Grazie, Gus. Esco tra cinque minuti."

Uscirono nella fredda sera di ottobre. Cara aveva i brividi, quindi Grant le diede la sua giacca. Lei lo portò in un intimo ristorante francese dietro l'angolo, Le Chien D'Or.

"Me l'ha consigliato Quinn. Il suo amico, Chaz Duncan, viene qui quando è a New York."

"Consiglio di attore, eh? Sono nuovo qui. Ti seguo."

Grant tenne la porta a Cara. Nel momento in cui lei entrò nel locale, il maître la riconobbe e fece un inchino. "Ah. Mademoiselle Brewster, Cara Brewster, non? Jean Pierre, à vôtre service."

"Oui," rispose lei, con un cenno della testa. "Chaz Duncan mi ha consigliato di venire qui."

"Monsieur Duncan, un caro amico. Ho un tavolo speciale per voi. Da questa parte, prego."

Lui li condusse in una saletta, vuota ed elegante, con pochi tavoli. Si sedettero accanto, dietro un separé. Grant ordinò una bottiglia di ottimo champagne.

"È un'occasione speciale," disse lui, sorridendo a Jean Pierre.

Il maître fece un inchino e li lasciò da soli.

Lei lo guardò. "Occasione speciale?"

"Essere qui con te è un'occasione speciale. Mi sembra di sognare, ma ho paura di svegliarmi." Lui intrecciò le dita con le sue sopra il tavolo.

"Da quando sei diventato un tale adulatore?" Lei gli lanciò un'occhiata civettuola.

Grant prese le sue mani tra le sue. "Non è adulazione. È un sogno che si avvera. Quanto spesso capita di ottenere una seconda possibilità di rimediare al più grande errore che si è fatto nella propria vita?" Lui si portò la mano di Cara alle labbra. "C'è un'altra cosa che devo dirti."

"Oh?" Lei spalancò gli occhi.

Il cameriere arrivò con la bottiglia di champagne. La stappò e riempì due flute.

"Ho fatto quello che hai detto.", disse Grant, prendendo il suo flute.

"Che cosa ho detto?"

"Prima facciamo un brindisi. Alla donna più bella del mondo." I loro bicchieri si sfiorarono, prima di berne un sorso. Poi, lui fece un cenno al cameriere, che si allontanò in silenzio.

"Che cosa stavi dicendo?"

"Ho chiesto a Evelyn perché non hai visto né contattato Sarah, e io...me ne vergogno..." Soffocato dall'emozione, le parole gli si bloccarono in gola. I suoi occhi si inumidirono di lacrime, mentre sospirava profondamente.

Cara gli mise la mano sul braccio. "Va tutto bene."

"No, non va tutto bene. Sono stato arrabbiato con te per cinque anni...senza motivo. Lei mi ha appena detto di quell'orribile accordo." Grant abbassò la testa, scuotendola. "Non lo sapevo," sussurrò lui. "Mi dispiace davvero tanto." Lui non riusciva a fermare le lacrime.

Cara mise la mano sulla sua, mentre lui con l'altra frugava in tasca. Tirando fuori un fazzoletto, si asciugò gli occhi. "Ti ho fatto una terribile ingiustizia. Avrei dovuto sapere che saresti venuta e che avresti chiamato o scritto, a meno che non fosse successo qualcosa...qualcosa di brutto, che è l'unico modo in cui posso definire tutto questo." Lui abbassò la testa per l'imbarazzo, asciugandosi le lacrime.

Jean Pierre entrò in sala per prendere il loro ordine. Grant fece un sospiro tremante, coprendosi gli occhi. "Va tutto bene, monsieur?" domandò Jean Pierre. Cara annuì. Lui si inchinò e uscì.

"Se l'avessi saputo, non avrei mai permesso che succedesse."

"Perché non mi hai chiamata? Io ero in attesa di aggiornamenti, notizie, qualsiasi cosa."

"L'ho fatto una volta o due, ma tu eri sempre fuori dallo stato o dal paese, in viaggio o per girare un film. Dopo quelle telefonate, ero tra l'incudine e il martello. Evelyn era gelosa. Se avessi richiamato...beh, probabilmente non volevo mandare tutto all'aria. È stato vigliacco da parte mia. Così ho aspettato che richiamassi. Tu non l'hai fatto, e io ero sconvolto per questo...eppure non riuscivo a credere che non te ne importasse nulla. Non sapevo cosa fare e cosa pensare."

"Va tutto bene, Grant. È tutto finito adesso. Siamo insieme." Lei gli mise un braccio intorno alle spalle.

"Non appena sistemeremo le cose con Evelyn, voglio che tu incontri Sarah. Ma lei ha bisogno di un po' di tempo per abituarsi. Ha perso una madre e sta per averne un'altra."

"Lo capisco. Ho aspettato cinque anni, posso aspettare un po' di più."

Grant le diede un bacio. "Sei la migliore. Esattamente come ti ricordavo." Lui le porse un menu. "Ordiniamo." Jean Pierre ritornò per prendere due ordini di Filet de Boeuf Wellington e Salade Mélangée. Cara prese il suo flute di champagne.

"Facciamo un brindisi." continuò Grant. "Di nuovo insieme," disse lui, sollevando il suo.

"A noi." Lei alzò il bicchiere per sfiorare il suo. Poi, bevvero un sorso di champagne.

"Invece di andare a vivere insieme, credi che dovremmo cominciare a... frequentarci?" Lui bevve un altro sorso.

"Perfetto! Frequentarci...sì." Gli occhi le brillarono.

"Dovrò chiedermi se la signora sarà... ehm... disponibile quando la porterò a casa?" Lui sollevò le sopracciglia. Il suo sguardo si posò sulla sua scollatura. Le sue dita non vedevano l'ora di toccarla.

Cara ridacchiò. "Immagino che dovrai aspettare per saperlo." Gli occhi le brillarono con malizia.

"Oh, no! Un possibile rifiuto!" Grant le lanciò un'occhiata di sfida.

Cara scoppiò a ridere. "Mi piace che tu sia preoccupato."

"Forse semplicemente non vedo l'ora di un lungo... ehm...corteggiamento?" Lui sollevò un sopracciglio.

"Forse anch'io," gli sussurrò lei all'orecchio. Lui abbassò la testa per baciarle il collo, quando arrivò il cameriere con i loro piatti. Riempì di nuovo i loro flute e andò via rapidamente.

Rivolsero la loro attenzione all'ottima carne e all'insalata mista, mettendosi a mangiare come due amanti affamati.

Tra un boccone e l'altro, Cara interrogò Grant. "Parlami di Sarah. Aggiornami."

Grant mise la mano nel taschino e prese tre foto. "Queste sono per te. Le ultime tre feste di compleanno di Sarah. Ho pensato che ti sarebbe piaciuto averle."

Lei gliele prese dalla mano, poi si soffermò su ognuna di esse, con le lacrime agli occhi. "Oh, che meraviglia! Raccontami delle feste. Raccontami tutto! Il cibo, i giochi, i regali, gli amici di Sarah." Lei prese la sua forchetta, guardando il suo sguardo e il suo viso mentre lo ascoltava, mentre mangiava.

Grant scoppiò a ridere. "Dal punto di vista di un uomo, adesso. Sicuramente mi perdo qualche importante dettaglio femminile. Ma Sarah potrà aggiornarti quando vi incontrerete. Vediamo," disse lui, prendendole una foto dalla mano. "Questa è la sua ultima festa di compleanno..."

Le raccontò tutto ciò che riusciva a ricordarsi. Cara gli fece una raffica di domande e lui cercò di rispondere a tutte. Sarah era il suo argomento preferito e l'interesse sincero di Cara gli riscaldava il cuore. Come dessert, presero una superba crème brulée, finendo di bere il loro eccellente champagne.

"Ho una grande casa sulla Benedict Canyon Drive. C'è molto spazio per tutti noi lì. Ci porterai Sarah?"

"Alla fine dello spettacolo?"

Lei annuì.

"E se durerà ancora cinque anni?"

"Allora dovrò restare a New York..."

"E ti trasferirai da noi." Lui le prese la mano e la baciò. Lei sorrise calorosamente.

"Mia sorella vive con me a Los Angeles. Voglio che tu la conosca. È adorabile e intelligente. Gracie. Io la chiamo cucciolotta, ma nessun altro può farlo," ridacchiò lei.

"Quando Jane andrà via, Grace potrà stare nella sua stanza. Mi piacerebbe conoscerla. Essendo tua sorella, deve essere meravigliosa." Lui le fece un sorriso raggiante.

Grant accompagnò Cara a casa, portandola nella sua suite. La porta aperta della stanza di Skip faceva sentire il suo russare fino al salotto.

Lei si sedette con Grant sul divano. *Limoneremo come due adolescenti?* si chiese, reprimendo una risata.

"È tardi. Tu devi lavorare domani mattina, giusto?" gli chiese lei.

"Vuoi che me ne vada?" Lui sollevò le sopracciglia.

"No, ma non voglio nemmeno che tu non vada al lavoro."

"Ho avuto anch'io un po' di successo negli ultimi anni. Sono un socio adesso. Posso permettermi di arrivare in ritardo, di tanto in tanto."

Grant le mise un braccio intorno alla vita e la tirò verso di sé. Abbassò le labbra per sfiorare leggermente le sue, per poi baciarla più profondamente. Cara cedette alla sua brama, perdendosi tra le sue braccia. Lui lasciò scivolare le dita fino al suo seno, provocandole un leggero gemito. *Aveva ancora un seno perfetto.* Lui la toccò molto dolcemente, controllando il suo folle desiderio di strapparle i vestiti e di fare appassionatamente l'amore con lei sul pavimento del salotto. *Se lei può aspettare, posso farlo anch'io.*

Cara gli sbottonò la camicia. Lasciando scivolare le dita, appoggiò la mano sul suo petto nudo. Un piccolo gemito gli sfuggì dalla bocca. *Oh, Dio. Pensava che non avrebbe mai più sentito il suo tocco sulla sua pelle.* La pressione iniziò ad aumentargli tra le gambe.

Per un attimo, lasciò scivolare la mano sotto la sua camicetta. Le sue dita seguirono i bordi del suo reggiseno mentre la sfiorava. Il movimento sempre più rapido del suo petto lo incoraggiò a proseguire. La sua crescente eccitazione passava dal suo corpo a quello di lui.

Lui le tirò giù il reggiseno e le strinse le dita intorno alla pelle nuda. Lei ebbe un sussulto, poi avvicinò le labbra alle sue. La sua lingua sfiorò dolcemente quella di lei, mentre lui la accarezzava. *Se non mi fermo adesso, non ce la farò.* Grant la allontanò dalle sue braccia, togliendo le mani da sotto la sua camicetta.

"Se non mi... fermo adesso..." ansimò lui.

Lei annuì, con i suoi occhi azzurri carichi di desiderio. Poi, si stirò la camicetta con le mani. Un leggero rossore le indugiò sulle guance.

"Vorrei tanto farlo, ma tu vuoi andarci piano." Lui si abbottonò la camicia.

"Solo per un po'," disse lei, tra i sospiri.

"Sai che ti voglio, vero? Aspetterò tutto il tempo che ci vorrà per averti." Il suo sguardo incrociò quello di lei. Lei gli accarezzò una guancia.

Grant si alzò in piedi e si diresse verso la porta. Cara lo seguì. Lui la abbracciò per un ultimo bacio. Lei si strinse a lui. "Per favore, abbracciami ancora prima di andartene."

Lui strinse le braccia intorno a lei, sussurrando, "Con molto piacere." Rimasero attaccati l'uno all'altro. "Ti amo così tanto," sussurrò lei. "Ti chiamerò quando potrò prendermi un'altra serata libera. Posso rivederti?"

"Non osare non farlo! Dio, mi è mancato molto tutto questo — mi sei mancata tu." Il suo dolce calore lo rassicurò. Lui le diede un bacio tra i capelli, poi uscì silenziosamente dalla porta, per non svegliare Skip.

Quando uscì in strada, Grant si mise le mani in tasca e iniziò a camminare velocemente. Dovette controllarsi per evitare di mettersi a saltellare, tanto era felice. In un batter d'occhio, la sua vita senza speranza aveva avuto una svolta. L'esistenza sterile che aveva vissuto si stava allontanando, per essere sostituita dal calore del vero amore.

La voglia gli ardeva nelle vene. Non vedeva l'ora di fare l'amore con lei. Posso ricominciare a sognare a occhi aperti. Carol Anne è tornata! Vuole fare la mamma, smetterla di fare film ed essere mia moglie. Saremo una famiglia. Forse avremo un altro figlio? Come è successo? Mentre tornava a casa, la sua immaginazione vagava senza controllo.

Stava fischiettando quando aprì la porta del suo appartamento. Jane stava leggendo sul divano. Lui si tuffò accanto a lei, con un enorme sorriso.

"Bene, bene, è arrivato lo Stregatto!" Esclamò lei.

"Già, sono felice... molto felice." Il suo sorriso si ampliò ulteriormente.

"Non ti vedevo sorridere così da...mmm, nemmeno me lo ricordo."

"Non è svanita."

"Non è svanita cosa?" Lei gli lanciò un'occhiata inquisitoria.

"La chimica... la magia." Lui si sentì arrossire le guance per essere stato sincero.

"Con Cara?"

Lui annuì. "Credo di amarla più che mai."

"Ma è complicato. Che cosa farete adesso?" Lei poggiò le mani sul libro che teneva in grembo.

"Ci frequenteremo." Lui sorrise.

"Cosa?"

"Cara e io abbiamo deciso di iniziare a frequentarci. Usciremo. Per conoscerci di nuovo." Lui si alzò.

"Sono felice di vedere che almeno uno di voi due è cresciuto in cinque anni. È stata una sua idea?"

"L'idea piace anche a me. Sarà più facile per Sarah, così potrà adattarsi lentamente." Lui si strofinò il collo.

"Fratellino, mi stupisci. Ben fatto. Ora che sei a casa, mezzo sobrio, e non hai intenzione di prendere il muro a pugni, io vado a letto." Jane si alzò in piedi.

Grant diede a sua sorella forte abbraccio. "Sei la migliore. Non potrei farcela senza di te."

"Gary era felice quando gli ho detto che sarei rimasta." Lei gli lanciò un sorriso malizioso.

Lui sollevò le sopracciglia. "Dovrò chiamare quando sarò di ritorno a casa in modo da non... interrompere niente?"

Lei arrossì. "Forse."

"Oh?" Lui spalancò gli occhi. "È già una cosa così seria?"

Lei arrossì ancora di più. "Ti piacerebbe saperlo?" Gli fece una carezza e si diresse nella sua stanza.

"Non fare niente che io non farei," ridacchiò lui.

"Che impiccione! E non permetterti di fare l'interrogatorio a Gary in ufficio," disse Jane, agitando un dito.

Lui scoppiò a ridere e alzò la mano. In camera sua, si spogliò, ma non aveva affatto sonno. Si distese sul letto, a guardare fuori dalla finestra. Ancora cose da risolvere. Se lei torna a fare film, andrà in giro per il mondo. Io ho bisogno di averla qui. Guadagno abbastanza, quindi non avrebbe bisogno di lavorare. Devo convincerla a sposarmi e a trasferirsi a casa mia. Non posso lasciarmela sfuggire di nuovo.

Si voltò su un fianco, guardando lo spazio vuoto accanto a sé. La rabbia per il tradimento di Evelyn iniziò a svanire, sostituita dalla speranza di raggiungere la felicità insieme a Cara. La sua anima fu sfiorata da una sensazione di caloroso sollievo. Sporse il braccio verso il suo cuscino. Il pensiero di averla lì gli fece balzare il cuore in gola. Presto sarà di nuovo nel mio letto. A quel pensiero, le sue labbra furono accarezzate da un sorriso. Mise la mano dove Cara avrebbe appoggiato la testa, mentre si abbandonava al sonno.

CARA SI MISE A PASSEGGIARE davanti alle finestre nella sua suite. Allontanando i suoi pensieri assonnati, accolse invece i suoi pensieri su Grant. Lui è magnifico. Il desiderio di passargli le dita tra i capelli scuri non l'aveva mai lasciata. Il suo sguardo sexy e attraente sul suo corpo le faceva venire i brividi. Si era chiesta se avrebbe provato le stesse cose per lui quando si sarebbero rivisti. Adesso, non vi era alcun dubbio. Lo voleva quanto l'aveva voluto tanti anni prima, forse anche di più.

Il suo tocco la faceva eccitare, come nessun altro uomo era mai riuscito a fare. Cara aveva cercato un sostituto. Per un po', dopo la nascita di Sarah, aveva frequentato diversi uomini, alla ricerca di un altro Grant. Un uomo non sposato che la amasse altrettanto incondizionatamente...ma invano. Invece, aveva trascorso il suo tempo con dei bei ragazzi giovani, aspiranti attori che speravano di dare una svolta alla propria carriera.

Nessuno di quei giovani amanti le provocava le stesse sensazioni di Grant. Lui riesce ancora a scaldarmi con un semplice tocco. Nella sua testa, l'emozione lottava con la ragione. Ma sapeva che dovevano andarci piano, soprattutto con Sarah. Poteva crearle confusione avere una madre un giorno e una madre diversa il giorno dopo.

Cara si tolse i vestiti e scivolò nuda tra le lenzuola. Immaginare Grant disteso al suo fianco risvegliò in lei sensazioni lascive. Non dovrò aspettare molto. Ricordandosi la sensazione del suo petto sotto la sua mano, aveva avuto la sensazione che lui fosse ancora in forma. Si leccò le labbra, immaginando di toccarlo, di stringersi a lui e di fare l'amore con lui. Le sue visioni si persero in un sogno annebbiato, mentre si abbandonava al sonno.

Il mattino dopo, dormì fino a tardi, svegliandosi alle dieci e stiracchiandosi pigramente. Stringendo la cintura intorno alla sua vestaglia di seta, raggiunse Skip in salotto. Lui era seduto al tavolo accanto alla finestra, intento a sorseggiare il suo caffè e a leggere il giornale. Con indosso la sua vestaglia, fece un cenno con la mano a Cara, mentre lei attraversava la stanza per sedersi di fronte a lui.

"Il caffè è ancora caldo. Ma non so com'è la tua omelette."

"Ti sei divertito in giro per i locali, ieri sera?" gli chiese, mentre lui le riempiva la tazza.

"Sì, grazie."

"Qualche bell'uomo?" Lei scoprì il vassoio con la sua omelette e il bacon di tacchino.

"Ho perso il conto." Lui prese una forchettata di uova.

"Mi preoccupo che tu non torni a casa."

"So badare a me stesso. Sono prudente."

Lei sollevò un sopracciglio. "Ne dubito."

"Lo sono. Non corro rischi." Un bel ragazzo, sui venticinque anni, che indossava una t-shirt e un paio di jeans, uscì dalla stanza di Skip. Lui abbassò lo sguardo, imbarazzato.

"Sono Cara Brewster," disse lei, porgendogli la mano.

"Lo so. E chi non lo sa? Io sono Tim." lui le strinse la mano, prese il caffè che Skip aveva appena versato, vi aggiunse un litro di latte e si beve tutto d'un fiato la sua bevanda calda. "Ho un'audizione," sussurrò, prima di dare un bacio a Skip e di voltarsi per andarsene.

"Buona fortuna!" urlò Skip.

Quando la porta si chiuse, lei si rivolse al suo amico. "Non è un po' troppo giovane per te?"

"Ho solo quarantadue anni, tesoro. Non ho mica un piede nella fossa. Com'è andato il tuo appuntamento? Sei andata a letto con lui? E lui, è ancora nella sua stanza da letto, per riprendersi da una notte di passione con la donna dei suoi sogni?" Skip ridacchiò.

Lei scoppiò a ridere. "Non esattamente. Io sto prendendo le cose con un po' più di calma rispetto a te."

"Con troppa calma, secondo me," borbottò lui, ripiegando il suo giornale.

"Ogni cosa a suo tempo." Lei prese un pezzo di bacon e ne mangiò un boccone.

"Questa attesa mi sta uccidendo. Credevo che tu avessi talmente tanta voglia di lui che —"

"Non credere che non ne abbia. È da cinque anni che ce l'ho. Dobbiamo imparare a conoscerci di nuovo prima di andare a letto insieme."

Lui spalancò gli occhi. "Davvero? Perché? Non sono tutti così."

"Sei una puttana," disse lei, scherzando.

"E ne sono orgoglioso!"

Cara scoppiò a ridere.

"Allora, cos'è successo ieri sera?" Lui si versò dell'altro caffè.

"È stata una cena fantastica. Grant è così dolce... Tutti i suoi angoli si sono smussati."

"È piuttosto sexy."

"Te ne sei accorto?" ridacchiò lei, prima di iniziare a sorseggiare la sua saporita bevanda scura.

"Certo, tesoro. Noto sempre gli uomini attraenti. Di che cosa avete parlato?"

"Di molte cose...di Sarah, di noi. Ha detto qualcosa sul conoscere me come Carol Anne, non come Cara, e questo mi fa sentire così... così... tranquilla." Lei appoggiò la schiena sulla sedia.

"Ah, l'uomo che ti conosceva prima che diventassi famosa." Lui annuì, cercando di prendere uno sfuggente pezzo di frittata con la sua forchetta.

"Immagino di sì. Lui conosce la vera me. La ragazzina spaventata che si nasconde dietro la star sicura di sé. Niente pretese. Niente aspettative. Con G, posso essere me stessa."

"È così che lo chiami?"

Le sue guance arrossirono. "È il mio soprannome per lui."

"E il suo per te è...? O è troppo sconcio per rivelarlo? Lui sollevò le sopracciglia.

"Molto divertente! È Cara Mia. È per questo che ho scelto il mio nome d'arte."

"Quest'uomo è veramente parte di te, non è vero?"

"Più di quanto immaginassi quando me ne sono andata. Ero totalmente concentrata su quel film. Pensavo che mi avrebbe aspettata. Solo quando era troppo tardi, mi sono accorta di quanto fosse arrabbiato con me per essermene andata. Lui era certo che non ci saremmo mai più rivisti. Aveva quasi ragione." Lei guardò il panorama fuori dalla finestra.

Skip le prese la mano. "Davvero toccante. Deve essere stato molto commovente vederlo di nuovo."

Lei annuì. "Lui mi piace ancora di più adesso. Dobbiamo stare insieme."

"Devi anche considerare Sarah."

"Ovviamente. Sono felice che tu la accetti come parte della mia vita."

"Questo vuol dire che, dopo questo spettacolo, rinuncerai alla tua carriera?"

"Non so ancora cosa vuol dire. Sto cercando di non pensarci troppo. Ma se partire per un film vuol dire perderlo, dubito che lo farei di nuovo." Lei spostò l'ultimo pezzo di omelette nel suo piatto con la forchetta.

"Forse questa volta lui non sarà così...così...inflessibile."

"Siamo due persone intelligenti. Saremo in grado di trovare una soluzione. Sono stata ingenua a pensare che Grant mi avrebbe aspettata, rigirandosi i pollici..."

"Rinunciare al sesso. Fa un po' Mary Poppins, se capisci cosa intendo. Non ti si addice affatto."

"Mi si addiceva. Ero...diversa allora." Lei allontanò la sedia dal tavolo.

"Eri più giovane. Per fortuna, crescendo, tutti impariamo qualcosa," scoppiò a ridere lui.

"Ci sto provando. Anche Grant ci proverà. So che lo farà." Lei si alzò.

"Fareste bene a farlo, dovete anche ricordare di avere una figlia. Lei ha bisogno di sua madre e di suo padre."

"Agli ordini, capitano!" esclamò lei, mettendosi sull'attenti.

"Sono felice che mi ascolti," disse lui, tirando su col naso e prendendo un croissant dal cestino del pane.

"Sarebbe un sogno che si avvera. Ho sempre voluto vivere con lui e con Sarah, come una famiglia."

"Allora fallo, se è quello che vuoi. Non permettere a niente di fermarti. Non l'hai fatto quando è stato per la tua carriera. Cerca di trovare lo stesso coraggio per convincerlo e per trovare un modo per stare insieme a lui, tesoro." Skip le accarezzò la mano.

Lei si commosse. "Grazie, Skip. Ci proverò." Cara finì di bere il suo caffè. "Vieni a correre con me?"

"Dopo ieri sera...non credo di avere l'energia per farlo."

"Te l'ho detto, te li scegli troppo giovani," disse lei, agitando un dito.

Lui arrossì. "Hanno molta resistenza, vero?"

Cara gli tirò il braccio. "Forza. Tu ne hai bisogno, e anch'io. Se vuoi essere all'altezza di Tim, devi tenerti in forma."

"Arrivo. Dio, odio che tu abbia sempre ragione."

Capitolo Nove

"Abbiamo aspettato qui quello stupido autobus ogni giorno questa settimana. Cinque minuti," disse Josie, guardando il suo orologio.

"Per favore, Josie! Oggi arriverà." Sarah rivolse il suo sguardo implorante alla sorella della sua amica.

"Cinque minuti!" esclamò Josie, con un'espressione seria.

Sarah rimase in piedi davanti alla fermata dell'autobus, chiuse gli occhi e si mise a pregare. Per piacere, Dio, fallo arrivare adesso. All'improvviso, si sentì tirare la manica e guardò Molly, che stava saltellando su e giù, indicando un autobus.

"Josie! Eccolo!" urlò Sarah.

Josie si voltò a guardare. Ovviamente, il poster con la foto di Cara Brewster era a grandezza naturale. L'autobus si fermò, aprendo le porte. Josie si mise a leggere: "Cara Brewster in L'amore è cieco. Serata di apertura il 31 ottobre all'Irving Berlin Theater."

"Irving Berlin Theater. Irving Berlin Theater. Irving Berlin Theater," continuò a ripetere Sarah, guardando l'immagine di quella bellissima donna. Poi, tutti i passeggeri salirono sull'autobus, che chiuse di nuovo le porte e ripartì, percorrendo il viale, oscillando leggermente per il suo carico pesante.

"Forza! Andiamo a casa tua per elaborare un piano," disse Sarah, tirando la manica della giacca di Molly.

Le ragazze corsero giù per la strada, mentre Josie gridava loro di rallentare. Sarah si fermò davanti alla porta del loro palazzo. Un brivido sul collo la fece voltare. Notò l'uomo grassoccio che aveva visto diverse volte, prima di nascondersi dietro l'angolo per un attimo. I loro sguardi si incrociarono brevemente, prima che lui si voltasse. Sarah lo guardò allontanarsi mentre entrava nel palazzo.

Quando le ragazze raggiunsero l'appartamento di Molly, si avventarono sugli snack che la madre di Molly aveva lasciato per loro prima di andare a lavoro. Popcorn da fare al microonde, una deliziosa miscela per la cioccolata calda da mescolare nel latte e un piattino di biscotti con gocce di cioccolato fatti in casa, che Molly aveva aiutato sua madre a preparare il giorno prima.

"Disturbatemi solo in caso di incendio," disse Josie sbraitando, scomparendo nella sua stanza e chiudendo la porta.

Molly e Sarah portarono il vassoio di croccanti biscotti nella camera di Molly. Le pareti color pesca e le coperte color pesca, gialle e bianche sui due letti gemelli conferivano alla stanza un'atmosfera allegra. Molly l'aveva decorata appendendo alle pareti foto di animali selvatici, soprattutto di grandi gatti. Ghepardi, leopardi, leoni e tigri correvano sulle pareti.

"Come facciamo a trovare l'indirizzo dell'Irving Berlin Theater?" domandò Sarah alla sua amica.

"Non lo so. Il computer?"

"Ma tu non ce l'hai."

"Josie ne ha uno. Un laptop. Andiamo."

Sarah fermò la sua amica. "Ha detto di disturbarla solo in caso di incendio."

"Lo dice sempre. Questa è una cosa importante."

Le ragazze percorsero il corridoio, dove la musica a tutto volume risuonava dalla camera di Josie. Molly bussò alla porta. Nessuna risposta. Sarah bussò più forte. Ancora nessuna risposta. Le ragazze contarono fino a tre e bussarono insieme. Lentamente, la porta si schiuse.

"Vi avevo detto di lasciarmi in pace. C'è qualche incendio? State morendo?" Loro scossero la testa. "Allora andate via."

"Per favore, Josie. Abbiamo bisogno di aiuto.", la implorò Sarah.

"Che cosa vi serve?", urlò lei per farsi sentire.

"Sarah ha bisogno di un indirizzo. Potresti cercarlo al computer?"

"Quale indirizzo?"

"Quello di quel teatro," le spiegò Sarah. La porta si richiuse e la musica si abbassò. Poi, Josie aprì la porta di pochi centimetri, ma non lasciò entrare le ragazze.

"A che cosa vi serve?" Lei le guardò con sospetto.

Molly finse indifferenza. "A niente. Vogliamo solo sapere dov'è."

"Perché?"

"Così."

Josie strinse gli occhi. "Che cosa avete in mente?"

"Va bene, te lo dico," rispose Sarah. "Voglio cercare mia madre. Lei è lì. Devo vederla."

"Non sai nemmeno se è davvero tua madre."

"Lo è, lo è. Mi somiglia molto."

"E se non lo fosse?"

"Almeno Sarah lo saprà," disse Molly.

Le ragazze rimasero a guardarsi in silenzio.

"Immagino che non smetterete di disturbarmi fino a quando non l'avrete, giusto?"

Le ragazze annuirono entrambe. Josie borbottò qualche parolaccia sottovoce, prima di aprire ulteriormente la porta. Sarah entrò lentamente, guardandosi intorno. Le pareti della stanza erano dipinte di viola scuro, con qualche dettaglio bianco. C'era una scrivania con una pila troppo alta di libri e riviste per poter essere davvero utilizzati. Le pareti erano coperte di poster di immagini oscure e misteriose e di rockstar.

Il computer era appoggiato sul letto disfatto. Molly si sedette alla punta del letto. Sarah la raggiunse.

"L'Irving Berlin Theater, eh?" chiese Josie, mentre digitava sulla tastiera. "Ah! Eccolo." Lei scrisse qualcosa su un pezzo di carta, ma non lo porse alle ragazze.

"Forza, Josie, smettila di scherzare."

"Non sto scherzando. Non ho intenzione di darvelo. Mi ucciderebbero se voi andaste lì e vi succedesse qualcosa." Gli occhi di Sarah si riempirono di lacrime. "Ok, ok. Non piangere, Sarah. Vi accompagno io."

"Davvero?" Sarah fece un enorme salto. Molly urlò.

"State zitte! Già. È troppo pericoloso che ci andiate da sole."

"Quando? Quando?" chiese Sarah, carica di adrenalina.

"Quando vorrò io. Vi farò sapere." Le ragazze fecero un'espressione imbronciata. "Non preoccupatevi. Presto, presto."

"Lo prometti?" domandò Molly.

"Lo prometto."

"Quanto presto?" Molly incrociò le braccia sul petto.

"Tra due settimane?" Josie sollevò le sopracciglia. Le ragazze aggrottarono la fronte. "Questa è la mia ultima offerta. Altrimenti lo strappo."

"Non farlo!" gridò Sarah. "Ok. Tra due settimane."

GRANT SI SEDETTE SULLA sua grande sedia nell'ufficio all'angolo. Un sorriso gli accarezzò le labbra. Poi prese il telefono. "Jeff? Come stai? Come procede il mio divorzio?"

"I documenti per la separazione legale sono pronti. Li ho mandati a te e al suo avvocato."

"Bene. Quindi posso andare avanti e vivere la mia vita?"

Jeff ridacchiò dall'altra parte del telefono. "Vuoi sapere se puoi uscire e andare a letto con qualcuna senza commettere adulterio? Certo che puoi."

Grant scoppiò a ridere. "Mi conosci troppo bene."

"Da quello che hai detto, lei è andata a convivere con un tipo ed è comunque andata a letto con lui. Quindi è stata lei la prima a commettere adulterio."

"Che mi dici del denaro?"

"Non ci sono buone notizie. Credo che abbia intenzione di chiederti gli alimenti."

"Maledizione! Prima di tutto, mi ha ingannato per sposarla," borbottò Grant.

"Avresti dovuto chiederle un test di gravidanza."

"Immagino di sì, ma lei era così turbata."

"Già, Mister Bravo Ragazzo. E hai pagato per questo. Fa attenzione la prossima volta."

"Questa volta è diverso. Si tratta della madre di mia figlia."

"Oh, cavolo. Sembra interessante, ma mi stanno aspettando per una riunione. Buona fortuna."

"Grazie, Jeff."

Semaforo verde con Carol Anne. Adesso, non può fermarci più niente. Fece il numero del Café Limoges. "Jean Claude, potresti consegnare un picnic per due?"

Quella sera, Grant si perse L'amore è cieco per lavorare fino alle otto e precipitarsi a casa per farsi una doccia e cambiarsi. Sarah avrebbe passato la notte a casa di Molly e il picnic stava per arrivare. Voleva sorprendere Cara dopo lo spettacolo. Mettendosi un po' di dopobarba, prese una camicia bianca button down pulita e la sua giacca sportiva color cammello. Nessuna cravatta. Meno roba da togliersi. Lui sorrise.

Jane apparve sull'uscio della camera da letto. "Gary verrà qui stasera."

"Oh?" Lui sollevò un sopracciglio. "Dovrò bussare prima di entrare in casa?"

"Forse prima di entrare in camera mia. Tuttavia, mi aspetto che tu non torni prima dell'alba," ridacchiò lei. "Non hai aspettato abbastanza?"

Arrossendo in viso, Grant distolse lo sguardo da sua sorella. "Non è un argomento di cui voglio parlare con te."

"Idem," scoppiò a ridere lei, prima di tornare in salotto.

Grant aprì il cassetto e prese tre preservativi. È passato molto tempo. Se li mise nella tasca dei pantaloni e sorrise. Mentre usciva, Jane gli diede una pacca sulla spalla. Lui incrociò Gary all'ingresso e sorrise. "Se le spezzerai il cuore, dovrai vedertela con me," disse Grant, facendolo impallidire.

La serata di metà ottobre era mite e limpida. Grant si diresse verso il teatro. Adorava passeggiare a Manhattan. Sembrava tutto molto intimo. Gli dava il tempo di pensare e gli piaceva osservare le persone e guardare le vetrine mentre passeggiava. Credeva che non gli sarebbe piaciuta New York, forse perché era stato costretto a trasferirsi lì per il comportamento di qualche matto. Ma aveva scoperto che gli piaceva. Mi piace qui perché Carol Anne è qui? Forse mi piace semplicemente New York. Si mise a canticchiare una delle sue canzoni preferite, Lovestoned di Justin Timberlake, mentre passeggiava per Broadway.

Rivolgendo la sua mente a pensieri piacevoli, come quello di Cara che lo aspettava a letto, sperava di ritrovare in lei l'amante entusiasta di sempre. Ammise a se stesso di aver rinunciato al sesso dopo un paio d'anni con Evelyn. Inizialmente disponibile, c'erano dei momenti in cui gli sembrava che lei fosse stanca di lui, mentre altri in cui lo accusava di trascurarla. Il sesso tra di loro era diventato carico di problemi emotivi. Qualunque cosa facesse, era sbagliata. Lui aveva cercato di farla sentire amata, ma a lei non bastava mai. Forse perché non era vero.

La vergogna gli riscaldava il viso contro la fresca brezza della notte. Avrei dovuto lasciarla quando mi ha detto dell'aborto. Un intervallo decente, poi una partenza silenziosa. Aveva analizzato migliaia di scenari possibili, per capire cosa fare. All'epoca, Carol Anne era in giro per il mondo e si era dimenticata sia di lui che di sua figlia. O almeno così credeva. E allora a che cosa sarebbe servito ferire Evelyn? Ora aveva capito che non avrebbe mai potuto amare un'altra donna. Quanto tempo perso!

Singhiozzò e rallentò mentre attraversava Columbus Circle. Una seconda possibilità. Non avevo mai pensato di poter avere una seconda possibilità. Non devo sprecarla. si fermò in un negozio per comprare una dozzina delle sue rose albicocca. Sentiva accumularsi il nervosismo lungo la schiena. Non pressarla per fare sesso. Ma non smettere nemmeno di corteggiarla, o penserà che non la vuoi. All'improvviso, le sue mani iniziarono a sudare. Calmati!

Si rimise a canticchiare, ricordando la morbidezza della sua pelle e dei suoi capelli. Mentre si avvicinava alla porta del palcoscenico, si mise a sorridere. Lei è proprio dietro quella porta, ad aspettarmi.

"Entri pure, signor Hollings. La signorina Brewster la sta aspettando," disse Gus.

CARA NON SI ERA ACCORTA del tempo che passava. Chiacchierare con Quinn, Susanna e Jake dopo lo spettacolo aveva esaurito tutti i minuti che aveva riservato per indossare qualcosa di sexy per il suo appuntamento con Grant. Dopo esser entrata nel camerino, veloce come un fulmine, prese il suo vestito dalla gruccia e lo lanciò sulla sedia.

Si tolse la maglietta e la gonna che indossava nell'ultima scena. Facendo un respiro profondo per calmarsi, cercò di appenderli con cura, ma le tremavano le mani. L'entusiasmo dell'anteprima e l'appuntamento con Grant la rendevano nervosa. Amore, passione e voglia le scorrevano nelle vene, annullando quasi del tutto la sua capacità di concentrarsi.

Si tolse il reggiseno bianco e lo lanciò in un cassetto, mettendosi a cercare quello di pizzo nero da abbinare alle mutandine che aveva comprato apposta per quella sera. Si tolse le mutandine e le mise nella sua borsa di pelle. Infine, trovò il completino di pizzo nero e lo tirò fuori dal cassetto.

Mentre stava per indossarlo, la porta si spalancò e Grant entrò. Sorpresa, Cara urlò. Grant fece cadere i fiori e rimase immobile per un attimo, a guardare il suo corpo nudo. Lui si riprese rapidamente e uscì, chiudendo la porta alle sue spalle.

"Grant! Dammi cinque minuti."

"Mi dispiace. Gus ha deto che ptoevo entrare."

"Sono un po' in ritardo. Sarò da te tra un minuto." Dopo aver indossato la sua lingerie sexy, si mise il vestito dalla testa. "Ora puoi entrare," lo chiamò.

Grant fece capolino con cautela. "Sicura?"

"Entra, entra."

"Accidenti! Speravo di vederti prima che indossassi il vestito. Ma tu sei troppo veloce per me."

Lei scoppiò a ridere.

"Devo ammettere che la sorpresa mi ha fatto balzare il cuore in gola, come deve essere successo a te. Anche in dieci secondi, posso dire che ora sei sempre bella come prima, Cara Mia."

Lei raccolse le rose e le mise sulla sua toeletta, prima di permettergli di abbracciarla. Lei fece un respiro profondo, odorando il profumo di Grant, mescolato al suo dopobarba legnoso e all'odore della sua camicia appena stirata. Dio, che buon profumo! Molto meglio del dopobarba che ricordavo.

Lui le fece scorrere le mani sulla schiena mentre lo stringeva a se, senza lasciare tra di loro nemmeno lo spazio per far cadere uno spillo. Lui le accarezzò le labbra con la lingua e lei dischiuse la bocca. Lui piegò la testa per baciarla più profondamente, mentre le stringeva il sedere con le dita. Sentire il suo petto a contatto col suo la fece eccitare. Tenendola così stretta, accarezzandole il corpo con le mani e toccandola così dolcemente, lui le fece capire quanto la desiderava.

La passione che sentiva dentro di lei continuava a crescere, allontanando dalla sua mente ogni pensiero razionale. Voleva che lui la conducesse proprio fin lì, ma le lancette dell'orologio avanzavano. Gus bussò alla finestra, ricordando loro che il loro tempo era finito.

"Stiamo chiudendo, signorina Brewster."

Lei si allontanò da Grant. "Usciamo tra cinque minuti, Gus.", urlò lei, cercando di trattenere il respiro.

Cara si ritoccò il rossetto. Gli occhi di Grant luccicavano e lei gli sorrise. *Lui risveglia ancora qualcosa dentro di me. La chimica tra di noi non si è esaurita.* Cara guardò il suo fisico, dalla testa ai piedi. *Si veste meglio di prima. I vestiti gli stanno meglio. È leggermente ingrassato...in tutti i punti giusti.*

"È come se non ci fossimo mai separati. Baciarti è...meraviglioso, come sempre," disse, ripulendogli la bocca dal rossetto con il suo fazzoletto.

Cara sistemò rapidamente i fiori e mise l'acqua nel vaso. Lei si voltò per guardarlo e gli si avvicinò.

"Sei ancora l'uomo più sexy che esista." Pronunciando quelle ultime parole, lei abbassò la voce e lo guardò sorridere. Lui la aiutò a mettere la giacca, poi le prese la mano. Salutarono Gus mentre andavano via, passeggiando nell'atmosfera, piacevolmente pungente, della sera. Grant intrecciò le dita con le sue, poi guardò l'orologio.

"Sto morendo di fame. Dove andiamo?"

"Ho una sorpresa.", disse lei, con un sorriso compiaciuto.

"Oh?" Lei battè le mani. "Nessuno fa più le sorprese."

"Mi ricordavo che ti piacciono."

"Quelle belle."

"Beh, certo! Questa è una meraviglia."

"Dimmi, dimmi, non vedo l'ora!" ridacchiò lei, avvicinandosi a lui.

Grant le mise un braccio intorno alle spalle e le sussurrò all'orecchio: "Ho fatto consegnare una cena speciale alla tua suite dal Café Limoges per stasera. Dovrebbe arrivare tra poco. Possiamo mangiare dentro invece che fuori."

"Oh, mio Dio! Meraviglioso! Sono contenta di non dover uscire. Così non devo indossare le scarpe." Lei scoppiò a ridere.

"Possiamo stare da soli mentre mangiamo, senza camerieri a disturbarci." Lui le fece un sorriso lascivo, facendola sorridere.

"Tu pensi sempre a tutto."

"Quando si tratta di amare te, è facile." Lui si abbassò e le baciò il collo.

Cara ebbe un brivido sentendo le sue labbra sulla pelle. Felice per ciò che la aspettava, entrò con lui in albergo. Grant si avvicinò alla reception e gli dissero che la cena li aspettava in camera.

Insieme, apparecchiarono la tavola vicino a una finestra. Grant versò del vino nei bicchieri d'acqua, perché avevano solo quelli.

"Quasi come i picnic che facevamo prima," disse Cara, sorseggiando il suo drink.

"Già. Niente soldi, ma pronti a tutto."

Lei lo fissò negli occhi. "Allora lo eravamo, vero?"

"Avventurosi? Audaci? Sicuri di noi stessi? Forse troppo sicuri di noi stessi. Sì, lo eravamo." Lui sollevò il bicchiere per fare un brindisi. "Alla carriera più lunga nella storia di Broadway, in modo che Cara Mia possa restare a New York per sempre."

Lei fece tintinnare il suo bicchiere con quello di lui, poi spacchettò la cena. Ogni piatto conteneva un filet mignon perfettamente cucinato e affettato, patate à la lyonnaise, e haricots verts, serviti ad arte. Poi scoprì i panini e il burro cremoso. La torta al cioccolato per il dessert era conservata in dei solidi contenitori per non rovinarsi.

Mangiarono in silenzio, fissandosi l'un l'altro. Cara soddisfò l'appetito del suo stomaco, ma rimaneva quello del suo cuore. Lui era bello e sembrava interessato — i suoi occhi scuri e il suo sguardo provocante le facevano ardere la pelle con il suo fuoco appassionato. Spogliarlo con gli occhi fece aumentare la sua temperatura interna e il suo battito cardiaco.

Quando finirono di mangiare, Grant le prese la mano e la accompagnò sul divano. "Perché non ci riserviamo la torta al cioccolato per dopo? Sono pieno."

Cara sorseggiò il suo vino. "Buona idea."

Lui si sedette accanto a lei, mettendole un braccio intorno alla vita. "Avevo un'altra idea per un dessert molto più buono e senza calorie," sussurrò lui, abbassando la testa per baciarla.

Cara gli mise le braccia intorno al collo. Le sue labbra la baciarono intensamente, incoraggiandola a schiudere la bocca per lui. Lei lo fece e lui iniziò a esplorarla con la lingua. Le fiamme della passione ardevano dentro di lei, mentre la sua mano le sfiorava il seno. Il bisogno di lui aumentava dentro di lei, facendole sfuggire un gemito mentre le sue dita la massaggiavano. Con l'altra mano, lui trovò la cerniera sul retro del suo vestito e la abbassò. Poi, le abbassò lentamente il vestito e lei restò con il suo reggiseno nero di pizzo.

Lui ebbe un sussulto. "Oh, mio Dio. Meraviglioso," sussurrò lui. "È passato tantissimo tempo."

Lei gli toccò la guancia. "Da quando siamo stati insieme?"

"Da allora...ed è da allora che voglio una donna. Non ho mai voluto nessuna come voglio te."

"Allora?" Lei non riuscì a nascondere la sua insicurezza.

"E anche adesso." Lui la baciò.

Lei si tolse il vestito, facendoselo passare dalla vita. Il suo sguardo la fece scaldare, le sue mani la fecero eccitare. Lui la baciò fino al petto, abbassandole le spalline di satin nero, dandogli accesso quasi totale al suo seno. Lui sollevò leggermente quello di destra e lo accarezzò.

"Che cosa stai cercando?"

Un lieve sorriso attraversò le labbra di Grant. "Una cicatrice. Adoro quella piccola cicatrice che hai sotto il seno destro. È ancora lì."

Lei si mise a ridere. "Credevi che fosse sparita in sette anni?"

"No. Volevo solo rivederla."

"Sentimentale?"

"Sì, quando si tratta di te." Lui si abbassò per baciarla. Lei colse l'occasione di passargli le dita tra i capelli.

Sbottonandogli lentamente la camicia, gli appoggiò la mano sul petto. Assapora ogni istante. Datti un pizzicotto, non è un sogno. Lui scrollò le spalle e la lasciò cadere per terra, poi lasciò scivolare la coppa del suo reggiseno e le prese il capezzolo in bocca.

"Oh, Dio" sussurrò lei, chiudendo gli occhi.

Lui le mise un braccio intorno e glielo sganciò con una mano prima di toglierglielo, senza allontanare mai la bocca dalla sua pelle. Cara scorse le mani sulle sue spalle e sulle sue braccia. La percezione di lui. Lei raggiunse la sua cintura.

"Vuoi?" le chiese, allontando finalmente la bocca dal suo corpo. Sollevò le sopracciglia, per sottolineare la sua domanda.

"È passato troppo tempo, G. Troppo tempo," sussurrò lei, strofinandogli la bocca sul collo.

Lui si alzò in piedi, si sbottonò i pantaloni e li lasciò cadere, insieme ai suoi boxer. Cara si alzò e lasciò scivolare il suo vestito. Lui la strinse a sé, tenendola stretta mentre la sua bocca cercava quella di lei. Lui la baciò appassionatamente e profondamente. I suoi capezzoli si indurirono. Lui fece scivolare le mani lungo la sua schiena e sotto la vita per stringerle il sedere. Cara fece un passo indietro, lasciò cadere le mutandine sul pavimento. Poi, prese la sua mano e lo portò in camera da letto.

Grant tolse le coperte e si fermò. Esaminò lentamente il suo corpo con lo sguardo. "Sei più bella che mai."

Lei lo guardò, indugiando su ogni muscolo sexy del suo corpo o sul fatto che lui fosse pronto per fare l'amore. Il suo battito aumentò per l'attesa di stare con l'amante migliore che avesse mai avuto.

"È passato troppo tempo," ridacchiò lui, evidentemente imbarazzato.

"Anche per me."

Lei si avvicinò a lui e allungò il braccio, ma lui le afferrò il polso prima che lei potesse toccarlo.

"Riserviamocelo per un'altra volta...o finirà troppo velocemente." Lui le prese la mano e la trascinò verso il letto, si distese e la fece stendere al suo fianco. Lei fece scorrere le mani dal suo petto robusto fino al suo collo. Lui abbassò le labbra sulle sue spalle, mordicchiandola e baciandola.

"Ti amo, Cara Mia," sussurrò lui.

Lei spinse i fianchi verso di lui e lui le mise la mano sulla coscia. Lei aprì le gambe e lui fece scivolare le dita dentro di lei, trovandola calda e bagnata.

"Non sono l'unico..."

Lei ridacchiò. "Tu mi fai eccitare. L'hai sempre fatto." Lei inarcò la schiena e chiuse gli occhi mentre la sua bocca trovava il suo seno e cercò il suo punto più dolce. Lei inspirò profondamente il suo profumo inebriante. Gli strinse le spalle con le mani, sentendo con le dita la forza dei suoi muscoli. Quando lui iniziò a muoversi sopra di lei, proteggendola e riparandola col suo corpo, fu travolta da una sensazione di sicurezza. Una sensazione di benessere seguì il calore della passione che le scorreva nelle vene.

Nel momento in cui lui accarezzò il suo punto più sensibile, lei si mise a urlare. Lui ridacchiò e iniziò il suo attacco, accarezzandola ritmicamente. Lei iniziò a muoversi, seguendo la sua guida.

"Grant...per favore. Non riesco più a resistere."

"Bene, vieni per me, tesoro."

Le sue viscere si sciolsero mentre il suo tocco faceva divampare il fuoco del suo desiderio. La tensione si accumulava dentro di lei, aumentando rapidamente. Poi, le strinse le dita intorno al clitoride, spingendola al limite del piacere. Il piacere le scorreva nelle vene, facendole comparire davanti agli occhi un arcobaleno di colori. Lei gemette mentre muoveva il corpo al ritmo della sua mano.

"Oh, Diò, Grant," singhiozzò lei.

"Sei protetta?" Lui le aprì ulteriormente le gambe mentre si metteva sopra di lei.

"Prendo la pillola," sussurrò lei, annuendo.

Lui si gettò su di lei, afferrandole le spalle con le mani, con il viso sul suo collo, mentre gemeva a voce alta. "Oh mio Dio...è...oh..." Lui si paralizzò dentro di lei, tenendola stretta a sé. Sentendo una leggera umidità sulla spalla capì che lui stava sudando, o piangendo, o forse entrambe le cose. Gli accarezzò la schiena.

"Ti amo tantissimo," sussurrò lui, iniziando a muoversi. Lui si alzò leggermente e le spostò il ginocchio, mettendoselo delicatamente sulla spalla. Spingendo più forte, la riempì totalmente, facendola sussultare.

Lei gli tenne il viso, mentre si guardavano negli occhi. Quelli di Grant erano colmi di amore e di passione, in cerca dei suoi. Lei lo baciò teneramente. "Anch'io ti amo, G."

A quell'affermazione, lui iniziò a muoversi più velocemente, spingendosi dentro di lei più rapidamente e profondamente. Lei fece un respiro profondo e si lasciò andare, mentre un altro orgasmo prendeva vita dentro di lei. Lei inarcò la schiena, chiudendo gli occhi. "Grant!"

"Tutto bene, Cara?" lei gli sussurrò qualcosa, mentre annuiva. Lui la baciò, sfiorandole la lingua con la sua. Lei gli passò le mani lungo la schiena, facendogli sentire la tensione che si accumulava nei suoi muscoli. Poi lui gemette, uscì leggermente, poi spinse di nuovo più forte e si fermò. il sudore gli scivolò dal corpo, prima sul letto e poi su di lei. I due amanti esausti rimasero in silenzio, abbracciati.

Lui si sollevò su un gomito e le passò le dita tra i capelli. "Non avevo mai pensato di poter rifare l'amore con te. Questo è un sogno che si avvera."

Lei gli passò il pollice sulla guancia. "Anche per me. Tu sei il migliore...il migliore del mondo."

"Oh?" Lui sollevò un sopracciglio mentre un sorriso gli spuntava sulle labbra. "E tu hai fatto l'amore con tutti gli uomini del mondo?" Lui le accarezzò lentamente il seno.

Lei scoppio a ridere. "Non proprio tutti." Lei lo baciò dolcemente sulla bocca. Grant si voltò su un fianco, sollevandola tra le sue braccia e mettendole una mano sul fiano.

"Potrei stare così per sempre."

"Anch'io. Ma nostra figlia è a casa con Jane e io devo tornare prima di domani mattina."

"Nostra figlia..." Lei gli sorrise. "Amo il suono di queste parole."

"Domani sera, parlerò con lei di Evelyn. Non ci vorrà molto tempo perché tu possa venire a vivere con noi."

"Non vedo l'ora!" lei appoggiò la guancia sul suo petto. "Una vera famiglia. Mi sembra un sogno."

"So che sto correndo, ma ti piacerebbe avere un altro figlio? La nostra prima figlia è grandiosa. Io ne vorrei ancora."

Lei si sedette e lo guardò. "Un altro figlio? Prima vorrei conoscere bene Sarah."

"E dopo?"

"E poi...vedremo."

Lui aggrottò la fronte.

"Non è fuori questione." Lei si abbracciò le ginocchia e guardò fuori dalla finestra nell'oscurità. "Immagina. Potrei stare con un secondo figlio per tutta la sua vita, fin dal primo giorno."

"Staremmo tutti insieme. Sarebbe il paradiso." Lui si abbassò per darle un bacio sulla guancia.

Grant le mise un braccio intorno alle spalle e lei si sporse verso di lui. Si sedettero in silenzio, insieme ma separati, ognuno con i propri sogni in mente. Dopo un po', Grant iniziò a parlare. "Mangiamo il dessert. Ho bisogno di forza se dobbiamo fare un altro round." Lui scivolò sul bordo del letto.

"Un altro round?" Lei sollevò le sopracciglia.

"Non pensi che una volta sia abbastanza per me, dopo aver aspettato così tanto?"

"Non ci avevo pensato..."

"Non posso mai averne abbastanza di te, ma una volta andrà bene per stasera."

"Ottimo modo per smaltire tutto quel cioccolato."

Lui sorrise e le porse la mano.

ALLE DUE DEL MATTINO, Grant pagò il tassista ed entrò nello Stanford Arms. Salutò il suo custode, Rex, con un gioviale "salve," poi si diresse al quindicesimo piano, sorridendo durante tutta la salita in ascensore. Fischiettando, inserì la chiave nella serratura, entrando rapidamente.

Grant si fermò all'improvviso in corridoio, spalancando la bocca per ciò che vide. Jane stava totalmente nuda tra le braccia di Gary, dandogli un bacio per salutarlo.

Jane fece un balzo ed emise un urletto. Si nascose dietro a Gary, spostandosi lateralmente, come un granchio, per prendere la sua vestaglia. Dopo averla indossata e aver allacciato la cintura, gli lanciò un'occhiata scocciata. "Credevo che avresti passato la notte con Cara."

"Mai. Devo essere qui al mattino, quando Sarah si alza."

Lei gli diede un colpetto sulla fronte con la mano. "Ovviamente."

"Non volevo rovinare la vostra...affettuosa separazione," ridacchiò lui. Jane lo guardò storto.

Gary, arrossendo notevolmente, la salutò con la mano e uscì rapidamente dalla porta.

"Non sei l'unico ad avere una vita sessuale, sai?" ribatté lei.

"Lo vedo," ridacchiò lui.

"Bene." Lei si strinse ulteriormente la vestaglia in vita. "Andata bene la serata?"

"Non poteva andare meglio." Lui sprofondò sul divano.

"Mi sembra di capire che anche tu ci abbia dato dentro stasera," disse Jane ridendo.

"Un gentiluomo non lo dice mai. Lascia perdere." Lui sollevò la mano, mentre si avviava verso la sua stanza.

"La famiglia Hollings si dà da fare. Buona notte, caro fratello."

"Buona notte, Jane." Lui chiuse la porta e si sbottonò la camicia.

Grant si distese sul letto, stanco ma non assonnato. La felicità gli scorreva nelle vene. Poter fare di nuovo dei piani, poter amare di nuovo.

All'improvviso, la sua vita triste e senza speranze aveva preso una nuova direzione e lui non riusciva a smettere di sorridere.

Capitolo Dieci

Alle sette e mezza del mattino dopo, Jane e Grant non erano ancora pronti. Sarah non riusciva a capire come mai. Si alzò dal letto di buon umore. Dopo la scuola, Molly sarebbe andata a casa sua. Sarah non vedeva l'ora. Oggi era il giorno in cui avrebbe elaborato il suo piano per conoscere la sua vera madre. Indossò i vestiti che aveva scelto la sera prima e raggiunse Jane al tavolo della colazione.

Sarah si sedette davanti al suo piatto di uova strapazzate e pane tostato, guardando Jane che si strofinava gli occhi. "Qualcosa non va, zia Jane?"

"Sono andata a letto troppo tardi ieri sera." Jane sbadigliò, prese la sua tazza di caffè e ne bevve un sorso.

"Dovresti andare a letto presto, zia Jane," disse Sarah, scimmiottando le parole di sua zia.

"Ottimo consiglio. A volte, nemmeno gli adulti fanno le cose giuste, Sarah," disse Grant esitando mentre indossava il suo accappatoio.

"Il caffè è pronto. E nemmeno tu sembri molto allegro stamattina, caro fratellino." C'era una

punta di acutezza nella voce di Jane.

"Caffè," borbottò lui, strofinandosi il viso ispido mentre raggiungeva la macchinetta del caffè.

"Papà, non dovresti essere già vestito?"

Grant si versò un tazza di caffè ed ebbe un sussulto prima di rivolgersi a sua figlia. "Hai ragione, piccola. Ma non ho dormito abbastanza stanotte..."

"Sei andato anche tu a letto troppo tardi?" Sarah si mise le sui fianchi. "Zia Jane l'ha fatto, e ha un aspetto orribile come te."

Grant scoppiò a ridere. "Lo so, siamo stati cattivi."

"Ora, come punizione, niente dessert per una settimana," disse Sarah, agitando il dito davanti al viso di suo padre e aggrottando la fronte.

"Una settimana? È tanto tempo," si lamentò Jane.

"Ok, due giorni. Ma è così e basta." Sarah incrociò le braccia.

Grant ridacchiò, nascondendo un sorriso dietro la mano.

"Sono seria, papà." Lei sbattè il piede.

"Che cosa hai in programma oggi, tesoro?" le chiese lui, abbracciandola.

"Molly verrà qui a giocare dopo la scuola."

"Molly Murphy?" Sarah annuì. "Bene." Grant la lasciò andare per bere un altro sorso del suo caffè.

"Abbiamo un progetto segreto." Lei sorrise maliziosamente.

Grant sollevò le sopracciglia e diresse lo sguardo verso Sarah.

"Non posso dirtelo. È un segreto!" Lei ridacchiò, poi diede un morso al suo pane di segale tostato.

"Ok. Lo rispetto.", disse lui, alzando la mano.

Mentre sua zia e suo padre parlavano di impegni e programmi, Sarah pensò al suo piano per incontrare sua madre. *Non manca molto tempo, mamma.* Lei sorrise e si mise a mangiare le sue uova. *Ok, mamma, farò la brava. se mi mettono in punizione, non potrò venire a conoscerti.*

Sarah fu sorpresa che Jane la accompagnasse a scuola, ma suo padre era ancora sotto la doccia. Doveva andare con Jane o sarebbe arrivata in ritardo, così ubbidì. Al suo arrivo, Sarah attraversò il cortile della scuola per raggiungere i suoi compagni di classe. Molly prese la mano di Sarah e gli alunni si diressero in fila per due verso la scuola.

Molly si sporse per sussurrare qualcosa a Sarah. "Josie ha detto che ci aiuterà."

"Davvero?" Sarah spalancò gli occhi. "Magnifico!" Lei battè le mani, ottenendo un'occhiataccia dalla signora Wilner, perché stavano attraversando il corridoio e non avrebbero dovuto parlare. Sarah si portò la mano davanti alla bocca, ma non riuscì a contenere la sua gioia. Lei sorrise. *Presto sarò con la mia vera mamma ed Evelyn potrà andarsene.*

Molly si sporse di nuovo per sussurrarle qualcosa. "Come farai con due mamme?"

Sarah sollevò le spalle. "Forse Evelyn potrà andarsene da qualche parte."

"Magari potrà tornare a casa da sua madre e da suo padre," suggerì Molly a voce bassa.

"Non credo che gli adulti tornino a casa dai loro genitori."

"Quindi potrai avere due mamme."

Sarah fece una smorfia. *Non avrebbe mai funzionato. Lei volevo solo una mamma, quella giusta. Evelyn era ok, ma non giocava con Sarah e non le leggeva le storie.*

Apoggiando il mento sulla mano e il gomito sul banco, Sarah sognò suo madre. *Lei mi leggerà delle storie, reciteremo insieme e mangeremo il gelato, anche quando non dovremmo. Mi porterà al parco e forse anche al balletto. Inforneremo biscotti e giocheremo con le bambole di carta. Sarà la mamma migliore del mondo.*

Sarah sospirò e sbattè le palpebre, ritornando con la mente in classe e rivolgendo di nuovo la sua attenzione alla signora Wilner, che parlava di esercitazioni antincendio. *E la cosa migliore di tutte è che mi amerà. Mi amerà più di tutto. E anch'io la amerò più di tutto. Tranne che di papà.*

"Sarah Hollings, vieni qui. Tu sarai uno dei nostri vigili del fuoco."

Lo sguardo di Sarah si illuminò mentre lei raggiungeva la sua insegnante nella parte anteriore della stanza. Lei vide la gentilezza negli occhi della signora Wilner e sorrise.

UN FORTE COLPO SULLA porta della sua camera da letto svegliò Cara. Lei ebbe un sussulto, poi sbadigliò.

"Sono io. Sono le dieci ed è arrivata la colazione." disse Skip dall'altra parte.

"Arrivo." Cara si infilò la vestaglia e si alzò in piedi. Un leggero dolore tra le gambe le ricordò quello che aveva fatto fino a tardi la sera prima. Un sorriso appena accennato abbellì il suo adorabile viso. Si spazzolò i capelli, si mise il rossetto e raggiunse Skip.

Lui la esaminò dall'alto in basso. "Una ragazza molto...uhm...ehm...amata, direi," ridacchiò lui.

Cara arrossì. "Cosa mi ha tradita?" Lei si mise il tovagliolo sulle gambe.

"Il tuo sorriso smagliante. Non l'ho mai visto prima. Non così smagliante."

Lei scoppiò a ridere. "Non posso nasconderti niente, vero?"

"No. E non ti scomodare a provarci!" Lui le agitò il dito davanti agli occhi, prima di prendere il suo caffè e di berne un sorso. "Davvero, è meraviglioso vederti così felice."

"È meraviglioso essere così felice." Lei rimosse la cupola di metallo che teneva al caldo la sua colazione e nascondeva le uova strapazzate nel sul piatto.

"Anch'io ho avuto da fare."

"Hai conosciuto qualcuno?" Cara imburrò il suo pane integrale tostato.

"Mi piacerebbe, ma no. Ho organizzato un nuovo film per te."

"Davvero?" Lei sollevò le sopracciglia mentre dava un morso al suo pane.

"Non vedevo l'ora di dirtelo, ma eri molto stressata per lo spettacolo, poi con Grant e tutto il resto. Ma Gunther Quill sta realizzando un nuovo progetto e penso che ci sia una bella parte interessante per te."

"E lo spettacolo?"

"Che cosa succederebbe se non avesse successo? Potrebbe finire ancora prima di cominciare."

"O potrebbe essere un successo. Mi piace pensare positivo. Il copione è meraviglioso."

"Vero. Gunther non sarà pronto a girare per almeno un anno, credo. Il copione non è ancora finito. Non è ancora stato steso."

"Allora ho tempo."

"Ti farò avere il trattamento del copione. Leggilo e dimmi cosa ne pensi."

"Grant e io abbiamo fatto anche altri programmi ieri sera."

"Programmi che vanno oltre la soddisfazione della tua libido?" Lui la guardò, sollevando un sopracciglio.

"Programmi matrimoniali."

"Oh? Veramente?"

"Che cosa credevi? Lui è l'amore della mia vita. Non sto scherzando."

"Come diavolo faccio a saperlo? Non hai mai parlato seriamente di nessuno prima d'ora."

"Stavolta è diverso. Potremmo anche avere un altro bambino."

Lui si accigliò. "Cosa? Un bambino? Dimmi che non è vero!"

"Skip, ho anche il diritto di avere una vita. Non sono solo una macchina da film."

"Non sei nemmeno una macchina da bambini. Il matrimonio, ok, posso capirlo. Ma un bambino? Come faranno a girare se resterai incinta? Come potrai essere incinta nello spettacolo?"

"Non sono ancora nemmeno sposata, non pensarci per ora. Ti sto solo dicendo che ne abbiamo parlato." Lei si mise a sorseggiare il suo caffè.

"Non spaventarmi così. Potrebbero passare dei mesi prima che ciò accada, giusto?"

Lei annuì.

"Bene. Allora, ne parleremo dopo. Nel frattempo, leggi il trattamento."

Cara prese un pezzo di bacon e vi diede un morso. "Lo leggerò, ma non faccio promesse."

"Non voglio fare il ficcanaso, ma come pensi di poter gestire la tua carriera, un matrimonio e una famiglia?"

"Certo che vuoi fare il ficcanaso! Non lo so, Skip. Non ci ho ancora pensato."

"Vuoi perdere l'occasione di fare un film di Gunther Quill?"

Lei sollevò la mano. "Smettila di farmi pressione. Un progetto alla volta. Sono totalmente coinvolta da questo spettacolo...e ora anche da Grant."

"Anche lui è molto coinvolto da te", ridacchiò lui. "Ehi, è la tua vita...rovinatela come preferisci."

Gli occhi di Cara si riempirono di lacrime e la sua voce iniziò a tremare. "Hai assolutamente ragione, è la mia vita! Ascolta, sto facendo il mio meglio. Sono felice, per una volta. Ho Grant, mia figlia...e lo spettacolo. Con il suo sostegno, posso fare qualsiasi cosa. Per favore, lascia che io sia felice per un po'. Penso di meritarmelo." Lei si alzò dal tavolo e andò alla finestra.

Skip la seguì, mettendole le mani sugli avambracci. "Mi dispiace. Sono un coglione. Mi piace vederti così felice. Goditela. Vivi la tua vita. Fa in modo che lo spettacolo sia un successo. Parleremo di Gunther Quill più tardi...la prossima settimana, il prossimo mese, in qualunque momento tu voglia."

Lei si voltò e lui la abbracciò forte. "Grazie."

"A che cosa servono gli amici?" Le diede un bacio sulla fronte.

Lei gli diede un bacetto sulla guancia.

"Ma leggi il trattamento, va bene?"

Lei gli diede una pacca sulla spalla. "Ok, ok. Lo leggerò...domani...la prossima settimana...il prossimo mese..."

"Cara!"

Lei si mise a ridere, poi scappò in bagno per farsi una doccia.

SARAH VIDE JANE CHE si metteva una mano sulla fronte, per esaminare con lo sguardo il cortile della scuola. In mezzo a una marea di genitori, baby-sitter, nonni e altri accompagnatori, Jane veniva urtata e spintonata. Alla fine, si fece strada tra la folla, fino a dove Sarah e Molly la stavano aspettando. Strinse le mano a Molly e diede un bacio a Sarah.

"Venite, signorine. Andiamo a casa a fare uno spuntino. Ho preparato dei brownies per voi."

"Brownies! Adoro i brownies. Mia madre non li fa mai", esclamò Molly.

"I brownies di mia zia Jane sono i migliori", si vantò Sarah.

Jane arrossì leggermente e accompagnò le ragazze verso il cancello, facendosi largo tra la fitta folla. Una volta raggiunta la strada, Molly e Sarah si misero a cantare una canzone che avevano imparato in classe. Si tenevano per mano, seguendo Jane.

Sarah guardò alle sue spalle e vide l'uomo paffuto, a circa quattro persone di distanza da lei. Lui le sorrise, ma questo la spaventò. Lei si avvicinò a Jane, prendendo la mano di sua zia. Jane afferrò Sarah e si guardò intorno. Sarah volse lo sguardo in avanti e, quando si voltò a guardare dietro di se, dopo un altro mezzo isolato, l'uomo paffuto era sparito.

Un sorriso di Rex, mentre apriva la porta d'ingresso del palazzo, fece sentire Sarah al sicuro. Lui le accompagnò fino all'ascensore, chiedendo a Sarah della sua giornata a scuola. Le ragazze corsero lungo il corridoio fino all'appartamento. Sarah fece strada verso la cucina, dove le aspettavano dei brownies freschi. Prese attentamente il piatto e lo mise sul tavolo.

"Latte," disse, aprendo il frigorifero. Molly si sedette, aspettando la sua amica. Jane si unì a loro, prendendo tre bicchieri dalla credenza e posandoli sul tavolo. Sarah porse il cartone di latte a Jane, che riempì tre bicchieri e raggiunse le ragazze.

"Che cosa è successo a scuola oggi?"

"Niente di che. Possiamo portarceli nella mia stanza?"

"Conosci le regole, niente cibo in camera da letto, a meno che tu non sia malata, giusto?"

"Giusto." Sarah fece una smorfia.

"Allora mangiate e poi andate in camera tua a divertirvi come volete." Jane diede un grosso morso al suo brownie.

"Sono buonissimi, signora Hollings," disse Molly.

"Molly, puoi anche chiamarmi zia Jane, ok?"

La ragazzina dai capelli rossi annuì. Sarah si affrettò a finire il suo spuntino e afferrò Molly, che stava ancora masticando. Una volta dentro, Sarah chiuse la porta e appese alla maniglia della porta un cordino con delle campanelle attaccate.

"A che cosa ti serve?"

"Come allarme."

"Allarme?"

"Già. Se qualcuno tenterà di aprire la porta, lo sentiremo. Così potremo smettere di parlare del nostro piano, in modo che nessuno sappia cosa stiamo facendo."

"Perché vuoi nasconderti?"

"Mi punirebbero per un anno se sapessero cosa voglio fare." Sarah si lasciò cadere su uno dei letti della sua stanza.

"Chi?"

"Mio padre e zia Jane." Molly le lanciò un'occhiata dubbiosa. "Non guardarmi così. Dobbiamo farlo. Devi stare con me. Josie l'ha promesso. Non sei mia amica?"

"Certo che sono tua amica, Sarah. Ma non possiamo parlare di qualcos'altro ogni tanto?"

"Ok. Mi dispiace. Farò tutto ciò che vuoi."

"Possiamo giocare con le tue bambole American Girl?"

"Sì. Puoi scegliere quella che vuoi."

"Ne hai due? Spero di riceverne una per Natale."

"Chiedi a Josie quando possiamo andare, ok?" Sarah si tirò su.

"Ok. Ma lei non vuole farlo."

"La pagherò. Per favore!"

"Hai dei soldi?"

"Ho messo qualcosa da parte."

Ci proverò. Allora...le bambole?"

"Le bambole." Sarah andò al suo armadio e tirò giù una scatola con le sue due bambole American Girl e i loro vestiti e accessori. Le ragazze organizzarono un piccolo tea party con un set da tè che Jane aveva regalato a Sarah. Quando Jane fece capolino per controllarle, le ragazze erano assorte nel loro gioco e alzarono a malapena lo sguardo. Jane sorrise e balzò fuori con la stessa rapidità con cui era entrata.

Sarah sospirò. Bene. Lei non sa cosa sto facendo. Devo trovare la mia vera mamma prima che Evelyn ritorni. Allora lei potrà andarsene e la mamma potrà trasferirsi da noi.

QUANDO ARRIVÒ AL TEATRO, Cara trovò un pacco per lei. Veniva dal dipartimento di polizia, che le restituiva le sue foto. Cara le attaccò al suo specchio. Toccò il mezzo cuore d'oro che indossava sempre, tranne che sul palco, e sorrise. Presto io e te saremo di nuovo insieme, piccolina mia. Quel pensiero le illuminò il viso. Feste di compleanno, Natale, fare shopping e cucinare insieme. Recupereremo il tempo perduto.

Solo altre due settimane di anteprime, poi ci sarà la serata di apertura. Il regista e il commediografo stavano ancora adattando il dialogo e modificando alcune indicazioni di scena. Cara era stressata per i cambiamenti dello spettacolo e della sua vita. Grant non poteva venire ogni sera perché doveva lavorare e passare un po' di tempo con Sarah, ma andava a trovarla, la portava a cena fuori e faceva l'amore con lei diverse volte a settimana.

Alla fine dell'anteprima, Cara si cambiò rapidamente, indossando il suo maglione e i suoi jeans. Avrebbero cenato nella sua suite, perché lei aveva organizzato una sorpresa per Grant. Lui bussò appena in tempo. Dopo aver avuto il permesso di entrare, aprì la porta e la prese tra le braccia. La tensione svanì dal suo corpo mentre si perdeva nel suo abbraccio.

"G, tesoro, andiamo. Ho una sorpresa per te."

"Adoro le tue sorprese."

Cara si sedette alla toeletta per pettinarsi i capelli. Grant si avvicinò e fu immediatamente attratto dalle foto di Sarah.

"Dove le hai prese?" Ne estrasse una dallo specchio per guardarla più da vicino.

Cara si sentì arrossire le guance. "È una lunga storia..."

"Fammi indovinare. Un investigatore privato a Washington le ha scattate per te."

Lei si voltò a guardarlo. "Esatto! Come fai a saperlo?" Lei spalancò la bocca.

Grant scoppiò a ridere. "Sei tu il pervertito? Questo è assurdo. Tu sei la ragione per cui ci siamo trasferiti a New York! Immagino che il destino volesse che ci incontrassimo ancora, Carol Anne."

"Pervertito?"

Grant le raccontò della chiamata della scuola riguardo all'uomo che scattava foto a Sarah. Mentre ascoltava, lei spalancò gli occhi. Quando lui finì il suo racconto, la guardò con un'espressione divertita. "Quindi hai parzialmente infranto l'accordo, anche se non esattamente?"

"Non pensavi mica che avrei lasciato crescere mia figlia senza sapere niente di lei in qualche modo, vero?" chiese lei con fermezza.

"Ti avevo sottovalutata. Mi chiedevo come mai non mi contattassi, ma l'hai osservata da lontano per tutto questo tempo."

"Proprio così. Quella bellissima bambina è la mia carne e il mio sangue." Lei appoggiò il pennello sul tavolo, con le lacrime che le annebbiavano la vista. "E non ho potuto toccarla, abbracciarla, o spazzolarle i capelli per tutti questi anni." disse lei, con il mento tremante.

"Lo è e la somiglianza con te è davvero sorprendente." Le mise una mano sulla spalla, poi si chinò e la baciò.

"Non sei arrabbiato che le mie foto vi abbiano costretti a trasferirvi?"

"Sono stato preoccupato per un po'. Ma se tu non avessi scattato quelle foto, non saremmo venuti a New York. Se Jane non avesse comprato quei biglietti, non ti avrei mai rivista. Arrabbiato? Sono entusiasta." I suoi occhi si illuminarono.

Cara si alzò in piedi. "Immagino che sia stato il destino, in un certo senso."

"E ora non devo più preoccuparmi che ci sia un pervertito là fuori a seguire Sarah, cercando di scattare foto...o peggio."

"La polizia è venuta a trovarmi", ammise lei.

"Per questo?" Lui sollevò le sopracciglia.

Lei annuì.

"Ah! Cara Brewster, la pervertita! Esilarante!" Lui scoppiò a ridere.

"Non è stato così divertente, credimi. Ho dovuto violare l'accordo per raccontare loro di Sarah."

"Sempre meglio che andare in galera," ridacchiò lui.

Cara gli diede un colpetto sul braccio. "Non è stato divertente. Ho avuto paura per un attimo."

"È un sollievo sapere che Sarah è al sicuro." Grant fece un respiro profondo, spostandosi i capelli che gli erano caduti sulla fronte.

"Andiamo allora...quella sorpresa ti aspetta." Cara si spostò indietro i capelli con le dita e prese il suo cappotto.

Un forte colpo alla porta fu seguito dalla voce di Gus. "Cinque minuti, signorina Brewster."

"Grazie, Gus. Stiamo andando via."

Grant prese la mano di Cara e aprì la porta. Lasciarono il soffocante camerino e respirarono la frizzante aria autunnale.

Mentre camminavano, Cara affrontò l'argomento del nuovo film. "Ho letto il trattamento del copione di un nuovo film che Gunther Quill sta producendo."

"Oh? Non sei contrattualmente vincolata all'attuale spettacolo?"

"Parli proprio come un avvocato." Lei si mise a camminare al suo stesso passo.

"Forse perché lo sono," ridacchiò lui.

"Per quando finirà lo spettacolo. Mi è piaciuto il trattamento."

"Il trattamento? Non avete ancora iniziato a lavorare insieme e già ti piacciono i suoi 'trattamenti'?"

"Stupido! Un trattamento è una lunga sinossi del film. Questo è di dieci pagine. Mi piace molto la storia e quella parte è molto interessante per me."

"Nessuna scena di nudo, spero?" Lui la guardò, sollevando un sopracciglio.

"Quelle le riservo tutte per te."

Lui si mise a ridere. "Che cosa stiamo aspettando?" Entrarono nell'atrio dell'hotel. Mentre salivano in ascensore, ripresero a parlare del film. "Stai progettando di fare un film prima ancora dell'inizio dello spettacolo?"

"Non si sa mai. Lo spettacolo potrebbe essere un flop o durare tre mesi o sei mesi. I film vengono pianificati in anticipo. Ho avuto contratti che sono durati anche per due o tre anni."

"Ma se tu sei qui possiamo vivere come una famiglia. Sposarci. Certo, lavorerai di notte, ma può funzionare. Se farai un film, sarà qui. Non posso girare per il mondo...e nemmeno Sarah. Lei ha la scuola."

Cara si avvicinò a Grant. "Ce ne preoccuperemo se mi faranno un'offerta."

Grant le mise le mani sulla vita, tirandola verso di se. "Dobbiamo cercare di essere sulla stessa lunghezza d'onda per quanto riguarda gli impegni di lavoro, tesoro."

L'ascensore si fermò e uscirono silenziosamente, mentre un'altra coppia stava aspettando di entrare. Cara li sentì sussurrare il suo nome.

Una volta che aprì la porta della sua suite, Grant si voltò verso di lei e la prese per un braccio. "Speravo che potessi mettere da parte la tua carriera per un po'...per recuperare il tempo perduto con Sarah."

"Una carriera cinematografica non è come un rubinetto che si può aprire e chiudere a piacimento. Se lo si tiene spento troppo a lungo, le persone si dimenticano chi sei e poi scopri che è finita per sempre."

"Nemmeno una famiglia lo è. Hai una possibilità con tua figlia. Il tempo passa e non puoi riaverlo. Non c'è un tasto rewind. Inoltre, mi piacerebbe avere un altro figlio con te...la prima è così incredibile!" Grant tirò Cara verso di se per un bacio appassionato, per poi approfondirlo immediatamente. Lei si sciolse tra le sue braccia. Quando lui gliele strinse intorno, fu pervasa da un senso di sicurezza.

Il padre di Carol Anne era morto quando lei e Gracie erano giovani. La loro madre aveva faticato a lungo e duramente per guadagnarsi quel poco da vivere per loro. Quando erano adolescenti, Cara faceva la baby-sitter e Gracie portava a passeggio i cani degli altri per contribuire al bilancio familiare. Andavano a fare shopping al negozio dell'usato e tutto veniva riciclato tra le tre donne. Eppure, riuscivano ancora a farcela a malapena.

Quando Cara capì di poter avere una carriera da attrice professionista e di poter guadagnare dei bei soldi, fu molto determinata a farcela. Il suo primo film le aveva permesso di aiutare sua madre e sua sorella per un po'. La vita era diventata più difficile quando sua madre era morta in un incidente d'auto, Cara si era presa l'epatite e aveva dovuto affidare Sarah a Grant quando la bambina aveva due anni.

La sua carriera era diventata la sua rete di sicurezza. La recitazione l'aveva fatta sentire integra e l'insicurezza della povertà l'aveva fatta aggrappare al denaro, temendo di nuovo la mancanza di guadagno. Così aveva lavorato sodo, cercando di essere un po' più selettiva riguardo ai film da fare, ma aveva accettato di fare la maggior parte di quelli che le erano capitati, sempre preoccupata che ogni ruolo potesse essere l'ultimo e che quello potesse essere il suo ultimo guadagno.

Sebbene non avessero parlato molto del successo di Grant, lei concluse che lui aveva avuto successo dagli abiti che indossava. Notò che i suoi vestiti cadevano perfettamente sul suo corpo forte. I tessuti che sentiva sotto le sue dita sembravano molto costosi. I suoi capelli erano perfettamente tagliati e lui la portava in ristoranti costosi.

Un futuro con Grant avrebbe potuto darle la sicurezza di cui aveva bisogno per rallentare con la sua carriera e avere una vita migliore. Se Grant guadagna abbastanza, potrei fare la mamma a tempo pieno, almeno per un po'. Un altro bambino. Un'altra possibilità di ricominciare dall'inizio.

Cara si sentì le lacrime agli occhi. "Vuoi un altro bambino?" La sua voce era così bassa da essere quasi un sussurro.

"Con te, sì," disse lui, massaggiandole la schiena. "Quando imparerai a conoscere Sarah, sarai d'accordo che dovremo avere più figli."

"Non vedo l'ora. Quando le dirai la verità su te ed Evelyn?"

"Non appena Evelyn firmerà l'accordo. Non ha senso sganciare la bomba fino a quando non sarà tutto concluso."

"Pensi che cambierà idea?"

"Nemmeno tra un milione di anni. Ma sono prudente. Sono successe anche cose più strane. Odio dover aspettare sei mesi perché tu possa essere ufficialmente mia."

"Anch'io." Chi lo sa dove sarò tra sei mesi?

"Passeranno velocemente. Poi, potrai venire a stare con noi. Trasferirti. Imparare a conoscere Sarah. Non dovrai lavorare se non lo vorrai. Io guadagno bene. Siamo molto agiati."

Cara gli sfiorò la guancia. Il mio più caro desiderio - avere una famiglia con Grant e Sarah.

"Chi si trasferirà da chi? Chi si occuperà della bambina? Non credo proprio." Skip irruppe nel soggiorno pieno di energia e di gin.

Capitolo Undici

"Che cosa intendi con 'non credo proprio'?" Grant diresse la sua domanda a Skip.

"Proprio quello che ho detto. Non credo che Cara si trasferirà da te e che reclamerà la sua figlia bastarda."

"Non chiamare Sarah in quel modo! E lei non si trasferirà da me? Chi lo dice?" Grant arrossì sul collo e strinse i pugni lungo i fianchi.

"Non riscaldarti, non riguarda me. Riguarda il suo pubblico. Sarebbe cattiva pubblicità...vivere con il padre della propria figlia illegittima...wow, non potrebbe andare molto peggio di così, tranne forse che per le droghe." Skip fece una smorfia e si diresse lentamente verso il divano, prima di lasciarsi cadere.

"Questa è la sua vita - deciderà lei."

"Ragazzi, ragazzi. Basta."

"La tua carriera ne risentirà immediatamente, Cara. A nessuno piace che una star del cinema sexy sia la madre di una bambina di otto anni e una moglie devota. Pensa che noia!" Skip agitò la mano.

"Lei ha sette anni. E Grant ha ragione. Deciderò io. Un sacco di attori hanno una famiglia, una famiglia solida, dei figli e si fanno persino fotografare con i propri bambini."

"Solo non dire che Sarah è tua figlia. Di' che è figlia di Grant."

Cara si avvicinò alla finestra, appoggiando la fronte sul vetro per rinfrescarsi. "Non posso farlo", mormorò lei.

"Cosa? Non puoi farlo? Di' addio alla tua carriera." Skip appoggiò i piedi sul tavolino da caffè.

Lei si voltò per affrontare Skip. "È mia figlia. Mia figlia. Non posso negarlo. È già stato abbastanza brutto stare senza di lei per cinque anni. Non ho intenzione di voltarle le spalle adesso."

"Bene, sognate in grande. Non siamo tutti ricchi e potenti, moralmente migliori di tutti gli altri!"

"Dovrei darti uno schiaffo," gli urlò lei.

"Sei arrabbiata? Non devi arrabbiarti con me. Devi arrabbiarti con i media, con il pubblico. A me non importa affatto se Sarah è legittima o no. Ma agli altri importa, le persone vanno al cinema o smettono di andare al cinema se pensano che tu sia immorale."

Cara si mise il viso tra le mani mentre le lacrime che avevano minacciato di uscirle dagli occhi non potevano più essere trattenute.

"Sei una bestia, lo sai? Una bestia. Guarda che cosa hai fatto," urlò Grant. Lui strinse Cara tra le braccia.

"Non mi importa cosa pensi di me, io dico la verità. Chiedilo alla tua...futura sposa." Skip fece un cenno a Cara, che lo guardò.

"Ha ragione, G."

Grant le porse il suo fazzoletto. "Che cosa intendi fare al riguardo?"

"Non ho intenzione di allontanarmi da Sarah. L'ho fatto una volta perché non avevo scelta, ma non lo farò anche questa volta."

"Io sarò con te. E se deciderai di smettere di recitare...io guadagno abbastanza denaro per prendermi cura di noi, e anche di un altro figlio."

"Quindi mi state dicendo addio, eh?" Skip sollevò un sopracciglio.

"Non arrenderti ancora, Skip. Non ho commesso adulterio o ucciso qualcuno. Correrò il rischio. Spero che i miei fan siano fedeli come credo che siano."

"Allora cosa dico a Gunther Quill del film?"

"Non lo so. Grant e io dobbiamo discuterne. C'è molto da fare ora, Skip, penso che questo debba aspettare. Per favore, rallenta. Sono già un fascio di nervi per la serata di apertura e per l'incontro con mia figlia...tu mi hai esasperata. Ho mal di testa. Me ne vado a letto." Cara alzò la voce, percependo la rabbia che le usciva dal corpo e sentendosi arrossire il collo.

Grant fece un passo verso di lei. "Non stasera, Grant. Sono sfinita. Per favore, tutti e due, lasciatemi in pace!" Lei andò nella sua stanza e sbatté la porta.

Cara si gettò sul letto. *Se devo fare una scelta, sceglierò Sarah. Non credo che le persone mi giudicheranno. Se lo faranno, me ne farò una ragione. Ma ho bisogno di mia figlia. Mi sto perdendo la sua infanzia e questo mi sta distruggendo.*

Lei alzò lo sguardo verso il soffitto. "Mamma, che cosa devo fare? Tu lo sapresti. Mi diresti di mandarli al diavolo, giusto? Di fare la cosa giusta?" Distesa sul letto, chiuse gli occhi per immaginare una festa di compleanno con Sarah. Tutte le immagini che danzavano nella sua testa erano della famiglia che desiderava così disperatamente. *La gloria della fama e della fortuna è vuota senza i propri cari con i quali condividerla.*

Se i miei giorni sotto le luci della ribalta sono finiti, così sia. Guardò fuori dalla finestra, ascoltando ciò che avveniva nel soggiorno. Si sentì pervadere da un senso di calma. Aveva preso la sua decisione.

"MOSSA BRILLANTE, SKIP." Grant si avvicinò alla finestra.

"Sto solo dicendo la verità. Fammi causa. Oh, aspetta. Non dovrei parlarne con un avvocato?" Lui rise alla sua stessa battuta.

"È pietoso, proprio come te...sei ubriaco. La comandi sempre in questo modo?" Grant prese la sua giacca.

"Da dove pensi che venga il suo successo, solo dalla sua recitazione? L'efficiente Skip l'ha condotta fino a qui, leggendo sceneggiature, consigliandola su quali fare e con chi essere gentile...lei ha guadagnato milioni grazie ai miei sforzi..."

"E anche tu hai guadagnato piuttosto bene, vero?" disse Grant, con un tono di voce acuto.

"Non mi lamento. Tu non saresti nemmeno qui se io fossi etero."

"Davvero? Come mai?"

"Perché l'avrei sposata molto tempo fa." Skip indietreggiò.

Grant sollevò le sopracciglia. "Quindi ora sei innamorato di lei anche tu?"

"Non in quel modo. Voglio bene a Cara da tanto tempo. Mi sono anche preso cura di lei." Gli occhi di Skip si velarono di lacrime.

"Non sembrerebbe, dal modo in cui l'hai trattata stanotte. Anche lei ha il diritto di essere felice. Non deve solo lavorare. Ha una famiglia, che sta per essere riunita."

"Stronzate. Dov'eri due anni fa? E tre anni fa? E l'anno scorso?"

Grant arrossì in volto. "C'è stata una grave separazione, causata dalla mia futura ex-moglie. Ma io non sono una sanguisuga, che vive succhiando il sangue di Cara come fai tu."

Skip si alzò dalla sedia e agitò in modo instabile un braccio verso Grant, che fece un passo indietro, facendo cadere Skip sul pavimento.

"Forza, vecchio mio..." Grant lasciò cadere il cappotto e lo aiutò ad alzarsi.

"Lasciami. Non sono vecchio. Figlio di puttana, lasciami!" Skip agitò le braccia, costringendo Grant a indietreggiare.

"Calmati." Afferrò la giacca e spazzò via la polvere con le mani.

Skip rispose, intenzionato a farsi valere. "Hai un bel coraggio a venire qui e a sconvolgere la sua vita. Lei stava bene finché non sei ricomparso. Ritorna da dove sei venuto."

Grant si sentì arrossire il collo, mentre la rabbia gli ribolliva nel petto. "Lei è la madre di mia figlia e l'amore della mia vita. Vattene, o ti farò vedere io. Ti avverto, prova solo ad allontanare Cara da noi e ti riempirò di botte."

Il suo tono minaccioso fece sobbalzare Skip per un attimo. "La ami davvero, giusto?"

Grant afferrò Skip per la camicia e lo tirò verso di se. "Proprio così. E non permetterò a una mezza calzetta di ostacolare la nostra felicità.

È passato troppo tempo. Non avrei mai dovuto lasciarla andare, prima di tutto. Ora che l'ho ritrovata, non la lascerò mai più andare via." Lui spinse Skip per terra.

"Non serve essere violenti."

"Quando si tratta di Cara, divento violento, molto violento, se ti intrometti nella nostra vita."

Skip si inginocchiò lentamente, poi si alzò, appoggiandosi al tavolo. "È una bella donna...e una brava attrice. Prenditi cura di lei." Non voleva più litigare.

Grant fece un respiro profondo. "Lo farò."

Skip barcollò un po' andando verso la sua stanza. Quando la porta si chiuse, Grant si infilò il cappotto e si diresse verso l'ingresso. Cara aprì la sua porta. Indossava una vestaglia di velluto rosa ed esitava incertamente sulla soglia.

Grant si voltò a guardarla.

"Non volevo che te ne andassi senza dirti 'buonanotte'," disse lei dolcemente.

Lui si diresse lentamente verso di lei. "Non voglio starti addosso o dirti come vivere la tua vita..."

"Lo so. Non l'hai mai fatto."

"Ma Sarah e io ti vogliamo e abbiamo bisogno di te nella nostra vita."

Cara si gettò tra le sue braccia. "Non sai da quanto tempo aspetto di sentire quelle parole."

"Più o meno da quando io voglio dirtele." La strinse a sé e le diede un bacio sulla testa. "Sono stato stupido...orgoglioso. Mi sentivo ferito perché non mi avevi contattato quando avevi scoperto di essere incinta."

"Ero già sul posto. Immersa nel film. Non avevo idea di cosa avrei fatto. Quando ho capito che volevo...no, che avevo bisogno di dirtelo, tu eri già sposato."

"Ero stato ingannato. Raggirato. Sono stato uno stupido. Sono un avvocato, avrei dovuto capirlo."

Cara appoggiò il viso sul suo petto. "Possiamo aggiustare la nostra famiglia spezzata? Sarah mi accetterà nella sua vita? È attaccata a Evelyn?"

"Sarah mi ha chiesto di te l'altro giorno a cena. Indossa la collana che le hai regalato...senza mai togliersela."

"Intendi questa?" Cara aprì la vestaglia per mostrargli il suo mezzo cuore.

Grant sorrise. "Proprio questa."

"Cosa voleva sapere?"

"Un sacco di cose...e la ragione per cui non ho sposato te, invece di Evelyn."

"Eh, sarà difficile da spiegare."

"Io ho evitato di rispondere, forse ho cambiato argomento. Sarà entusiasta di averti nella sua vita."

"Ed Evelyn?"

"Evelyn non si è mai veramente affezionata a Sarah. Credo che sia sempre stata gelosa di te e avere tua figlia in casa nostra era un costante richiamo...e lo era anche per me."

"Sai, il suo inganno ha causato un sacco di sofferenza a molte persone." Cara indietreggiò.

Lui le toccò la fronte. "Come va il tuo mal di testa?"

"Meglio." Lei gli sorrise.

Grant controllò il suo orologio. "È tardi. Devo andare in tribunale domani mattina. È ora di darci la buona notte."

Si baciarono. "Spero che non passi troppo tempo prima di poterci dare il bacio della buona notte nel nostro letto e di passare ogni notte insieme," disse lui. "Nel frattempo, potrai riflettere sulla tua carriera."

"Lo so. Ne parleremo."

Cara accompagnò Grant alla porta, dove si diedero un altro bacio. Lui prese l'ascensore e prese un taxi per tornare a casa. Nel taxi, si appoggiò la schiena sul sedile. Cara deve prendere una decisione sulla sua carriera cinematografica. Siamo allo stesso punto in cui eravamo sette anni fa, ma ora non posso andarmene. Non voglio rinunciarci. C'è Sarah da considerare. La vita potrebbe essere davvero sorprendente se lei verrà a stare da noi.

Lui aggrottò la fronte per la preoccupazione mentre percorreva il corridoio verso il suo appartamento. Aprendo la porta, sorprese Jane e il suo ragazzo che si baciavano sul divano. Grant si fermò bruscamente, gettando lo sguardo sul pavimento mentre Jane si abbottonava il maglione.

Gary e Jane borbottarono qualcosa, ma Grant non li ascoltò. Lui uscì rapidamente, attraversando il soggiorno per sparire nella sua camera da letto. L'emozione della serata lo aveva sfinito. Si spogliò e si mise a letto. Il sonno arrivò rapidamente.

IL MATTINO DOPO, GRANT mise alle strette Jane in cucina mentre Sarah si vestiva. "Stasera. Lo faremo stasera. Chiamerò Jeff e mi assicurerò che lei abbia firmato l'accordo, poi lo diremo a Sarah."

Jane gli mise una mano sul braccio. "Spero che non ti chieda gli alimenti."

"Dopo il modo in cui mi ha ingannato? Poi c'è l'infedeltà. Ne dubito, ma non sarò felice finché non avrò la certezza che lei sia uscita dalla mia vita per sempre."

"Preparerò qualcosa di speciale per cena stasera."

Lui le sorrise. "Se il cibo potesse curare le malattie, tu vinceresti il premio Nobel, sorellina."

La loro conversazione fu interrotta quando Sarah entrò nella stanza. Grant la accompagnò a scuola. Non si preoccupò di guardarsi intorno perché la minaccia era svanita. Ridacchiò tra sé quando pensò che c'era Cara dietro all'uomo che aveva scattato le foto a Sarah. Lui si fermò al bar a prendere una tazza di caffè.

"Dov'è quella bella ragazza bionda?" chiese al ragazzo dietro il bancone.

"Ha avuto una parte in una commedia."

"Questo è solo un punto di passaggio per lei?"

"Eh? Sì, immagino. Ha progetti più importanti per la sua vita."

"Un po' solitario qui senza di lei, eh?" Grant lo guardò, sollevando un sopracciglio.

"Accidenti, è così evidente?" Lui arrossì.

"Solo una cosa da ragazzi. Anche la mia ragazza ha iniziato così."

"E lei è tornata?"

"Sì, ma c'è voluto un po'. Non lasciarla scappare. Va con lei."

"Grazie. Grazie per il consiglio. Sono 4,97$." Il ragazzo sorrise.

Grant ridacchiò tra sé mentre usciva. *Avrei voluto che qualcuno lo dicesse anche a me. Cavolo, probabilmente ero comunque troppo presuntuoso per starlo a sentire.* Si diresse fischiettando verso la metropolitana, sentendosi al settimo cielo. *Potrebbe andare meglio di così? Impossibile.*

Dopo essere andato in tribunale, tornò nel suo ufficio, continuando a sorridere. Aveva ricevuto il rigetto dal giudice che aveva sperato di ottenere a favore del suo cliente e si sentiva al settimo cielo. Tutti i colleghi, persino la receptionist, notarono il suo buon umore. *Immagino di essere stato piuttosto brontolone fino ad ora. Sono l'uomo più fortunato dell'universo.*

Si avvicinò alla finestra a parete intera del suo lussuoso ufficio e si appoggiò allo schienale della sedia. Incrociando le caviglie sul davanzale, iniziò a riflettere sulla sua vita. *Il pervertito era sparito. Carol Anne era tornata. Evelyn era andata via. Sarah aveva fatto nuove amicizie. Lui aveva vinto l'ultimo caso.*

Prese il telefono dalla scrivania e chiamò l'ufficio di Washington. "Ehi, Jeff. Qualche notizia su quell'accordo con la mia ex moglie?"

"Non è ancora la tua ex moglie, Grant."

"Non vedo l'ora che lo diventi."

"Abbiamo archiviato i documenti. Si sta un po' impuntando sull'accordo. Dice di avere diritto agli alimenti."

"Stronzate, non ha diritto a nulla. Mi ha ingannato per sposarla con una gravidanza falsa e sta commettendo adulterio."

"Hai delle prove?"

"Cavolo, penso che viva insieme al suo ragazzo."

"Gliene parlerò."

"Guarda, se serve a facilitare le cose, accetto di darle una somma forfettaria di venticinquemila dollari perché se ne vada in silenzio."

"Non è molto, ma vedrò cosa potrò fare."

"Ok, ti do carta bianca per salire fino a cinquantamila dollari. Richiamami."

Grant iniziò a passeggiare subito dopo aver riattaccato. Se lei dovesse rovinare tutto... Ma si rifiutò di arrabbiarsi e si obbligò a pensare in modo positivo. Venticinquemila dollari sono più di quanto si meriti, ma anche cinquantamila valgono la mia libertà.

Verso le quattro, gli squillò il telefono. Lui rispose al primo squillo.

"Ehi, Grant. Abbiamo un accordo per sessantamila dollari. Ti va bene?" gli chiese Jeff.

"Cavolo, sì. Non vorrei, ma..."

"All'inizio lei si è messa a strillare per gli alimenti, ma quando le ho proposto un'offerta forfettaria e l'ho minacciata di rivelare il suo comportamento, è diventata più ragionevole. Abbiamo contrattato un po'. È un vero osso duro."

"Già. Qualsiasi cosa per lasciarmi alle spalle questa storia. Vanno bene anche sessantamila. Non mi fa molto piacere, ma immagino che ne valga la pena, per essere libero di sposare Cara."

"Bene. Preparerò i documenti, così potremo concludere tutto questo. Molto meglio di passarle gli alimenti. Non dovrete avere ulteriori contatti."

"Concordo. Già mi immaginavo tutto incazzato a compilare un assegno ogni mese."

"Hai già scelto la moglie numero due?" Jeff ridacchiò.

"È una lunga storia. Lei avrebbe dovuto essere la mia prima...e unica moglie."

"In bocca al lupo. Tra sei mesi, potrai convolare a nozze."

Grant sospirò riattaccando il telefono. Solo cinque mesi circa e sarò di nuovo single. Un sorriso accarezzò le sue labbra. Non manca molto. Sposerò la donna più meravigliosa del mondo. Si mise comodo sulla sua sedia e si concesse di sognare a occhi aperti per un po', prima di tornare al contratto che giaceva sulla sua scrivania.

TORNANDO A CASA, COMPRÒ dei fiori per Jane e una scatola di caramelle per Sarah. In cucina, aprì una bottiglia di vino. Jane aveva cucinato un cosciotto d'agnello, patate arrostite e un'insalata verde per cena - i piatti preferiti di Grant. Amava l'aroma dell'agnello e si leccò le labbra in attesa della salsa piccante alla menta che gli piaceva versarci sopra.

Quando si sedettero tutti a tavola, Grant si schiarì la voce mentre Jane li serviva. "Com'è andata la tua giornata, Sarah?"

"Bene," rispose lei, cercando di afferrare bene il suo coltello.

"Vuoi che te la tagli io?" Grant allungò la mano e le tagliò la carne a pezzetti piccolissimi.

Sarah ne prese uno con la forchetta e se lo mise in bocca. "Ho avuto una giornata magnifica oggi. Ho vinto una causa!"

"Congratulazioni," disse Jane.

"Che cosa significa, papà?"

"È quasi come prendere una A in un compito, tesoro."

Sarah gli sorrise. "Il tuo capo ti ha regalato una stella dorata?"

"Non esattamente. Ma era felice." Nella stanza cadde il silenzio. Poi, Grant si schiarì la gola per la seconda volta. "Sarah, ho qualcosa da dirti." Lui si guardò le mani.

Immediatamente, lei abbassò lo sguardo. "Cosa, papà?"

"Bene, Evelyn e io abbiamo deciso di non vivere più insieme."

"Ma tu sei sposato e le persone sposate vivono insieme, giusto?" Sarah posò la forchetta.

"Sì. Ma non saremo più sposati. Stiamo per divorziare."

Sarah rimase in silenzio. Jane allungò una mano e strinse dolcemente la mano della bambina.

"Non la ami più?" Gli espressivi occhi blu di Sarah lo guardarono.

"No, non la amo più. E nemmeno lei mi ama."

"Papà, ma i divorziati divorziano anche dai propri figli?" gli chiese Sarah con un'espressione ansiosa.

"No, Sarah, certo che no! Non ti lascerò mai, davvero." Lui allungò una mano e la aiutò ad alzarsi dalla sedia per mettersela in grembo. La abbracciò e le diede un bacio sulla testa.

"Smettono mai di amare i propri figli, come fanno con la propria moglie?"

"No, no. Non smetterò mai di amarti." Le lacrime che tratteneva gli facevano bruciare gli occhi.

"Significa che Evie non tornerà qui...mai più?"

"Esatto. Non tornerà più."

"Sta per sposare qualcun altro?"

"Non lo so, tesoro."

"E tu?" Sarah si appoggiò allo schienale dello sedia, fissandolo negli occhi.

"Non per un po'."

"Zia Jane resterà per venire a prendermi a scuola?"

"Certo che resto, zuccherino." Jane asciugò una lacrima dalla guancia della bambina.

Sarah abbracciò Grant mentre lui la teneva stretta a sé. "Evelyn ti ha fatto da mamma per un po', quindi è piuttosto normale che tu senta la sua mancanza. Non cambierà niente rispetto a ciò che abbiamo ora."

Jane scomparve in cucina per un minuto e tornò con una torta al cioccolato. "L'ho preparata per te mentre eri a scuola."

Sarah spalancò gli occhi. "La mia preferita."

Jane ne tagliò tre generose fette e le distribuì. "La tua è la torta migliore, zia Jane." Sarah si voltò per mangiare il dolce mentre era seduta in braccio a suo padre.

"Sarah ha ragione, Jane. Sei una cuoca fantastica. Mi chiedo se Gary Lawrence apprezzerebbe il tipo di moglie che potresti diventare."

"Moglie?" Sarah lasciò cadere la forchetta. "La zia Jane sta per sposarsi? Andrai via anche tu?" Sarah guardò sua zia con gli occhi lucidi.

"No, no, tesoro. Io non vado da nessuna parte. Grant!" Jane gli rivolse uno sguardo ostile.

"Mi dispiace, Sarah. Non avrei dovuto dirlo. Stavo solo scherzando. Jane non ha intenzione di sposarsi e di lasciarci."

Mangiarono il loro dolce in silenzio, poi Sarah chiese il permesso di alzarsi. Grant e Jane si attardarono a bere il caffè.

"Pensi che Cara ti sposerà e si trasferirà qui?"

Lui annuì.

"Non vive da qualche altra parte? Che mi dici della sua casa e della sua carriera?"

"Ha fatto dodici film. Dovrebbe bastare per qualche anno. Non può prendersi qualche anno di pausa per fare la mamma?"

"Ehi, non guardarmi. Se fosse per me, sarei qui con Sarah, a qualunque costo. Ma lei ha lavorato sodo per costruire la sua carriera e sembra improbabile che la abbandoni in un batter d'occhio."

L'irascibilità di Grant cominciò ad avere la meglio su di lui. "Meglio abbandonare sua figlia...di nuovo?"

"Non discutere con me. Non è una mia scelta. È solo per dire."

"Stai solo causando problemi, Jane. Stanne fuori." Grant si alzò e iniziò a sparecchiare la tavola.

Jane lo seguì in cucina. "Mi dispiace. Voglio che tu sia preparato alla possibilità che lei possa avere altri programmi. Hai considerato questo enorme cambiamento di vita dal suo punto di vista? E se fosse già impegnata con un altro film?"

"Io posso offrirle una buona vita. Posso farla stare molto bene. E lo farò. Tutto ciò che vorrà sarà suo. Ma ho bisogno che torni qui con me. Sono stato senza Carol Anne abbastanza a lungo. Non avrei mai dovuto lasciarla andare." Lui appoggiò i piatti che stava portando sul bancone.

"Lasciarla andare? Ti ha chiesto il permesso?"

"Sai cosa voglio dire."

"Veramente, no. Non penso che tu abbia più voce in capitolo adesso rispetto a quanta ne avessi allora. Ne hai di meno, in effetti. Allora vivevate già insieme. Lei aveva qualcosa da perdere. Ora ha la sua vita. E vuoi rovinare tutto, intrometterti e pensare che accetterà i tuoi programmi a cuor leggero? Faresti meglio a ripensarci e a elaborare un programma tutto tuo prima di chiederle di rinunciare a tutto."

"Jane, io..."

"Odierei vedertelo ritorcere contro, Grant. Hai puntato molto su questo."

Grant si fermò. "Dio, ha ragione."

"Non ho intenzione di turbarti. Voglio che tu sia pronto, tutto qui. So quanto ci tieni a lei e sono certa che lei prova le stesse cose. Voi due potete farcela. Ma devi vedere le cose anche dal suo punto di vista." Jane gli diede una pacca sulla schiena e si diresse verso la sua stanza.

"Hai ragione," disse Grant. Tolse l'ultimo dei piatti dalla sala da pranzo prima di mettersi uno strofinaccio sulle spalle e aprire l'acqua del lavandino. Mentre ripuliva e riponeva gli avanzi, ripensò alle parole di sua sorella.

Jane urlò dalla sala da pranzo: "E potresti iniziare a chiamarla Cara."

Capitolo Dodici

Il mattino seguente, alle sei in punto, Sarah aprì la porta della camera da letto di suo padre, corse dentro e si mise a saltellare sopra di lui.

"Sarah! Che cosa stai facendo?" Grant si tirò le coperte sulla testa.

"Alzati, papà!"

"Non devo ancora alzarmi. Vattene, lasciami dormire," borbottò lui.

Lei gli fece il solletico e lui la afferrò, le fece una pernacchia sul collo e le promise di alzarsi. Poi, lei invase la stanza di sua zia Jane.

Con gli occhi assonnati e più irritabili del solito, Jane e Grant si sedettero al tavolo della cucina e bevvero la loro prima tazza di caffè insieme. Sarah entrò saltellando e si versò un bicchiere di latte. Era vestita di tutto punto e prese una sedia per sedersi.

"Che cosa ti è preso?" domandò Jane, sfregandosi gli occhi.

"Voglio arrivare in anticipo oggi."

"Perchè?" le chiese Grant.

"Così."

Jane chiuse gli occhi. "Solo perché sei entusiasta per qualcosa, non hai il diritto di svegliare papà e me così dannatamente presto, signorina."

"Mi dispiace. È un nuovo progetto."

"Anch'io ho un progetto per te. Va a mettere in ordine la tua stanza mentre aspetti che tuo padre si vesta, ok?"

"Ok, ok. Sbrigati, papà."

Lui borbottò qualcosa di incomprensibile prima di alzarsi dalla sedia e si diresse pesantemente verso la sua stanza. Un'ora dopo, Sarah e suo padre uscirono dal palazzo e si diressero a scuola. L'aria era decisamente fredda e Grant si alzò il bavero del cappotto. Poi guardò Sarah. "Quel cappotto è abbastanza caldo? Sei a gambe nude?"

"Indosso i collant, papà. La mia giacca è perfetta." Lei gli sorrise.

Continuarono a camminare in silenzio, tenendosi per mano, ognuno immerso nei propri pensieri. Non manca molto, adesso, mamma. Evie se n'è andata. Papà ti sposerà. Saremo una famiglia. Sarah salutò suo padre con un bacio e si diresse di corsa verso il cortile della scuola. Lui non la fermò. Sarah trascinò Molly in un angolo per parlare.

"È arrivato il momento." Sarah avvicinò le mani all'orecchio della sua amica per sussurrarle qualcosa.

"Il momento?"

"Per il nostro piano."

Molly aggrottò la fronte. "Quale piano?"

" Non ricordi? Josie ci accompagnerà a teatro e io conoscerò la mia vera mamma e la porterò a casa."

"Pensavo che volessi solo andare a conoscerla." Molly si sedette su una panchina di legno.

Sarah si sedette accanto a lei. "Voglio portarla a casa."

"Abbiamo bisogno di Josie."

"Giusto. Possiamo farlo domani?"

"Glielo chiederò dopo la scuola," disse Molly.

"Dobbiamo organizzarlo prima di tornare a casa oggi pomeriggio. È un'avventura, come quelle di Nancy Drew," disse Sarah.

"Io voglio essere Bess, non George."

"Potrai essere Bess. Io sarò Nancy," dichiarò Sarah.

"Io sono emozionata. E tu?"

"Io sono nervosa ed emozionata." Sarah si mise a saltellare su e giù, come se avesse delle molle ai piedi.

"Non ho mai fatto niente del genere prima. Dobbiamo tornare a casa prima che i nostri genitori capiscano che abbiamo mentito. Altrimenti, mi metterò nei guai."

"Dobbiamo farlo in fretta. Josie sa come arrivarci?"

"Penso di sì. Lei sa come arrivare dappertutto," disse Molly.

Sarah scosse la testa, agitando i capelli dietro le spalle. "Bene."

Dopo la scuola, Sarah chiese a Jane di aspettarla mentre parlava con Molly e Josie.

"Non pensavo che voi due faceste sul serio," disse Josie.

"Per favore. Devo conoscere la mia vera mamma," sussurrò Sarah.

"Potremmo metterci seriamente nei guai."

"Non lo saprà nessuno. Andremo lì di nascosto e torneremo prima che se ne accorgano."

Josie scosse lentamente la testa. "Non lo so. Potrei essere punita."

"Josie, i miei genitori stanno divorziando. Devo trovare la mia vera mamma ora, così potrà sposare mio padre e potremo essere una famiglia. Per favore!"

Josie si morse il labbro e si mise a battere il piede mentre pensava alle parole di Sarah. Quindi, si chinò e parlò a bassa voce. "Ok, ok. Ma dovrete fare entrambe esattamente quello che vi dirò e non dovrete parlarne con nessuno. Nessuno! "D'accordo?"

Le ragazze annuirono e si misero a strillare per la gioia. "Josie, tu sei la migliore sorella maggiore che si possa avere," cinguettò Sarah.

"Stasera, Sarah, tu andrai a casa e dirai a tua zia che verrai a giocare a casa nostra mercoledì e che verrò io a prendervi a scuola. Noi diremo a nostra madre che Molly verrà a casa tua. Ci incontreremo qui dopo la scuola e andremo al teatro, poi torneremo indietro. Avrai cinque minuti con tua madre, ok? Solo cinque minuti!"

Sarah annuì e abbracciò Josie. "Grazie del tuo aiuto."

Josie allontanò Sarah da sé. "Non ringraziarmi ancora. Non l'hai trovata."

"Ma ce la faremo. Ce la faremo." Sarah saltellò su e giù solo una volta, cercando di contenere il suo entusiasmo.

Sarah raggiunse sua zia e ritornarono allo Stanford. Mentre si voltava per entrare, Sarah guardò dietro di sé. Scorse l'uomo alto e grassoccio che giocherellava con una sigaretta e le sorrise prima che lei si voltasse per attraversare la strada.

A cena, Sarah era così entusiasta che non riusciva a smettere di sorridere. Per la prima volta, fece tutto ciò che le chiesero, persino aiutare a sparecchiare la tavola. Poi si mise a fare i compiti sul tavolo della sala da pranzo e li finì molto prima di andare a dormire. Era persino pronta per andare a letto presto. Suo padre le lesse una storia e recitarono le preghiere insieme.

"Buona notte, cucciola." Lui si chinò e le diede un bacio sulla guancia.

Gli gettò le braccia al collo. "Ti voglio bene, papà."

"Anch'io ti voglio bene. Tutto bene?"

Lei annuì. "Benissimo."

Quando lui uscì e spense la luce, Sarah prese la sua torcia. Aveva trovato una foto di sua madre online. Josie l'aveva stampata per lei. Sarah la teneva nascosta sotto il suo letto. La tirò fuori e la guardò, con un sorriso smagliante.

"Mamma, sto arrivando. So che mi stavi aspettando. Evie se n'è andata. Quindi potrai trasferirti qui adesso. Papà ti sposerà e saremo una famiglia." Baciò la foto e la mise sotto il cuscino. Tirando su le coperte, toccò il mezzo cuore che le pendeva dal collo, mentre si rannicchiava e chiudeva gli occhi.

GRANT SI INFILÒ UNA maglietta dalla testa e indossò i suoi jeans. Entrò in cucina fischiettando e sorridendo. Jane lo guardò aggrottando la fronte. "Stai andando dalla tua ragazza?"

"Sì. Ora che abbiamo spiegato a Sarah di Evelyn, è arrivato il momento di fissare un appuntamento con Cara e Sarah."

Jane gli sorrise. "È bello vederti felice."

"È bello essere felice." Lui diede una pacca sulla spalla a Jane.

"Notizie di Evelyn?" Jane prese la sua tazza di caffè.

"No. Sembra che abbia accettato l'accordo forfettario. Dopo quello che ha fatto, la sua posizione non le consente di avere molte pretese."

"Sono contenta che sia finita. Lei non mi è mai piaciuta." Jane prese una forchettata di torta al cioccolato.

Lui si mise a ridere. "Come se non l'avessi capito!"

"Era così evidente?"

"Come un cartellone pubblicitario a Time Square."

Lei gli diede una leggera pacca sulla spalla. "Spero che la prossima sia migliore."

"La prossima?" Lui si voltò per lanciarle un'occhiataccia. "L'unica."

"Come ti pare."

"Stai aspettando Gary?"

"Non stasera. Deve lavorare a una memoria difensiva", sospirò lei.

"Certo, certo. La causa Collins. L'avevo dimenticato. Non resterai troppo da sola. Ci vediamo dopo."

Grant scese in ascensore, fischiettando. Rex aprì la porta. Grant gli fece un sorriso e lo salutò con un cenno della mano, prima di uscire nella gelida aria di ottobre. Rex fermò un taxi per lui e lui arrivò dietro la porta del palcoscenico prima della fine dello spettacolo.

Pensò al consiglio di Jane. Forse farò meglio a chiarire la situazione con lei riguardo al suo trasferimento e al suo lavoro prima che incontri Sarah. Sarah è ancora sua figlia, in ogni caso. Non interferirò in questo.

Lui rifletté sui suoi progetti futuri per mezz'ora, fino all'inchino finale. Gus lo fece entrare e, prima che lui se ne rendesse conto, Cara era già tra le sue braccia.

"Il pubblico di stasera è stato migliore di quello di ieri sera. Hanno riso nei momenti giusti...insomma, capisci cosa intendo?" Cara si mise a passeggiare avanti e indietro nel suo piccolo camerino. Grant capiva quanto si sentisse nervosa.

Lui si sedette sull'unica sedia del suo piccolo camerino. "Lascia sperare bene per la serata di apertura, no?"

"Mancano due giorni e sono terribilmente nervosa."

"Andiamocene da qui. Credo di conoscere un modo per farti rilassare," ridacchiò lui.

Lei arrossì sulle guance. "Hai sempre usato quel metodo in passato."

"E ha sempre funzionato." Lui la strinse tra le braccia per darle un bacio.

"Un preludio?"

"...di ciò che succederà."

Lei afferrò il suo cappotto e aprì la porta proprio mentre Gus stava per bussare. "Stavolta ti abbiamo preceduto, Gus."

ridacchiò lui. "Proprio così, signorina Brewster."

Grant prese la mano di Cara mentre percorrevano i pochi isolati fino al suo albergo.

"Stasera per cena chiamiamo il servizio in camera. Sono troppo nervosa per andare al ristorante e restare tranquilla e silenziosa." Cara si tolse le scarpe e le mise accanto al divano.

"Per me va bene."

Lei si buttò sul divano mentre prendeva il menu. Ordinarono la cena, Grant pagò con la sua carta di credito e tornarono a sedersi. Cara si accoccolò a lui e lui la strinse tra le sue braccia. Il suo cuore si mise a battere all'impazzata al pensiero di fare l'amore con lei.

"Ieri sera ho detto a Sarah di Evelyn," sussurrò lui, mentre le accarezzava il collo.

"Oh?" Cara si tirò su. "Come l'ha presa?"

"All'inizio era sconvolta, ma poi si è ripresa. Non mi aspettavo che mi chiedesse quello che mi ha chiesto..."

"Cioè?"

"Mi ha chiesto se i genitori possono divorziare dai loro figli."

"Oh, mio Dio! Ma è terribile!" Cara si coprì la bocca con la mano.

"Già! Ero sconvolto, ma l'ho rassicurata."

"Questo significa che posso incontrarla?" gli chiese Cara con espressione ansiosa.

Lui annuì. "Quando vorrai."

"Ti andrebbe se lo facessimo subito dopo la serata di apertura? Sono un po' preoccupata...o, meglio ancora, ossessionata..."

"Tu? Mai," ridacchiò lui.

Cara gli diede una leggera pacca sulla spalla.

"E che il giorno dopo la serata di apertura sia. Di pomeriggio?"

Un bagliore malizioso brillò nei suoi occhi. "Posso venire a prenderla a scuola?"

"Ottima idea! Bellissima sorpresa, la impressionerai." Lui si mise a ridere, stringendola tra le sue braccia.

Cara sorrise. "Esatto!"

Si chinò per baciarla. "Perfetto."

Prima che potessero abbandonarsi alla passione, arrivò la loro cena. Quella nuova felicità aveva scatenato tutti gli appetiti di Grant. Lui aveva ordinato una bistecca, mentre Cara aveva scelto un'insalata di mare. Il cameriere stappò la bottiglia di Chablis e riempì loro i bicchieri. Grant gli diede una generosa mancia e lui se ne andò.

Arrivati al dessert, Grant stava diventando impaziente. Avevano ordinato fragole ricoperte di cioccolato. Ne prese una e imboccò Cara. Poi le leccò il succo di fragola dal labbro inferiore. Lei ebbe un sussulto quando la sua lingua entrò in contatto con il suo mento. Lui le mise un braccio intorno alla vita e le mise le dita sulla schiena, sotto la maglietta. Lei sospirò al suo contatto.

Chinandosi, lui le strofinò il collo. "Andiamo in camera da letto per il dessert," sussurrò lui.

Lei si alzò e gli prese la mano.

CARA VIDE RISPLENDERE il desiderio che risplendeva nello sguardo di Grant. Da quando erano tornati insieme, sembrava che il suo ardore per lei crescesse a ogni appuntamento. A lei piaceva molto sentirsi desiderata da lui. La faceva sentire la donna più bella e più sexy del mondo.

La schiena le formicolava ancora nel punto in cui lui l'aveva accarezzata pochi istanti prima. Aveva pensato tutto il giorno a fare l'amore con Grant, per potersi calmare e rilassare in vista della serata di apertura. Solo fare l'amore avrebbe alleviato il suo stress e nessuno era meglio di Grant per questo.

Lei si voltò a guardarlo.

"Lascia che ti spogli," disse lui, sfilandole la camicetta dalla testa. Lei se la tolse e la gettò su una sedia. Lui si mise a fissare il suo reggiseno di raso rosa.

"Ora tocca a te." Cara gli tirò su la maglietta, ma quando arrivò alla testa, non poté fare a meno di accarezzargli il petto, lasciando scorrere le sue dita tra i suoi peli castano scuro.

"Ehi, non lasciarmi così," ridacchiò lui, sollevando le braccia.

Lei gli si avvicinò e gli tolse la maglietta, poi tornò a esaminare i suoi pettorali. "Puoi fare tu il resto. Sono occupato."

Lui si mise a ridere, togliendosi la maglietta e abbracciandola. Con una mano, le sganciò il reggiseno. Lei lo lasciò cadere a terra e si spinse contro di lui, pelle contro pelle.

"Così va molto meglio," mormorò lui, muovendo le mani su e giù lungo la sua schiena.

Grant le sbottonò i jeans e abbassò la cerniera in un lampo. Lei fece lo stesso con lui e se li tolsero contemporaneamente a vicenda. Le sue mutandine di raso rosa catturarono immediatamente la sua attenzione.

"Queste sono quasi troppo carine per togliertele."

Lei lo guardò aggrottando la fronte. "Davvero?"

"Ho detto 'quasi." Le prese la mano e la condusse al letto. Dopo aver spostato le coperte, tirò su i suoi pollici da entrambi i lati delle sue mutandine e gliele tirò giù. Lei finì di toglier

sele. Lui lasciò cadere i suoi boxer e si unì a lei, fermandosi per un minuto con un ginocchio sul letto a fissarla. "Sei la donna più bella di tutta New York City."

Lei allungò la mano verso di lui, mentre il calore del piacere per il suo complimento la faceva arrossire in volto. Lui si avvicinò a lei, mettendo le gambe intorno alle sue, intrappolandola.

"Ti ho presa. Ora sei mia. E non ti lascerò mai andare. Mi credi?"

Lei annuì.

"Bene. Vediamo, da dove si inizia con il più delizioso buffet di sempre?" Lui la baciò, inclinando la testa per approfondire il bacio, mentre le toccava il seno con la mano.

Cara gli avvolse le braccia intorno al collo e sprofondò in uno stato di beatitudine. "Ti voglio, G", gli sussurrò all'orecchio.

Lei provò una sensazione di calore lungo la schiena. Allungò la mano, stringendo le dita intorno a lui, sorpresa di trovarlo già in erezione.

"Ogni tuo desiderio è un ordine." Lui si abbassò su di lei, toccandole il clitoride. "So che ci sei quasi."

Lei emise un gemito quando la sua testa scomparve tra le sue gambe. La voglia e il bisogno di lui le scorrevano nelle vene, facendola contorcere sotto la sua lingua.

"Fermati, non posso —"

"Mi stai facendo impazzire!" Lei gemette, chiudendo lentamente gli occhi per un attimo.

"Sono pronto," mormorò lui, sdraiandosi sulla schiena. Lui le afferrò i fianchi e la tirò sopra di lui. "Cominciamo così, così posso vederti."

Lo guidò dentro di lei, tirando lentamente indietro la testa mentre le sensazioni della loro unione le ardevano attraverso il corpo.

"Dio...Cara Mia," mormorò Grant, chiudendo gli occhi.

Mentre le sue mani la tenevano per poter stabilire un ritmo, Cara lo cavalcava su e giù come il cavallino di una giostra. Tenendosi con i palmi delle mani appoggiati sul suo petto, lei si chinò per baciarlo. Lui le mise una mano dietro al collo e la tirò giù. La sua bocca la esplorava avidamente mentre le stringeva il seno con la mano.

L'aroma del suo dopobarba, mescolato al suo profumo maschile, le penetrò nelle narici, stuzzicandola e facendola eccitare ancora di più. Essendo bombardata dalle dolci sensazioni sessuali provenienti da ogni parte del suo corpo, la passione di Cara ribolliva, esplodendo dal petto fino ai fianchi. I muscoli contratti di Cara si rilassarono mentre il piacere le scorreva fino alle dita dei piedi.

"Grant!" urlò lei, con gli occhi chiusi. Lei udì la sua risatina, poi li aprì per vedere un sorrisetto malizioso sul suo viso. Con i capelli che gli cadevano sulla fronte e le sue pupille scure che brillavano, lui sembrava più bello che mai.

Lui si mise sopra di lei, le sollevò un ginocchio e si immerse dentro di lei. "Cara Mia," sussurrò lui.

Cara toccò il sottile strato di sudore sulla sua schiena, mentre lui spingeva dentro di lei con potenza e rapidità. Chiudere gli occhi la aiutò a concentrarsi sull'intensa sensazione che lui stava creando dentro di lei, riempiendola, amandola e stimolandola di nuovo oltre il suo controllo.

Grant emise un sonoro gemito, spingendo forte dentro di lei per tre volte e fermandosi, mentre Cara aveva un altro orgasmo. Lei ansimò, stringendolo a sé.

Poi, Cara appoggiò la testa sul suo petto. Sentendogli vibrare il petto mentre parlava, provò un leggero solletico. Il timbro profondo della sua voce la fece sentire al sicuro.

Grant strinse le braccia intorno a lei e le diede un bacio sulla testa. "Ah, Cara Mia, non passerà molto tempo perché tu possa venire a vivere a casa nostra con Sarah e con me. Non vedo l'ora di poterti svegliare ogni mattina."

"G, non sono sicura di volermi trasferire. Non dovremmo parlarne prima con Sarah?"

"Sarah ti amerà. Lo so. Alla fine dello spettacolo, potrai smettere col teatro e con i film. Sarah avrà una vera mamma. Potremo andare alle partite di calcio insieme, quelle dell'Associazione Genitori e Insegnanti. Cenare insieme ogni sera..."

"G, lo spettacolo potrebbe durare un po' e io non sarò presente per la cena. Non mangio mai prima dello spettacolo."

"Certo, certo. Quando lo spettacolo finirà, potremo cenare insieme."

"G, tesoro, per quanto riguarda i film..."

Grant raddrizzò la schiena. "Io guadagno bene. Vivrai agiatamente e non avrai bisogno di niente. Non dovrai più lavorare. Io voglio prendermi cura di te, Cara. Voglio farlo da tanto tempo."

Lei gli sorrise. "Tesoro, penso che tutto questo sia meraviglioso, ma non sono sicura di essere pronta a rinunciare ai film."

"Perché no?" Lui si appoggiò alla testiera del letto.

Cara lo guardò negli occhi. "Lo faccio da tanto tempo e mi sono innamorata della recitazione."

"Quando hai iniziato, l'hai fatto per aiutare tua madre e tua sorella. Tua madre non c'è più e io posso mantenere anche tua sorella. Compreremo una casa più grande."

"Questa non è la risposta giusta. Non mi stai ascoltando. Mi piace recitare...amo recitare. Fa parte di me adesso." Lei tirò su il lenzuolo per coprirsi il seno.

Grant si oscurò in volto. "Non puoi amare la recitazione e amare anche me."

Cara si tirò su. "Cosa?"

"Io ho bisogno di una moglie e tua figlia ha bisogno di una madre e questo dovrebbe venire prima di tutto."

"E sarà così. Io voglio essere la madre di Sarah. Sono stata il suo unico genitore per i primi due anni della sua vita," gli ricordò lei bruscamente.

"Questo lo so. E ne sono anche dispiaciuto. Mi sono perso i suoi primi anni...e mi è sempre dispiaciuto. Mi è mancato tutto questo. È terribile."

"E io mi sono persa i suoi ultimi cinque anni. È molto più che terribile. È inesprimibile." La voce di Cara si addolcì.

Grant le mise un braccio intorno. "Ha bisogno di te ora. E ne ho bisogno anch'io. Non avrei mai dovuto lasciarti andare la prima volta."

"Lasciarmi andare?" Cara si allontanò da lui e allungò la mano verso la sua maglietta.

"Proprio così."

"Credi che avresti potuto fermarmi?" Lei si infilò le mutandine.

"Avrei potuto sposarti. Avrei dovuto."

"Oh?" Lei lo guardò aggrottando la fronte. "Allora perché non l'hai fatto?"

"Non lo so. Ero un coglione. Mi sono sempre pentito di non averti fatto la proposta. Avevo persino comprato l'anello. Ce l'ho ancora."

"È dolce che tu abbia comprato l'anello ma, senza una proposta, non aveva senso. Con o senza proposta, stavo andando a Hollywood. Devi capirlo. Non avresti potuto fermarmi."

"Perché? Quello che avevamo era davvero meraviglioso. Perché avevi bisogno di qualcosa di più?"

"Non lo so, ma era così. Ora dici di amarmi, ma vuoi portarmi via qualcosa che mi rende felice." Lei si infilò la maglietta dalla testa.

"Non voglio portarti via qualcosa che ami. Voglio solo che tu faccia una svolta, dall'amore per la recitazione all'amore per la tua famiglia."

"Quindi pensi che io possa sostituire quello che provo recitando sul palco e sullo schermo con la famiglia?"

"Voglio provarci.", disse lui con un tono di voce calmo.

Lei tirò indietro le coperte. "Perché non posso avere entrambe le cose?"

"Perché sei umana e non puoi stare in due posti contemporaneamente."

"E se io restassi a Broadway?"

"Andrebbe bene perché tu saresti ancora a New York, tornando a casa nel mio letto ogni sera, andando a prendere Sarah a scuola e passando del tempo con lei. Broadway andrebbe bene."

"Capisco. Il re dichiara che la docile regina può rimanere a Broadway ma non può fare un film!" Lei si alzò improvvisamente, con le guance rosse per la rabbia.

"Dovrai allontanarti per mesi ogni volta che farai un film. Andrai via, Dio sa dove, e forse andrai a letto con Dio sa chi —"

"Aha! Ecco dove volevi arrivare veramente. Non sei solo preoccupato che io me ne vada. No, hai paura che vada a letto con l'attore protagonista o con il regista o con un cameraman mentre sarò lontana!" Lei afferrò i suoi jeans e li indossò.

"Sono successe anche cose più strane..."

"Grazie per la fiducia, Grant."

Lui sollevò un sopracciglio. "Non sei mai andata a letto con un attore protagonista?"

"Non sono mai stata sposata. Prendo sul serio i voti matrimoniali. E tu? Quando sarò fuori città, che cosa farai? Che cosa hai fatto in tutto questo tempo con Evelyn? Non dirmi che sei semplicemente rimasto casto e puro negli ultimi mesi."

"Anch'io prendo sul serio i voti matrimoniali. E sì, l'ho fatto! Non ho mai tradito Evelyn...non fisicamente." Lui si alzò in piedi, con un'espressione indignata.

Lei si sedette di nuovo sul letto. "Cosa intendi con 'non fisicamente'?"

Lui arrossì. "Beh, anche se ci ho provato...non l'ho mai amata...veramente...come amo te. Ti ho sempre amata. Vuoi sapere se ho mai fatto l'amore con te nella mia mente, nel mio cuore? Migliaia di volte. Questo è tradimento? Alcuni direbbero che lo è. Io non sono d'accordo."

Le sue parole la fecero fermare. Alla sua onesta confessione, la rabbia la abbandonò. Si spostò verso di lui e gli accarezzò la guancia con la mano, dicendo sottovoce: "L'hai fatto? Per tutti questi anni?" Lui annuì, spostando lo sguardo sul pavimento. "Mi dispiace molto che abbiamo perso tutto questo tempo insieme."

"Anche a me." Lui le prese la mano e gliela baciò. "Non litighiamo."

"Io non voglio litigare...ma dobbiamo risolvere queste cose."

Una volta vestiti, si spostarono nel soggiorno per finire il dessert e sorseggiare un caffè. Skip ritornò, palesemente sbronzo o fatto di qualcosa. Arrivò ridacchiando, con il viso leggermente arrossato.

"Ah, miei giovani amanti. Sono due sorrisi di soddisfazione quelli che vedo? Cosa avete fatto voi due bambini cattivi mentre lo zio Skip era via? Credo di saperlo."

"Sembra che sia stato tu quello che se l'è spassata, Skip," ribatté Grant, ridendo.

Skip si lasciò cadere pesantemente su una sedia. "Magari!"

"Abbiamo solo discusso del nostro futuro," disse Cara.

Il volto raggiante di Skip si oscurò in un istante. "Quella discussione avrebbe dovuto includere anche me."

"Perché mai?" Grant si raddrizzò la schiena.

"Perché sono il suo agente. Io sono il suo futuro."

"Io sono il suo uomo e presto sarò suo marito...spero. Questo fa di me il suo futuro." Il tono scontroso di Grant infastidì Cara.

Skip si sollevò leggermente dalla sedia. "Sei un bastardo arrogante! Sei sparito dalla sua vita per cinque anni e ora pensi di avere dei diritti..."

Grant si alzò in piedi, con le mani strette in pugno sui fianchi. Cara alzò le mani davanti a entrambi. "Basta! Tutti e due! Sono io il mio futuro. Posso avere un futuro anche senza di voi. Posso fare film anche senza di te, Skip. Gli agenti mi contattano continuamente per licenziare te e assumere loro. E posso avere un rapporto con mia figlia anche senza di te, Grant."

Skip impallidì in volto mentre sprofondava di nuovo sulla sua sedia. Grant spalancò la bocca mentre la fissava. "Proprio così. Posso intentare una causa per la sua custodia." Cara si incupì in volto. Grant spalancò gli occhi.

"Non voglio fare nessuna di queste cose, ma lo farò se mi costringete. Smettetela di provare a controllarmi. Io sono io. Grant, ti adoro, ma mi prendo cura di me da molto tempo e non ho intenzione di rinunciare alla mia carriera. Cambierà la quantità di tempo in cui starò lontana da Sarah, ma non ho intenzione di mollare tutto."

"Vedi, te l'avevo detto," sorrise Skip.

"E Skip...farò un film se e quando vorrò, indipendentemente dalla pressione che mi metti. Il mio rapporto con mia figlia viene prima di tutto. Dovrò trovare un equilibrio tra il tempo da trascorrere a fare film e quello da trascorrere con lei. Sarà una sfida, ma sono sicura che potremo riuscire in questa folle impresa mentre faccio da madre a Sarah. Altre attrici lo fanno. Potrò farlo anch'io."

Lei si lasciò cadere sul divano, esausta. Grant si voltò verso di lei. "Ti amo, Cara. Non voglio controllarti. Voglio far parte della tua vita. Vuoi ancora sposarmi?"

"Sì. Ma dobbiamo prenderci del tempo per sistemare le cose. Non ho ancora nemmeno ripreso i contatti con Sarah."

"Mi dai la colpa per aver voluto riunirvi?"

Lei ridacchiò. "Certo che no, ma non possiamo prenderci un po' di tempo? Non sono esattamente una mucca presa al lazo."

"E io?" intervenne Skip.

"Tu? Ti ho già licenziato? No. Ho intenzione di farlo? Non finché mi ascolterai, no. Non preoccupare inutilmente, Skip."

"Tuttavia, riguardo a quel nuovo film—"

"Questo è esattamente ciò di cui sto parlando!" Lei si mise le mani sui fianchi. "Ne parleremo quando sarà il momento. Potrei pensare prima alla serata di apertura, per favore?"

I due ragazzi si sedettero in un silenzio imbarazzante. I loro sguardi da cane bastonato toccarono il cuore di Cara, ma le fecero venire voglia di ridere allo stesso tempo. "Sono esausta. Me ne vado a letto. Possiamo mettere tutto da parte per ora e rilassarci?"

"Certo, piccola," disse Grant alzandosi, stringendola tra le braccia e dandole un bacio sulla testa. "Buona notte, Cara Mia. Sogni d'oro." La lasciò andare e si voltò per andarsene.

"Anch'io. Anch'io." Skip sbadigliò, salutò Cara e andò nella sua stanza.

Cara diede un bacio a Grant e aprì la porta. "Domani ho la serata libera. La sera prima dell'apertura."

"Posso portarti fuori a festeggiare la serata di apertura?" Lui si attardò sulla soglia.

Lei annuì.

"Possiamo aspettare insieme le recensioni? Le persone lo fanno ancora?"

"Non ho alcuna intenzione di restare sveglia tutta la notte ad aspettare una recensione. Ci sarà un altro spettacolo la sera successiva." Lei abbracciò la porta.

Lui si mise a ridere. "Ah, il fascino di questo mondo è finito."

Lei gli accarezzò dolcemente il viso. "Non preoccuparti. Non ho intenzione di farti causa per la custodia."

"Non pensavo che ne avessi intenzione, ma il tuo commento mi ha sconvolto."

"Pensa a come possiamo trovare una soluzione. Sei un avvocato, scendere a compromessi non fa parte del tuo lavoro?"

"Non so se posso scendere a compromessi quando si tratta di te." I loro sguardi si incrociarono.

"Forse dovrai farlo."

Grant aggrottò la fronte. "Mi ami ancora?"

"C'è bisogno di chiederlo? Dopo quello che è successo stasera...in camera da letto?"

"Quello è sesso. Io sto parlando d'amore." Gli occhi scuri di Grant guardarono quelli di Cara, in cerca di una risposta.

Cara si fermò, fissandolo negli occhi. "Ho pianto per settimane e settimane quando ho scoperto che eri sposato. Ti ho sempre amato, G. Non ho mai smesso."

"Non hai bisogno di me come facevi allora. Sei molto più...forte e indipendente adesso."

"Questo non significa che non ho bisogno di te. Sono insicura come qualsiasi attrice, ma sono molto più felice con te che senza di te. Perché pensi che non mi sia sposata?" Lei gli appoggiò le mani sulle spalle.

"Non ne avevo idea. Mi immaginavo che ti fossi sposata ormai. Mi vergogno ad ammettere di aver letto i giornali scandalistici ogni settimana, alla ricerca di notizie su di te...su un tuo matrimonio. Lo temevo e ogni settimana non c'era nessun articolo su di te che sposavi un principe, uno sceicco o un attore famoso e mi sentivo sollevato e felice. So che è egoista, ma è così che mi sentivo." Lui si mise a fissare il pavimento.

"Non ho sposato nessuno, Grant Hollings, perché sono sempre stata innamorata di te e nessun altro è mai stato alla tua altezza." Lei gli prese il mento tra le mani e sollevò il suo viso, fino a quando i loro occhi si incontrarono. "Ti amo, con tutta me stessa."

"È tutto ciò che ho bisogno di sentire. Finché mi amerai, potrò fare uno sforzo. Troveremo una soluzione." Lui le sfiorò la guancia.

"Ho un'enorme casa con piscina a Los Angeles. Dovremmo passare un po' di tempo lì."

"Dubito che avrò dei problemi a farlo accettare a Sarah." Lui sorrise. "Fino alla serata di apertura. A proposito, in culo alla balena." Le diede un bacio e raggiunse l'ingresso.

Capitolo Tredici

Sarah si sveglio presto, col volto sorridente. Quel giorno avrebbe incontrato sua madre. Saltando giù dal letto, fu felice di vedere il sole splendere e le foglie del parco che cambiavano colore. Aprì le porte dell'armadio e cominciò a esaminare i suoi vestiti. Devo indossare qualcosa di speciale oggi.

Scartò ogni outfit che aveva scelto perché non era sufficientemente carino o speciale. I top volarono sul letto, seguiti da gonne, pantaloni e collant. Quando Jane andò a vedere perché Sarah ci mettesse così tanto, la pila di abiti era parecchio alta.

"Ma che cosa...?" borbottò Jane, dopo aver aperto la porta della camera di Sarah.

"Vattene!" Sarah scoppiò in lacrime e corse verso sua zia, spingendola indietro attraverso la porta.

"Che cosa stai facendo?" Jane spalancò gli occhi.

"Sto cercando di trovare qualcosa di speciale, ma tutto quello che ho è orribile! Vecchio, brutto..." Lei si sciolse in una valle di lacrime, lasciandosi cadere per terra.

"Hai molti bei vestiti, Sarah." Jane aiutò la ragazzina ad alzarsi.

"No! Non ho niente! Non ho niente di speciale!" urlò Sarah, sbattendo i piedi sul pavimento.

Grant apparve sulla soglia. "Che cosa sta succedendo?"

Sarah iniziò a lanciare i suoi vestiti per la stanza, urlando.

"Sta avendo una crisi di nervi," gli spiegò Jane.

"Lo vedo. Ma perché?"

Jane alzò le spalle. Alla fine, Sarah si accasciò sul suo tappeto, dopo aver esaurito le energie. Jane aggrottò la fronte guardando Grant, spingendolo verso sua figlia. "Lei è tua figlia."

Suo padre si accovacciò per parlare con lei. "Qual è il problema, cucciolotta?"

"Oggi è un giorno speciale e non riesco a trovare l'abito giusto."

"Hai un sacco di vestiti. Jane non può aiutarti a trovare qualcosa da indossare?"

"No!"

Grant guardò il suo orologio. "Arriverai in ritardo a scuola."

Questo la fece rimettere in moto. Sarah balzò in piedi, isterica, e si mise a correre per la stanza, lanciando vestiti dappertutto. Jane prese il comando. Scavò sotto il mucchio di vestiti fino a quando non trovò un paio di collant rosa e un abito color lavanda e rosa con le maniche lunghe e un colletto di pizzo bianco.

Sarah si asciugò gli occhi con il dorso delle mani.

"Prova questo," disse Jane, porgendo l'abito a sua nipote.

"Carino," mormorò Grant, alzandosi in piedi e allungando le gambe.

La bambina osservò sospettosamente la sua famiglia. Poi, afferrò il vestito e i collant, si tolse il pigiama e si infilò l'abito dalla testa. Quando finì di infilarsi i collant, suo padre ebbe un sussulto. "Questo è perfetto! Il vestito più speciale che abbia mai visto!" esclamò con un enorme sorriso.

Ciò fece ridere Sarah. "Papà, sei proprio stupido."

Lui la abbracciò. "Che cosa succede di così speciale oggi, cucciolotta?"

"Non posso dirtelo. È un segreto. Lei si allontanò dalle sue braccia e corse verso la sala da pranzo, dove divorò le sue uova strapazzate e del pane integrale tostato. Grant si unì a lei. Dopo la colazione, Sarah fu la prima a prendere il cappotto e la borsa dei libri. Aspettò con impazienza suo padre all'ingresso.

"Oggi sei lento come una tartaruga, papà."

Grant sollevò le sopracciglia guardando sua figlia e ridacchiò mentre le teneva la porta aperta.

Rex aprì la porta d'ingresso in ferro battuto per Grant e Sarah, sollevando leggermente il cappello per salutare la ragazzina. Lei ricambiò il suo sorriso, poi si precipitò fuori dalla porta, tirando la mano di suo padre. "Non posso arrivare in ritardo."

"Sempre per via del tuo segreto?" le chiese. Lei annuì.

Corsero in strada, riuscendo a uscire alcuni secondi prima che il portone si chiudesse. Sarah urlò "Molly!" mentre correva per raggiungere la sua classe. Molly si voltò e salutò Sarah. Una volta raggiunta la signora Wilner e la classe, lei si voltò per salutare suo padre.

Sarah riuscì a malapena a restare ferma tutto il giorno. Era agitata e non riusciva a concentrarsi. La paura le scorreva nelle vene, insieme all'entusiasmo e all'impazienza. Si mise a battere un piede mentre aspettava in fila nella caffetteria della scuola durante il pranzo. Si mise a saltellare su e giù per il cortile durante la ricreazione. Rispose in modo sbagliato alle domande della signora Wilner e non smise mai di fissare l'orologio in classe o di guardare fuori dalla finestra.

Molly era concentrata sul suo lavoro, anche se Sarah cercava continuamente di distrarla. "Smettila, Sarah! Dai," disse Molly, tirando via il braccio dalla sua amica.

"Non vedo l'ora!"

"Dobbiamo fare questa roba per la signora Wilner, quindi lasciami lavorare."

Sarah indietreggiò. Impaurita di poter fare arrabbiare Molly e che Molly potesse annullare il loro programma, Sarah non l'avrebbe mai accettato. Si sforzò di calmarsi con scarso successo.

Quando la lancetta dell'orologio segnò le cinque, Sarah capì che era ora di andare. "Pensi che Josie ci sarà?"

Molly annuì. "Lei viene sempre a prendermi."

"Ma intendo dire..."

"Lo so. Penso che ci sarà. Ha detto che ci sarebbe stata. Di solito mantiene le promesse."

Sarah sorrise. Il suo battito cardiaco sembrava aumentare a ogni passo, mentre si avvicinava al cortile. Molly le si avvicinò alle spalle e le afferrò la mano. "Andiamo!"

Le ragazze attraversarono il cancello saltellando. Josie le stava aspettando all'angolo. "Ricordatevi ciò che vi ho detto. Restiamo solo cinque minuti... capito? Cinque minuti!" Lei agitò il dito davanti al viso di Sarah.

La ragazzina annuì, cercando di contenere la sua gioia. Arrivo, mamma.

Molly e Sarah continuarono a tenersi per mano mentre Josie le conduceva a Broadway. Prima di allontanarsi dalla scuola, Sarah si voltò, cercando l'uomo alto e grassoccio, che tuttavia non era al suo solito angolo. Lei alzò le spalle e si diresse verso la fermata dell'autobus.

Prima che l'autobus arrivasse, sembrò passare un eternità. L'autobus si fermò, poi l'autista abbassò i gradini per permettere alle ragazze di salire. Era piuttosto affollato per essere le tre in punto, ma riuscirono a trovare tre posti in fondo.

"Ho fame," annunciò Molly.

"Mamma aveva solo questi," disse Josie, tirando fuori tre bastoncini di formaggio dal suo zaino. Lei li distribuì e mangiarono in silenzio mentre guardavano fuori dal finestrino. L'autobus ripartì e si diresse verso la fermata successiva.

Sarah guardò per caso le persone che salirono. C'era anche l'uomo alto e paffuto. I capelli le prudevano un po' sulla nuca, ma non aveva idea di cosa significasse. Lui la guardò, poi distolse lo sguardo. Per un attimo, si sentì sopraffatta dalla paura, ma lei la ignorò. Lo vedo ogni giorno. Potrebbe mai essere cattivo? Lei si strinse nelle spalle e tornò a guardare fuori dal finestrino, chiedendosi quando avrebbero raggiunto la Cinquantaquattresima Strada.

L'autobus barcollava e vacillava, facendo oscillare i passeggeri avanti e indietro. Sarah fu schiacciata al suo posto accanto a una donna robusta. Nessuna delle ragazze parlò. Sarah aveva la nausea. Per la prima volta, si sentì sopraffatta dalla paura di ciò che avrebbe potuto trovare.

E se mia madre non mi volesse? E se si arrabbiasse che sono andata a cercarla? E se dicesse che non è mia madre? Le lacrime le facevano bruciare gli occhi. Sarah toccò il mezzo cuore che le pendeva dal collo per avere un po' di conforto. Non sapeva che cosa avrebbe fatto se fosse successa qualcuna di quelle cose. Sbattendo rapidamente le palpebre, lei allontanò i cattivi pensieri dalla sua mente, perché voleva sentirsi felice. Andrà tutto bene. Lei sarà felice. Lo so e basta. Si asciugò il viso con il dorso della mano.

La lentezza dell'autobus mise a dura prova la sua pazienza. Sarah provò tutti i giochi mentali che suo padre le aveva insegnato quando dovevano aspettare un aereo o fare un viaggio in treno. Ma niente riusciva a calmarla.

"Siamo arrivate," disse Josie, alzandosi in piedi e premendo il pulsante che avvisava l'autista della richiesta di un fermata. Le ragazze si fecero cautamente strada tra la folla, cercando di non pestare i piedi a nessuno, ma senza riuscirci. Una donna anziana lanciò un'occhiata ostile a ognuna di loro mentre le calpestavano i piedi.

Scendendo, Molly non riuscì a trattenere una risatina. "Hai visto quella vecchia antipatica?" chiese a Sarah. La ragazzina annuì e scoppiò a ridere insieme alla sua amica.

"Fate attenzione! Andiamo," disse Josie severamente, facendo smettere di ridere le due ragazzine.

Avvicinandosi al teatro, il cuore di Sarah si mise a battere sempre più rapidamente. Un breve isolato, poi un altro, poi un lungo isolato. Era troppo entusiasta e preoccupata di vedere l'uomo grassottello scendere dietro di loro. Quando arrivarono, si misero a cercare l'ingresso del teatro. Le porte anteriori erano aperte e loro entrarono, ma poi capirono che era l'ingresso sbagliato.

"Lo troverò," disse Sarah, allontanandosi dalle sue amiche e correndo da sola verso la fiancata dell'edificio. Gus era seduto come al solito davanti alla porta del palcoscenico, a controllare tutti quelli che entravano o uscivano. Lui la vide correre e la fermò prima che entrasse.

"Ehi, signorina, solo un minuto, solo un minuto. Non puoi entrare qui." Lui bloccò la porta con il suo fisico rotondo.

"Mia madre è lì dentro."

"Tua madre?" Gus le lanciò un'occhiata scettica.

"Sì..."

"Deve essere la signorina Brewster. Giusto? Sei la sua copia sputata."

Sarah annuì. "Lei è qui?"

"Sì. Penso di sì. È arrivata in anticipo oggi. Domani è la serata di apertura."

"Posso vederla?"

"Non mi ha mai detto di avere una figlia. Temo che tu debba aspettare qui, signorina. Vado a cercarla."

Gus percorse il lungo corridoio fino al camerino di Cara, lasciando Sarah da sola nel vicolo.

MALEDIZIONE! È FINITO il burro! Jane prese il telefono e chiamò a casa di Molly. "Ciao, Angela, posso parlare con Sarah, per favore?" Si sedette al tavolo della cucina.

"Jane? Non sono qui. Non sono a casa tua?"

"Qui? No. Dovevano venire a casa tua oggi."

"No, mi ricordo che Molly mi ha detto che sarebbe andata da Sarah oggi. Oh, mio Dio. Non sono qui e non sono nemmeno lì? Merda!"

"Hanno organizzato tutto volontariamente. Qualcosa di speciale...oh, Dio, Sarah, che cosa hai fatto?"

"Anche Molly fa parte di questo piano. Sono andate da qualche parte." "Vado a cercare nella stanza di Sarah. Magari riesco a scoprire dove sono andate. Ti richiamo più tardi." Jane riattaccò il telefono e chiamò immediatamente Grant, mentre si affrettava nella stanza di Sarah. Giorno speciale, giorno speciale...

Cercò in tutta la stanza mentre spiegava tutto a Grant.

"Scomparsa? Sarah è scomparsa?" La voce di Grant si alzò di un'ottava.

Jane tolse il cuscino dal letto di Sarah. C'era una foto di Cara Brewster. Lei sorrise. "Qual è l'indirizzo del teatro, Grant? Ci vediamo lì. Sembra che Sarah abbia deciso di presentarsi a sua madre."

Jane chiamò Angela, poi si mise il cappotto e si diresse verso la metropolitana.

CARA STAVA CAMMINANDO su e giù per il camerino, mentre provava alcune battute modificate all'ultimo minuto, per richiesta del regista, quando Gus bussò alla porta. "C'è una ragazzina qui fuori che dice di essere sua figlia, signorina Brewster. Non l'ho lasciata entrare, perché non so se lei ha figli—"

"Sarah!" Cara ebbe un sussulto. Mise giù la sceneggiatura, afferrò la giacca e si mise praticamente a correre lungo il corridoio.

Quando arrivò, sentì un grido soffocato. Vide due ragazze che correvano verso la porta prima di vedere Sarah tra le grinfie di un uomo alto e paffuto. Una delle sue braccia grassocce era intorno alla vita di Sarah, mentre le teneva l'altra mano davanti alla bocca. Cara ebbe un sussulto.

"Si allontani, signora. Anche voi, ragazzine. Lei viene con me." Lui indietreggiò, trascinando Sarah con sé. Lei cercò di dimenarsi, ma non poteva contrastare la forza di quell'uomo. Il suo sguardo incrociò quello di Cara e la bambina raddoppiò i suoi sforzi per liberarsi.

Il suono di una sirena che percorreva la strada segnalò l'arrivo della polizia. I detective Marx e Brick fermarono la loro auto e scesero, brandendo le loro pistole. L'uomo grassoccio liberò la bocca di Sarah per estrarre dalla tasca un coltello con una lama di tredici centimetri e glielo premette sulla gola. Quando lui la lasciò andare, lei urlò e chiamò, "Mamma!"

"Sarah!" urlò Cara, portandosi la mano alle labbra.

Lui le rimise rapidamente la mano sulla bocca. "Le taglierò la gola se vi avvicinate ancora," urlò lui alla polizia. I due detective si immobilizzarono, continuando a tenere in mano le loro pistole. Cara ebbe un sussulto, barcollando verso Gus, che la tenne ferma. Le sirene della polizia e il trambusto avevano allertato Quinn Roberts e Jake Matthews, che si erano avvicinati alle sue spalle. Si fermarono di colpo, appena fuori dalla porta del palcoscenico.

"Quella è mia figlia," sussurrò Cara agli attori.

"Porterò questa bambina con me. È da settimane che aspetto quest'occasione. Lei è mia e voi fareste meglio a restare lontani." L'uomo si spostò lentamente, allontanandosi dal vicolo verso l'Ottava Strada.

La mia bambina. Quel mostro ha preso la mia bambina. Sarah! Cara aveva un groppo in gola per la tensione. Barcollò per un attimo, ma Quinn la sorresse, mettendole un braccio intorno. Lei fece alcuni respiri profondi. *Pensa, pensa. Non crollare. Non puoi. Devi aiutarla. Pensa.*

Il detective Brick scomparve nell'auto di pattuglia, mentre il detective Marx tentava di liberare la strada, facendo indietreggiare i pedoni. Non passò molto tempo prima che si formasse una piccola folla. Presto altre auto della polizia raggiunsero i detective. La strada fu transennata.

Cara camminò lentamente verso l'uomo, tenendo lo sguardo fisso su Sarah. "Forza...non vorrà davvero prendere questa ragazzina, vero?"

"Oh, dannazione, sì che voglio. L'ho sognata. Quindi si allontani." I suoi occhietti miseri mostravano la sua ostilità e la sua rabbia nei confronti di Cara.

Cara si fermò. Lei fece un passo indietro. Quinn le sussurrò all'orecchio: "vuoi davvero farlo? Lascia che se ne occupi la polizia."

"Sono sua madre. Devo provarci."

"Sono sua madre," urlò Cara all'uomo. Il suo cuore batteva così velocemente che pensava di poter morire proprio lì. Avrebbe voluto allungare la mano e passare le dita tra i lunghi capelli biondi di sua figlia. Le lacrime minacciarono di uscire dai suoi occhi, ma lei sbatté le palpebre per respingerle. Non puoi crollare. Devi restare calma. Recitare la tua parte. Una madre forte, assertiva e intelligente. Trovare una soluzione.

"Non me ne frega un cazzo di chi sia lei."

Sarah spalancò gli occhi. "Che cosa vuole da lei?"

Vide il detective Shoemaker seguire l'uomo grassottello, ma lui si spostò, voltando le spalle al muro. Il poliziotto fece cenno a Cara di restare indietro, ma lei scosse leggermente la testa per fargli capire che non l'avrebbe fatto e continuò ad avanzare lentamente.

"È stupida, signora? Cosa pensa che possa volere da lei?" ridacchiò lui.

"Una ragazzina?" Poi lei ebbe un'idea. Un sorriso provocante le spuntò sulle labbra. Recitare la tua parte. "Non preferirebbe una donna adulta?" Lei scosse i fianchi in modo seducente mentre si avvicinava a lui.

Poi arrivò una squadra della S.W.A.T. Cara li osservò prendere il comando alle spalle dell'uomo. I detective che conosceva si misero da parte, osservandola. Brick la guardò sollevando il pollice e le sorrise. Lei rivolse di nuovo lo sguardo all'uomo, che tentava di guardare lei e la polizia contemporaneamente.

Smise di muoversi e la fissò per un momento. "No. Prenderò lei. I bambini non creano problemi. Fanno tutto ciò che dici," disse lui, mentre una risata volgare gli sfuggiva dalle labbra.

Non se l'è bevuta. Lo sguardo di Cara si soffermò per un istante sul tetto di una casa dall'altra parte della strada, dove un cecchino stava montando un treppiede. Ne vide un altro con un fucile che si avvicinava lentamente a un edificio, a poche case di distanza.

Cara lo guardò avvicinarsi di soppiatto, senza farsi notare dall'uomo paffuto. Il detective Shoemaker le fece cenno di continuare. Devo tenerlo occupato mentre i cecchini si mettono in posizione! Lei avanzò, lasciando cadere la giacca. I suoi nervi a fior di pelle non le facevano percepire il freddo dell'aria. Lei si avvicinò lentamente.

"Adesso è troppo," ringhiò l'uomo, sollevando il coltello più in alto sul collo di Sarah. Cara sussultò per un momento, ma poi continuò ad avvicinarsi, passettino dopo passettino.

"Come si chiama?" gli chiese.

"Non importa."

"Per favore. Quando parlo con un uomo, mi piace chiamarlo per nome."

"Sono Lonnie."

"Beh, Lonnie, la donna giusta può darti più di una bambina. Molto di più. Guardami."

"Ti riconosco. Sei famosa. Io non ti interesso."

"Oh, non lo so. Un uomo assertivo che sa quello che vuole. Mi piace."

"Che cosa stai cercando di fare?" I suoi occhi divennero sospettosi. Strinse il braccio attorno a Sarah. Con la coda dell'occhio, Cara vide il secondo tiratore scelto sistemare il treppiede e mettersi in posizione.

"Uno scambio. Lasciala andare e prendi me al suo posto." Cara fece un sorriso forzato.

"Te? Tu non vuoi venire con me." Lui sembrava scettico.

"E se volessi?" Lei indossava una camicia in tessuto Oxford. Lentamente, si sbottonò il primo bottone, notando che i suoi occhi guardavano il movimento delle sue dita. Dovette controllarsi molto per impedire loro di tremare. Dopo aver sbottonato il bottone, si mise le mani dietro la schiena, stringendole insieme. La parte superiore della camicetta si aprì leggermente, permettendo a Lonnie di vedere la sua scollatura.

Lui si leccò le labbra.

"Ti piace quello che vedi? Non puoi avere tutto questo da lei." disse Cara, con tono derisorio. Il secondo tiratore scelto si mise in posizione e sollevò il pollice, guardando il suo comandante giù in strada.

"Allora?"

In sottofondo, Cara sentì Grant urlare il nome di Sarah, prima che il detective Shoemaker lo zittisse, mentre il detective Brick lo tratteneva. Gli occhi di Sarah scrutarono la folla. Anche Cara non poté fare a meno di voltarsi a cercarlo. Lui le fece un cenno di saluto prima che il detective gli parlasse, poi si fermò.

"Non ti piacerebbe toccarmi?" Cara rivolse di nuovo la sua attenzione su Lonnie. Si sbottonò un altro bottone, aprì leggermente la camicetta e si avvicinò. L'aria fresca le sfiorava il seno, coperto solo da un reggiseno leggero, facendole venire la pelle d'oca e facendole indurire i capezzoli.

Lonnie era affascinato dal seno di Cara, così abbassò leggermente la mano dalla bocca di Sarah. Lei urlò "Papà!"

Cara si voltò di scatto per vedere Grant, trattenuto dai due detective.

Lonnie rimise la sua manaccia sulla bocca di Sarah. Cara roteò la testa all'indietro per fermare il suo sguardo sull'uomo paffuto. Lasciala andare, bastardo!

"Urla di nuovo e ti taglierò il collo da un orecchio all'altro, signorina," disse lui, con un tono di voce basso e minaccioso. Le lacrime iniziarono a formarsi sugli angoli degli occhi di Sarah. "Starai zitta ora?" Lei annuì e lui le tolse la mano dalla bocca. Tenendole il coltello sul collo, mentre le avvolgeva l'altro braccio intorno alla vita, tirandola verso di sé e tenendola ferma.

"Davvero, Lonnie. Guarda." Cara finì di sbottonarsi la camicetta. Il tessuto svolazzò leggermente al vento, scoprendo totalmente il suo reggiseno a mezza coppa di raso bianco. Lonnie non riusciva a distogliere lo sguardo. Cara si avvicinò. Era a meno di sei metri da lui.

"Bello," mormorò lui. Il sudore gli imperlava la fronte.

"Che ne dici di uno scambio? Io al posto di Sarah. Farò qualunque cosa tu dica…e verrò volontariamente con te. I poliziotti non possono arrestarti se vengo con te…non se lo faccio di mia volontà."

Una luce brillò nei suoi occhi. "No, non possono." Forza, l'hai agganciato. Adesso finiscilo.

"Dirò loro di andare via. Lasciala andare e potremo andar via da qui a braccetto, come una coppia normale."

"Le donne sono insistenti. Ti dicono cosa fare. Vogliono soddisfazione…"

"Io sono molto remissiva, Lonnie. Sei tu a comandare. Mi piacciono gli uomini che sanno comandare." Ancora una volta, lei gli sorrise maliziosamente. Andiamo, Lonnie. Forza, avvicinati.

Lei si avvicinò di circa un metro e mezzo. Rendendosi conto di essere molto vicina, il suo battito aumentò. Potrebbe afferrarmi da qui. Devo rischiare. Sarah osservò Cara con un'espressione spaventata. Lei allungò la mano e toccò il mezzo cuore che portava al collo, che era ben visibile con la camicetta aperta. Lo sguardo di Sarah seguì le dita di Cara e la ragazzina spalancò di nuovo gli occhi. Lei smise di dimenarsi e rimase immobile tra le mani di Lonnie.

"Davvero? Perché non ti credo?" Lui socchiuse gli occhi, piccoli e lucenti.

"Ordinami qualcosa. Dimmi di fare qualcosa." Pensa qualcosa. Convincilo!

Un sorriso malizioso fece capolino sul volto di Lonnie. "Fammi un pompino."

"Lonnie, sii ragionevole. Qui all'aperto? Inoltre, c'è una bambina qui…"

"Lei lo farebbe." Il suo sorriso rivelò che gli mancava uno dei denti anteriori.

"Sì, urlando e piangendo. Se fossimo in un posto più intimo…"

"Mi faresti un pompino? Mettiti in ginocchio, adesso!" si agitò lui.

Cara vide i poliziotti puntare le pistole su di lui. Lei si avvicinò a tre metri da lui e si mise in ginocchio. "Così?" *Dio, ti prego. Aiutami tu.*

"Sì. Tu sai quello che voglio. Come se l'avessi già fatto," sorrise lui.

"Non c'è bisogno che tu mi dica cosa fare. Sai, dicono che tutte le attrici sono delle vere puttane...beh, è vero." Cara fece un respiro profondo per evitare di vomitare al pensiero di praticare sesso orale a quel ripugnante pedofilo. *Calmati! Non lo farai davvero, devi solo fingere.*

"Potrebbe migliorare le cose...forse. Vuoi farmi credere che tutte voi attrici volete solo passare le giornate a scopare?" Un'espressione di incertezza gli attraversò il viso. Lei annuì, rabbrividendo per tutte le dure parole che sua figlia stava ascoltando. *Seducilo. Forza, fallo!*

"Vuoi toccarmi?" Sentì la bile risalirle in gola all'idea di sentire le sue dita sudicie e disgustose sul suo petto. Deglutì e cercò di tenere a freno i suoi nervi.

"Sì. Avvicinati."

"Uh, uh, uh..." Lei gli fece un cenno col dito. "Non finché non lascerai andare la bambina."

"Ok, dai. Procediamo allo scambio."

Lui le sbirciò di nuovo il seno. Accarezzandoselo con le mani, Cara si avvicinò. Col battito cardiaco accelerato, sentiva il cuore che le batteva sempre più rapidamente nelle orecchie. *Resisti. Pensa, pensa. Niente panico.*

"Vieni qua." Lui si scaraventò su di lei, ma lei fece un balzo all'indietro, appena fuori dalla sua portata.

Lei scosse la testa. "Non finché non lascerai andare la bambina." *Mantieni la calma, ragazza.*

La guardò mentre accarezzava i suoi seni, poi esaminò l'area. I poliziotti si fermarono a guardare. C'erano una dozzina di ufficiali e diverse auto di pattuglia con le luci lampeggianti. Cara spiò Grant con la coda dell'occhio, ma aveva paura di guardarlo. Doveva continuare a recitare la parte. *Controllarsi. Restare concentrata. Non distrarsi.* Era una questione di vita o di morte.

"Ehi. Poliziotti! Lascerò andare la bambina, ma questa puttana verrà con me. Lei vuole venire con me, volontariamente. Non è contro la legge. Lei vuole farlo. Nessun danno, nessun problema," gridò Lonnie.

Lui fece cenno a Cara di avvicinarsi. Lei si diresse verso di lui, con la paura che le scorreva nelle vene. Il volto di Sarah era bianco come un lenzuolo. Cara sorrise alla bambina.

"Vieni qui! Questo è un ordine!" Lonnie era impaziente.

Rifletti, cosa succederà adesso? Cara non era sicura di cosa fare, ma continuava ad avvicinarsi a lui. Quando fu a meno di un metro da lui, si scagliò di nuovo su di lei, questa volta afferrandole l'avambraccio con la mano libera. Strattonò Cara verso di sé, tenendo la lama sulla gola di Sarah.

"Credevi di potermi prendere in giro, eh? Ecco fatto. Ora vi ho entrambe," disse lui, facendo una risata pungente e maliziosa. "Credi che io sia fottutamente stupido?"

Colpisci adesso! È la tua ultima possibilità! Cara sollevò il piede e calpestò quello di Lonnie con tutta la sua forza e tutto il suo peso. Lui urlò, lasciando cadere il coltello per strofinarsi il piede. Saltellando su una gamba, pronunciò alcune parolacce nei confronti di Cara, che cercò di dimenarsi dalla sua presa, ma non ci riuscì.

"Corri!" urlò Cara alla bambina. Sarah iniziò a correre verso suo padre. Cara alzò gli occhi per vedere il cecchino che prendeva la mira. Lonnie si alzò, abbassando entrambi i piedi e sollevando il coltello prima di darle un pugno in faccia.

"Puttana! Sapevo che non avrei dovuto fidarmi di te." Lei inciampò all'indietro e cadde a terra, col sedere sul marciapiede. Sfregandosi la mascella, lacrime di dolore le scorrevano lungo le guance. Un sorriso malvagio fece capolino sul volto di Lonnie. "Ciao, ciao, puttana..."

Lui si mise rapidamente al suo fianco, sovrastandola minacciosamente mentre giaceva sul marciapiede. Lui sollevò il coltello per colpirla. Lei sollevò le braccia per difendersi. Sembrava che tutto accadesse al rallentatore. Cara lanciò un'occhiata all'ufficiale al comando della

S.W.A.T e notò un suo cenno. Lei sentì il suono degli spari mentre i due cecchini sparavano.

Spostando rapidamente lo sguardo su Lonnie, vide i proiettili colpirlo al petto. Del sangue e della materia rossa le schizzarono sulla camicetta, sul viso e sulla parte superiore del corpo. Altri due spari in testa spappolarono la sua materia cerebrale, mentre Lonnie cadeva sempre più giù, accasciandosi sulle cosce di Cara, morto.

Lei si voltò, allontanandosi da lui, ma era ormai troppo tardi. Una pallottola attraversò il corpo di Lonnie e la spalla sinistra di Cara. Cara cadde all'indietro, mettendosi la mano sulla ferita, mentre il sangue le colava sulla manica. La polizia la raggiunse immediatamente, sollevando il corpo di Lonnie da Cara e accertandosi che fosse davvero morto.

"Non è stata una mossa saggia, signorina Brewster," disse il detective Brick.

"Dovevo salvare mia figlia."

"Ho detto che non è stata saggia, ma estremamente coraggiosa. Ben fatto." Lui le sorrise.

Alzò lo sguardo e vide Grant correre verso di lei, trasportando Sarah con le gambe avvolte intorno ai suoi fianchi. Lui la mise giù e si inginocchiò. Lei si mise a sedere, ma le vertigini la fecero rimanere seduta. Lui tirò fuori un fazzoletto e glielo tenne sulla ferita.

"Stai bene? Sei stata fantastica," disse Grant, cercando ansiosamente lo sguardo di lei.

Sarah disse con voce tremante: "mamma?"

"Sarah, tesoro mio, bambina mia." Cara allungò la mano destra per toccare Sarah e scoppiò a piangere.

Grant strinse Cara al petto e le accarezzò i capelli, mentre il suono di un'altra sirena segnalava l'arrivo di un'ambulanza. Quando il veicolo si fermò, Grant urlò a Jane di riportare a casa Molly e Josie. I paramedici fasciarono Cara quel tanto che bastava per fermare l'emorragia e la spinsero dentro l'ambulanza. Lui prese la mano di Sarah e la seguirono.

I paramedici la aiutarono a rimuovere la materia cerebrale dalla pelle mentre misuravano i suoi parametri vitali.

"Sei la persona più coraggiosa che abbia mai conosciuto," disse Grant, stringendo la mano di Cara.

Cara gli sorrise. "Dovevo salvare nostra figlia..." sussurrò lei.

"Non morirai, vero, mamma?" chiese Sarah, con le lacrime che le scendevano lungo le guance.

"No, tesoro. Starò bene." Lei strinse la mano della bambina.

"Sei davvero mia madre?"

"Lo sono." Cara riuscì ad accennare un sorriso.

"Lo è. E d'ora in poi farà parte della tua vita, Sarah."

"Grazie, G." Cara lo guardò in modo amorevole.

Lui le prese l'altra mano, mentre procedevano in silenzio, cercando di non interferire con il lavoro dei paramedici, in direzione dell'ospedale.

Cara fu sottoposta a degli esami e le misero dei punti sulla spalla. Fortunatamente, il proiettile aveva mancato tutti i vasi sanguigni vitali, trapassandole la carne. Quando fu pronta per andare a casa, era tardi. Quando raggiunse l'ingresso dell'ospedale, questo era pieno di giornalisti. Cara era sfinita, ma la bombardavano ancora di domande.

"È vero che ha salvato questa bambina da un pedofilo ossessionato?"

"È vero che si è offerta di andare con lui?"

"È stato lui a sparare o la polizia?"

"Chi è questa bambina?"

"Chi è quest'uomo? È sposata con lui?"

Cara cercava di rispondere a ogni domanda con una o due frasi. Quando i giornalisti scoprirono che Sarah era sua figlia, iniziarono di nuovo a tempestarla di domande. Cara alzò la mano.

"Basta domande per stasera. Sono esausta e domani sarà la serata di apertura. Ho bisogno di riposo."

"Ha intenzione di recitare domani sera, signorina Brewster?"

"Ci può scommettere. Perdermi questa serata è stato già abbastanza brutto." E, con quell'ultima affermazione, fece cenno a Grant di portarla fuori dall'edificio. Sarah si sedette sulle sue ginocchia.

Una volta al sicuro a casa, si sedettero tutti davanti a un abbondante pasto a base di stufato di manzo e spaghetti, preparato da Jane. Jane aveva chiamato l'albergo di Cara e aveva parlato con Skip, che era passato a lasciare un mucchio di vestiti e un mazzo di rose rosse. Anche lui si fermò per la cena, ascoltando attentamente Sarah, mentre raccontava dell'atto di coraggio compiuto da sua madre.

"Potreste scusarmi?" chiese Sarah, cercando di trattenere uno sbadiglio.

"Solo un attimo, signorina." disse Grant con tono severo.

Sarah stava per uscire dalla sala da pranzo, ma si fermò alle parole di suo padre. Tutti si misero a fissarlo.

"Dobbiamo parlare di quello che hai fatto oggi...mentendo a zia Jane e alla madre di Molly. Scomparendo. Ti sei comportata in modo spericolato e pericoloso..."

"Cosa?" disse lei, con tono stridulo.

"Me l'ha detto Jane. Hai detto che saresti andata a casa di Molly e lei ha detto che sarebbe venuta qui. Avete mentito entrambe, sia a noi che alla famiglia di Molly. Hai fatto tutto questo per andare a conoscere tua madre?"

La bambina annuì.

"Perché?"

"Sapevo che era qui e volevo conoscerla."

"E sapevi che mentire su questo era sbagliato. Scappare in quel modo a New York..."

"Eravamo con Josie. Lei sa come muoversi."

"Ma lei non poteva proteggerti, vero?" Grant sollevò un sopracciglio.

Sarah era agitata. "No, non poteva."

"Voglio che tu mi prometta che non mentirai mai più in questo modo. Avevo intenzione di presentarti a tua madre. Non avevi bisogno di fuggire."

Sarah scoppiò in lacrime. "Mi dispiace, papà. È colpa mia se la mamma è stata ferita!"

Cara abbracciò premurosamente Sarah. "No, tesoro, non è affatto colpa tua. È colpa di quell'uomo cattivo."

Grant si sporse per accarezzare i capelli di Sarah. "Esatto. Non è stata colpa tua, cucciolotta."

"Mi dispiace, papà." Lei diede un bacio a Cara sulla guancia e si sedette in braccio a suo padre.

Lui la abbracciò e le diede un bacio sulla testa. "Sono felice che tu sia al sicuro."

Sarah andò a letto subito dopo cena. Grant e Jane le permisero di restare a casa da scuola il giorno dopo. Skip andò via e Jane si mise a ripulire la cucina. Grant accompagnò Cara, che era davvero esausta, nella sua stanza. Jane portò tutti i cuscini extra che riuscì a trovare e tutti e tre cercarono in ogni modo di far sentire Cara a suo agio. Lei prese un analgesico e si rannicchiò tra le coperte. Grant le scivolò accanto e le strinse la mano mentre si addormentava.

IL MATTINO DOPO, QUELLA storia era già su tutti i giornali, con molte inesattezze, esagerazioni e domande su Sarah. Grant e Cara si svegliarono prima di Sarah. Cara si sentì a disagio nel leggere i giornali, ma cercò di allontanare dalla sua mente quelle domande inquisitorie.

"È la serata di apertura e devo essere pronta." Lei si sedette sul divano a bere un caffè.

"Hai intenzione di recitare stasera?"

"Certo. I lividi saranno nascosti dal trucco. Oggi riposerò tutto il giorno e stasera sarò pronta."

"Anch'io oggi ho la giornata libera. Lascia che ti aiuti."

"Dovrai farlo. Non penso di potermi vestire da sola."

Un sorriso bramoso gli comparve sul viso. "Hai scelto il compito perfetto per me."

"Davvero? Sei bravo a vestirmi come lo sei a spogliarmi?" Lei lo guardò aggrottando la fronte.

Lui si mise a ridere. "Lo scopriremo."

"Ho anche bisogno di farmi un bagno."

"Al tuo servizio." Il sorriso di Grant si ampliò.

Prima dell'inizio dello spettacolo, i lividi di Cara erano già stati nascosti con un trucco pesante, con l'aiuto di Susanna, la moglie di Quinn, che l'aveva aiutata anche a vestirsi. Dopo essersi fasciata il braccio, si mise a passeggiare, recitando le sue battute, profondamente concentrata sulla sua parte.

Grant ebbe un posto in terza fila, per gentile concessione dei produttori. Sarah aveva fatto i capricci, ma era dovuta restare a casa, in quanto il giorno dopo sarebbe tornata a scuola. Il sipario si alzò in orario. Il personaggio di Cara entrò in scena subito dopo quello di Quinn. Lei raggiunse il palco, portando un bastone bianco, col braccio sorretto dalla fasciatura, e il pubblico andò in delirio. Ricevette una standing ovation prima ancora di pronunciare la sua prima battuta.

Capitolo Quattordici

Pur essendo sfinita, il mattino dopo Cara fece colazione con sua figlia. Sarah non riusciva a smettere di parlare e riuscì a far promettere a Grant di portarla a una matinée per vedere sua madre sul palco. Lei si sedette a tavola accanto a Cara e lasciò che Cara le spazzolasse i capelli. Lei chiese a Cara di aiutarla a scegliere cosa indossare per la scuola e se ne andò in lacrime, infelice di allontanarsi dalla sua nuova mamma.

Sarah aveva incantato sua madre. Cara non riusciva a smettere di guardare la sua bellissima bambina.

Cara fu impressionata dagli sforzi di Grant di prendersi cura di lei. Sembrava contento di svolgere i compiti più banali. Stare rannicchiata a letto per tutta la notte era un sogno diventato realtà. Si sentì al sicuro perché lui era insieme a lei quando ebbe un incubo. *Gli piace un po' troppo la mia dipendenza da lui.*

Non riusciva a ricordarsi quando qualcuno, al di fuori di sua sorella, si era davvero preso cura di lei. Certamente nessuno degli uomini che avevano fatto parte della sua vita era rimasto abbastanza a lungo per farlo. *Potrei abituarmi a tutto questo.*

Grant andò in edicola presto e comprò i giornali del mattino con le recensioni di 'L'amore è cieco' perché Cara potesse leggerle, mentre sorseggiava il suo caffè del mattino. Una chiamata di Skip coronò il successo dello spettacolo. "Ottimo lavoro in 'L'amore è cieco', tesoro!"

"Hai letto le recensioni?"

"Anche quelle di Los Angeles e di Chicago. Già. Successo su tutta la linea, tesoro."

Il volto di Cara si illuminò. "Oh, mio Dio. Sono così felice!" Lei chiuse gli occhi.

"Riposati, così sarai in forma per stasera. Ho scommesso con Gus sulla durata della standing ovation del pubblica al tuo ingresso in palcoscenico."

"Spero che Gus vinca," ridacchiò lei.

"Grazie mille! Ci vediamo stasera," disse lui, prima di riagganciare.

Cara si appoggiò a Grant. "È un successo. Dio, sono così...sollevata!" "Io sapevo che lo sarebbe stato. È una notizia meravigliosa, tesoro." Lui le diede un bacio sulla testa.

Dopo che un reporter l'aveva seguita a casa dal teatro, i giornali divulgarono il suo indirizzo. Quando tutti lo scoprirono, la casa di Grant cessò di essere un rifugio sicuro. Il telefono non faceva che squillare. Grant cercava di scoraggiarli, ma Cara sapeva che avrebbero ricominciato a farle domande inquisitorie sul suo rapporto con Sarah. Tiffany Cowles in persona, il capo editore di Celebs R Us, chiamò per fissare un'intervista.

Skip li raggiunse per cena, per elaborare una strategia insieme a Cara. "Dobbiamo inventarci qualcosa di credibile," disse lui, seduto al tavolo della sala da pranzo, intento a mangiare la torta Angel Food con la glassa al cioccolato preparata da Jane.

"No." Cara ne mangiò un boccone, poi si rivolse a Jane. "Questa è la migliore."

La cuoca sorrise al suo complimento.

"Che cosa vuol dire 'no'?" domandò Skip.

"Non ho intenzione di mentire. Ne abbiamo già parlato, Skip. Sarah è mia figlia e io mi rifiuto di negare di essere sua madre."

"Distruggerai la tua immagine. Faresti meglio a firmare con Gunther Quill prima che questa storia esca su tutti i giornali. "Perché, quando succederà, lui potrebbe tirarsi indietro."

"Che lo faccia, allora. Niente bugie. Grant sarà al mio fianco. Lui è il padre di Sarah. Ci sposeremo..."

"Potresti semplicemente rifiutare di rispondere ad alcune domande. Ma questo potrebbe far infuriare i giornalisti."

"Io sono una brava attrice. Se qualcuno deciderà di non ingaggiarmi a causa di questo... incidente, beh, non c'è niente che io possa fare."

"Questo riguarda anche me, lo sai." Skip la indicò con la sua forchetta.

"Ehi! Questa decisione spetta a Cara...si tratta della sua vita," intervenne Grant.

"Non infuriarti. Io sono dalla sua parte. Non sono molto preoccupato della maggior parte dei reporter, ma quella Tiffany Cowles...sa essere molto crudele."

"Lo so. Farò ciò che posso."

Grant le mise un braccio intorno. "Credo che sia ora di andarcene a letto."

Skip lo guardò aggrottando la fronte.

"No, no. Questo no. Lei ha bisogno di riposo."

"Non credo che possa riposarsi, andando a letto con te."

Cara ridacchiò. "Sempre doppi sensi, Skip. Vogliamo solo dormire. Tutto qui. Possiamo?"

"Certo, certo. Scusa, Cara. Senza offesa, Grant."

"Nessuna offesa. Buona notte." Lui le porse il suo braccio dopo averle spostato un po' la sedia. Lei si appoggiò su di lui e si sollevò.

"Vieni, Cara Mia." Grant la tenne stretta mentre la accompagnava nella loro stanza.

LENTAMENTE, GRANT AIUTÒ Cara a togliersi i vestiti. Un sussulto di dolore gli fece capire che doveva essere estremamente delicato. Non si era mai considerato un uomo premuroso, uno che cucina o che è interessato a costruire il proprio nido, quindi era sorpreso di quanto gli piacesse prendersi cura di Cara.

"Quale camicia da notte vuoi indossare stasera?"

"Quella verde acqua... quella che si allaccia sulla spalla?"

"Perfetto. Così non dobbiamo farla passare dalla testa."

Grant le tolse il reggiseno e lo mise sulla sedia insieme alla sua maglietta.

"Questa parte non mi stancherà mai," ridacchiò lui.

"Non abituartici. Presto starò meglio e ricomincerò a farlo da sola."

"Spero di no."

Lei gli lanciò un'occhiataccia.

"Voglio dire, non spero che tu non stia meglio... ma che io possa continuare a spogliarti."

Lei gli sorrise.

Grant le sbottonò i jeans. Cara insistette per aprirsi la cerniera e abbassarli. Se li tolse e poi rimase ferma, per permettere a Grant di slacciare e riallacciare la camicia da notte sulle sue spalle.

Lui notò che il suo viso era impallidito. Presumendo che fosse per l'aumento del dolore, prese un bicchiere d'acqua dal loro bagno privato e glielo portò, insieme a un analgesico. Lei lo prese, poi si sedette con cautela sul bordo del letto. Lui la aiutò a mettersi tra i cuscini e le sistemò le coperte, finché lei non fu comoda. Grant spense il lampadario, si tolse i vestiti e si distese accanto a lei.

Cara si appoggiò sulla sua spalla sana e mise la mano sul suo petto nudo.

"Vuoi parlare di quest'intervista con Tiffany Cowles?" le domandò lui.

"Parlarne? Non voglio nemmeno pensarci."

"Perché?" Lui le accarezzò la schiena.

"Perché lei ha la fama di essere crudele. Quinn mi ha raccontato cosa ha fatto al suo amico Chaz e che cosa ha cercato di fare a lui. Mi mangerà viva."

"Cavolo, proprio non lo capisco. A volte, capita che una donna resti incinta senza essere sposata. Gli errori possono succedere. Non è mica la fine del mondo, giusto?" Lui le appoggiò la mano sulla scapola.

"Non è tanto questo, è piuttosto il fatto che il mondo penserà che io abbia abbandonato la mia bambina di due anni. Che io l'abbia scaricata a te."

"Ma io sono suo padre. Se io volessi la sua custodia e tu fossi d'accordo, non sono solo affari nostri?"

"Certo che lo sono, ma la stampa ci andrà a nozze, dipingendomi come una cattiva madre. Poi, la storia di quel pedofilo. Se scoprissero che lui è arrivato a lei per colpa delle foto per le quali avevo ingaggiato il detective...che casino!" Lei si spostò e si mise in posizione eretta.

Le lacrime le offuscarono gli occhi. Grant le accarezzò la guancia e le diede un dolce bacio sulle labbra. "Tesoro, non è stata colpa tua. Non potevi averne idea. La polizia lo sapeva. Avrebbero dovuto dircelo."

"Dicevano di avere un sospetto, un'idea...qualunque cosa questo voglia dire." Lei emise una risata breve e triste.

"Ci avrei fatto attenzione, se solo avessi saputo..."

"Non credo che saremmo riusciti a fermare quel mostro." Un lieve brivido scosse il corpo di Cara.

"Tu l'hai fermato. E hai fatto tutto da sola."

Lei sorrise timidamente. "Tu avresti fatto la stessa cosa, se fossi stato al mio posto."

"Se mi fossi sbottonato la camicia, non sarebbe servito a niente!" Lui ridacchiò. "Ti ammiro molto, Carol Anne. Cara. Sei semplicemente...magnifica."

Lei appoggiò la schiena sui cuscini e strinse gli occhi. Lui le si avvicinò e le prese la mano.

"Mi piace qui. L'appartamento è stupendo. Spazioso per New York. E il Central Park West è un bellissimo posto...proprio di fronte al parco. Mi ricorda un po' il panorama delle colline che vedevo da casa."

"Sono felice che ti piaccia qui. Voglio che questa sia anche la tua casa."

"Verrete a casa mia in California?"

"Certo che lo faremo. Non siamo mai stati a Los Angeles."

"È una bellissima casa... enorme."

"Devi essere una donna molto ricca."

Lei arrossì e si guardò le mani. "Me la passo bene."

"Le persone potrebbero pensare che io voglia sposarti per il tuo denaro."

Lei sollevò la testa di scatto. "Questo è ridicolo."

"Sì, è ridicolo. Io guadagno bene. Il tuo denaro resterà tuo, anche quando saremo sposati. Non voglio toccare nemmeno un centesimo."

"Dobbiamo proprio parlare di Tiffany Cowles e di denaro mentre siamo a letto insieme?" Lei si strinse a lui il più possibile, per quanto le fosse concesso dalla sua fasciatura.

"Non possiamo fare l'amore...di che cosa ti piacerebbe parlare?"

Lei si rannicchiò e appoggiò la testa sulla sua spalla. "Del nostro matrimonio?"

Lui scoppiò a ridere. "Come tutte le donne. Ok. Dove vuoi sposarti e cosa dovrò indossare?"

"Allora, vediamo un po'. Che ne dici della primavera? Dobbiamo comunque aspettare altri cinque mesi. Sposiamoci ad aprile."

"Sembra proprio che avrai molto da fare con il tuo spettacolo. Possiamo sposarci in qualunque momento e ovunque tu voglia."

"Allora scelgo aprile. Ora, un posto. Mmm." Lei aggrottò la fronte.

"Io spero che duri dieci anni...o venti! Per sempre, Cara Mia," disse lui, dandole un bacio sulla fronte prima di spegnere il lumetto del comodino.

"Preferisco sognare il nostro matrimonio, invece di quell'uomo orribile."

"Brava ragazza."

"Buona notte, G. Ti amo."

"Anch'io ti amo, Cara Mia, con tutto me stesso."

I PRODUTTORI MANDAVANO un'auto ogni giorno per accompagnare Cara al teatro e per riportarla a casa. Non volevano rischiare che perdesse un'altra serata. Lei amava quel lusso. Rex, il portiere, le apriva il portone, poi Grant scortava Cara fino alla limousine prima che i reporter potessero circondarla.

Al teatro, restava da sola. Gus la aiutava facendosi strada attraverso la calca di giornalisti per scortarla fino al suo camerino. Prima di entrare, lei si fermava e dava loro un giorno e un orario per incontrarsi all'esterno dello Stanford Arms. Voleva che Grant fosse lì con lei per darle sostegno morale.

Prima di tutto, prese un appuntamento con Tiffany Cowles, che sarebbe venuta all'appartamento di Grant quel lunedì, che era il giorno libero di Cara. Lei accettò di incontrare Tiffany prima di parlare con altri giornalisti. Cara continuava a sperare che, se avesse avuto la sua storia in esclusiva per alcuni giorni, sarebbe stata meno crudele con lei.

Sarah aveva qualche problema a scuola. Aveva paura di uscire, a meno che Jane non fosse lì a prenderla. A volte, scoppiava a piangere in classe senza motivo. La signora Wilner la accompagnò dallo psichiatra della scuola, che disse che la ragazzina soffriva di stress post-traumatico, ma che le sarebbe passato con il tempo e con un po' di terapia. Grant cercò un eccellente dottore nel loro quartiere e gliela portò, anche se, all'inizio, lei ci andò con riluttanza. Man mano che prendeva confidenza col dottore, divenne felice di andarci.

Cara era sollevata. Si era preoccupata molto per sua figlia. Rendendosi conto di come quell'uomo orribile infestasse i suoi sogni, si chiedeva come quell'esperienza potesse segnare sua figlia. Quando era a casa, Sarah si rilassava insieme alla sua famiglia, con la quale si sentiva al sicuro. Tutti i pomeriggi di gioco con Molly si svolgevano a casa di Sarah.

Lei confessò ai suoi genitori di aver visto quell'uomo grassoccio all'angolo mentre andava a casa di Molly. Grant si sentì turbato che lei non gliel'avesse detto prima, ma non la rimproverò per questo. Ciò che riteneva più importante era superare quella brutta esperienza e andare avanti con la propria vita. Cara era d'accordo.

Finalmente, arrivò il giorno dell'intervista esclusiva con Tiffany. Jane aveva preparato la sua torta al cioccolato, da accompagnare a tè e caffè, per offrirla a quella donna tremenda. Tiffany doveva arrivare all'una, dopo pranzo, prima che Sarah tornasse da scuola. Grant la aiutò a indossare una tuta di ciniglia celeste, dello stesso colore dei suoi occhi. Lei si mise a passeggiare su e giù per il salone. Grant rimase a casa, nel caso in cui lei avesse avuto bisogno di lui.

Quando Rex citofonò, Cara ebbe un sussulto. "È arrivata!" Lei si sistemò i pantaloni mentre Jane rispondeva al citofono. Cara fece un respiro profondo, inclinò la testa da un lato e dall'altro per allentare la tensione e andò ad aprire la porta.

Cara fu sorpresa di vedere che Tiffany Cowles era una donna minuta, forse alta al massimo un metro e sessanta. Si aspettava di trovarsi davanti una donna gigantesca — un'amazzone, alta due metri, che sputava fuoco. I lunghi capelli castano ramati di Tiffany erano tirati indietro in una coda di cavallo, fatta alla buona. Indossava un completo verde bosco di Yves St. Laurent, un paio di décolleté Manolo Blahnik e una borsa di Gucci.

Tiffany sembrava più giovane di quanto Cara avesse immaginato, circa sui trentatré anni, la stessa età di Cara, ma il suo viso era una maschera. Il suo sguardo incenerì Cara, come se sapesse che nascondeva un segreto.

"Prego, signorina Cowles, si accomodi." Cara spalancò la porta con il braccio sano e indietreggiò verso il muro per far passare la donna. Si sentiva la bocca arida come il deserto del Sahara e aveva il battito accelerato. *Sarà clemente con me?*

Cara lasciò accomodare Tiffany sul divano, le chiese cosa volesse bere e lei scelse del tè. *Pensavo che bevesse caffè. O magari scotch o vodka lisci.* Sorrise ai suoi pensieri. Jane portò un vassoio con le tazze di tè e due grosse fette della sua torta al cioccolato.

"La torta al cioccolato è la mia preferita. Si è informata in anticipo?" Tiffany guardò Cara con sospetto, facendola arrossire.

"In realtà, e anche la mia preferita, signorina Cowles. E sono io la cuoca in famiglia," rispose Jane, dopo aver messo dei tovaglioli sul tavolino da caffè.

"E chi è lei?"

"Jane Hollings. La sorella di Grant," rispose lei, porgendole la mano.

Tiffany le porse la sua. "Piacere di conoscerla. Grazie per la torta." Tuttavia, la sua espressione diffidente non lasciò mai il suo volto.

"Prego, non c'è di che." Jane uscì dalla stanza e Tiffany si tuffò sulla torta, prima di lanciare il suo sguardo laser su Cara.

Con lo stomaco in subbuglio, Cara era troppo nervosa per mangiare, quindi si mise a sorseggiare il suo tè, tenendo stretta la sua tazza per evitare di tremare. *Non ero così nervosa nemmeno per la serata di apertura! E se la mia carriera fosse a rischio?*

Dopo una breve pausa, entrambe le donne iniziarono a parlare contemporaneamente, poi scoppiarono a ridere.

"Grazie per aver accettato di incontrarmi. Molte star del suo calibro mi evitano come la peste." I suoi modi educati contrastavano il suo sguardo arcigno.

"Spero di non dovermene pentire," disse Cara.

Tiffany ridacchiò. "Non sono mica un mostro. Voglio solo farle un paio di domande."

"Spari." *Un paio di domande? Vuoi anche rovinare la mia vita e quella di Sarah.*

"Non sono nemmeno armata."

Le due donne scoppiarono di nuovo a ridere.

"Ho letto sul giornale il resoconto di quello che è successo, ma mi piacerebbe sentire la sua versione, Cara, se non la sconvolge troppo parlarne di nuovo." Tiffany tirò fuori dalla sua borsa una penna e un taccuino.

Cara prese una forchettata di torta, prima di iniziare a raccontare ciò che era successo quel giorno. Aveva deciso di omettere il motivo per il quale Lonnie Garson era arrivato a New York, pedinando Sarah. Se Tiffany gliel'avesse chiesto, avrebbe deciso se raccontarglielo o no.

"Quando sono uscita dal teatro, quell'uomo orribile aveva preso mia figlia Sarah e le teneva un coltello sulla gola."

"Oh, mio Dio, che incubo! Ma fermiamoci per un attimo. Questa è la parte che mi interessa di più — sua figlia. Ho scavato e, quando mi metto a scavare, sono capace di arrivare fino in Cina. Non ho trovato nessuna notizia su sua figlia. Dove è stata nascosta per tutto questo tempo?"

Cara bevve un altro sorso di tè, poi fece una pausa. Le lacrime iniziarono a imperlare i suoi occhi, per la consapevolezza che quella lunga e triste storia si sarebbe trasformata in una condanna nei suoi confronti, in quanto madre. Il pensiero di ciò che Sarah avrebbe dovuto sopportare le fece venire la nausea. Lei scoppiò in lacrime, coprendosi gli occhi con la mano.

"Dobbiamo proprio parlare di Sarah? Non possiamo farlo in via confidenziale?" singhiozzò Cara.

Tiffany mise la mano sulla spalla di Cara. "Mi dispiace molto, Cara, ma non sono venuta qui per ascoltare una storia in via confidenziale."

"Non è per me. Se questo ponesse fine alla mia carriera, io potrei comunque sopportarlo. Grant e io abbiamo intenzione di sposarci. Lui guadagna bene. Se non potrò più fare l'attrice, avremo comunque una vita agiata. È per Sarah." Cara prese un tovagliolo di carta e lo attorcigliò.

"Sarah?"

"L'umiliazione che dovrà sopportare. Gli sguardi strani da parte dei genitori dei suoi amici, i pettegolezzi dei bambini nel cortile della scuola..." Il mento di Cara iniziò a tremare, mentre le lacrime le scorrevano sulle guance. "Si tratta solo di lei. Sono preoccupata per lei. Ho dovuto fare delle inevitabili brutte scelte, e sono disposta a conviverci. Ma perché la sua vita dovrebbe essere distrutta dai miei errori?"

"Quali errori?" Tiffany mise una mano sulla spalla di Cara.

Cara sospirò tremando e si asciugò il naso e gli occhi. Sollevò la testa e guardò direttamente gli occhi verdi di Tiffany. "Non è successo mai niente nella sua vita che lei non volesse?"

"Sarah?" Tiffany era inorridita.

Cara scosse la testa. "Lei è stata un dono di Dio, ma le circostanze dei primi anni della sua vita non sono state... beh... non sono state quelle che avrei voluto." Lei fece una pausa per fare un altro respiro profondo. Le lacrime continuavano a scendere senza sosta sulle sue guance.

"Si prenda il tempo che le serve." Il volto di Tiffany si ammorbidì.

Che ci sia un pizzico di umanità in quel cuore gelido? Cara la guardò negli occhi. "Lei non ha mai fatto qualcosa... qualcosa di brutto...qualcosa di cui si è pentita, così profondamente da riuscire a malapena ad ammettere a sé stessa ciò che aveva fatto?" chiese Cara con un filo di voce. Tiffany pendeva da ogni sua parola, con un'espressione severa ma comprensiva. "Qualcosa che sapeva essere sbagliata, ma che la metteva con le spalle al muro e sulla quale non aveva scelta?"

Tiffany rimase in silenzio. Lei si guardò le mani, mettendosi a giocherellare con le dita con un bottone della giacca. Dopo qualche istante, guardò Cara. Nessuna di loro due si mosse. Poi, la giornalista sussurrò, "Come fa a saperlo?"

Cara sollevò gli occhi, tenendo lo sguardo fisso su Tiffany, ma lei non disse una parola. Tiffany posò la penna e il taccuino. Alzò la testa e guardò Cara, con gli occhi pieni di lacrime.

"È successo molto tempo fa e sono stata molto attenta a tenerlo nascosto.", disse la donna con tono sommesso.

"Me ne parli," Cara mise una mano su quella dell'altra donna.

Tiffany chinò la testa, bevve un sorso del suo tè e sospirò. "È successo dieci anni fa. Ero molto giovane...e stupida. Mentre frequentavo

Nigel, mi ritrovai coinvolta con un uomo molto più grande di me. Ovviamente, lui era sposato, ma mi voleva ed era molto convincente."

Cara annuì, guardando il volto di Tiffany.

"Non dissi a Nigel che stavo frequentando...chiamiamolo Mr. X."

"E poi, che cosa successe?"

"Rimasi incinta."

"Oh, no!"

"E non sapevo di chi fosse il bambino."

"E allora, che cosa fece?"

"Mr. X, un uomo molto potente, voleva che abortissi. Era sposato e non voleva avere niente a che fare con un figlio bastardo...un bastardo." Tiffany chiuse gli occhi e scosse lentamente la testa. "Disse che mi avrebbe trovato un lavoro qui negli Stati Uniti."

"Dove viveva prima?"

"In Inghilterra."

"E che cosa disse a Nigel?"

"Gli dissi che il bambino era suo, ma non ne ero certa. Lui era felicissimo. Decisi di non abortire." Tiffany sospirò profondamente.

"E che cosa disse a Mr. X?"

"Gli mentii e gli dissi di aver abortito. Lui ne fu sollevato..." Le lacrime le scorrevano lungo le guance.

"Teneva molto a lui, vero?" le chiese Cara dolcemente.

Tiffany annuì. "Nigel voleva che ci sposassimo, così accettai. Evitai Mr. X. Fu facile farlo... Lui aveva paura che restassi di nuovo incinta. Io ebbi il mio bambino, un bellissimo bambino. Poi affrontai Mr. X riguardo alla sua promessa."

"E lui che cosa fece?"

"Mantenne la sua promessa. Mi procurò un piccolo ufficio qui, permettendomi di fondare Celebs R Us. Venne anche a New York per riprendere la nostra relazione. Io continuai a respingerlo, perché non potevo tollerare il pensiero che lui mi toccasse di nuovo. Non volevo che sapesse di Nigel e del bambino.

"Loro rimasero in Inghilterra per otto anni. La madre di Nigel mi aiutò a crescere mio figlio. Lei gli fece da madre mentre io lavoravo qui per la rivista. Quando la rivista iniziò a decollare, diedi a Mr. X il benservito. Poi, Nigel e Ethan si trasferirono qui. Nigel si occupava del bambino e della casa. Mi ero persa molte cose...e quasi tutta l'infanzia di Ethan."

"Perché non è rimasta in Inghilterra con Nigel?"

"Avevo un visto per studenti e Nigel guadagnava a malapena il denaro sufficiente per mantenere sé stesso e sua madre. L'opportunità di venire qui e di fondare una rivista capita solo una volta nella vita."

Tiffany si asciugò gli occhi con un tovagliolo. Con il braccio sano, Cara la abbracciò. Grant fece capolino, ma Cara gli fece cenno di andarsene.

"Non ho mai raccontato questa storia a nessuno," disse Tiffany, abbassando la testa.

"Io manterrò il suo segreto, ma come mai l'ha raccontato proprio a me?"

"Perché ciò che ha detto mi ha colpita molto. Era una sensazione che avevo provato molto intensamente in quel periodo."

Le due donne sorseggiarono il loro tè in silenzio. Tiffany prese un'altra forchettata di torta, poi guardò Cara.

Tiffany ripose la penna e il taccuino nella sua borsa. "Ora conosce la mia storia. Mi racconti la sua."

Cara scoppiò in lacrime e le raccontò tutto, anche la parte che riguardava Lonnie Garson. Ci furono molte lacrime, ma raccontarle la sua storia, aprendosi con Tiffany, allontanò un po' di vergogna e di pentimento del suo cuore.

Tiffany abbracciò Cara. Finirono entrambe la loro fetta di torta, mentre continuavano a scambiarsi storie sul diventare genitori all'improvviso. Le lacrime lasciarono il posto alle risate. Jane ritornò a casa insieme a Sarah, che corse in salotto per abbracciare sua madre. Cara la presentò a Tiffany, che fece un commento sulla notevole somiglianza tra madre e figlia. Poi, Jane chiamò la bambina per aiutarla in cucina, lasciando di nuovo da sole le due donne.

"Ora, vorrei chiederle di tenere la mia storia per sé. Non voglio che tutto il mondo mi giudichi. E ancora di più non voglio che Sarah soffra. Ha soltanto sette anni e ha già avuto un'esperienza traumatica."

Tiffany strinse l'avambraccio di Cara. "Il suo segreto è al sicuro con me. E posso contare sul fatto che anche il mio sia al sicuro con lei?"

"Ovviamente. Mi piacerebbe conoscere Nigel e Ethan, un giorno."

"Sarebbe bello, ma potrebbe rovinare la mia reputazione di giornalista cattiva e ficcanaso."

"Oh? E le piace averla?"

"Cavolo, mi sono impegnata davvero tanto per costruirmi una reputazione da stronza crudele. Non ho la minima intenzione di iniziare a farmi vedere come una donna sdolcinata." Lei scoppiò a ridere.

"Allora, che cosa scriverà su di me? Hanno già scritto un articolo sull'episodio con quell'uomo."

"Vorrei scattarle delle foto, insieme a Grant e Sarah. Raccontare di nuovo la storia in modo accurato, senza gli errori degli altri giornali, e pubblicizzare un po' il suo spettacolo."

"Non sarebbe un articolo molto crudele, non pensa?" Cara la guardò, aggrottando la fronte.

"Lo so. Potrebbe servire a scuoterli un po', no? A tenere tutte le celebrità col fiato sospeso — avranno a che fare con una donna gentile o con una giornalista spietata?" Lei si mise a ridacchiare, seguita da Cara.

Grant le raggiunse. Cara fece le presentazioni. "Lei ha un ottimo gusto per gli uomini, Cara," disse Tiffany, guardando Grant dall'alto in basso.

All'improvviso, suonò il campanello. Tiffany guardò il suo orologio Movado. "Immagino che sia il mio cameraman. Giusto in tempo."

Come previsto, un giovane con una grossa macchina fotografica entrò nell'appartamento, poco dopo la citofonata di Rex. Sarah era molto entusiasta di essere fotografata. Tiffany fece alcune foto individuali alla ragazzina e le promise di fargliele avere per il loro album di famiglia.

Si misero a chiacchierare, mentre Jane offriva una fetta di torta al ragazzo.

"Grazie per la sua discrezione, signorina Cowles," disse Grant, stringendole la mano.

"Tiffany, prego. Alcune storie devono essere raccontate... La maggior parte non feriscono davvero nessuno. Ma alcune non sono fatte per essere pubblicate. Conosco la differenza. Alcune persone credono che io sia crudele, ma non ferisco mai davvero le persone. I miei lettori si aspettano qualcosa di inatteso da me. E io rispetto le loro aspettative, è questo che ha portato la mia rivista al successo."

"Senza offesa, ma spero di non incontrarla più, o almeno non professionalmente."

Tiffany scoppiò a ridere. "Se lei si comporterà male, dovrà farlo, ci conti."

"Cercherò di tenermi lontana dai guai. Davvero!" Cara ridacchiò, alzando la mano.

"Grazie per la sua comprensione. Non ha idea di quanto mi senta meglio."

"Lo stesso vale per me. Lei è la migliore." Le due donne si abbracciarono prima che Tiffany prendesse il suo cameraman per mano e lo trascinasse fuori dalla porta.

Capitolo Quindici

Dopo che Sarah andò a letto, Grant aprì una bottiglia di Drambuie e riempì due bicchieri per Cara e per sé. Si sedettero sull'amorino della camera da letto con la porta chiusa.

Le mise un braccio intorno e lei si accoccolò a lui. "Dobbiamo parlare."

"Oh oh, sembra una minaccia." Lei raddrizzò la schiena.

"La paura che ho provato per quel folle, Garson, mi ha fatto riflettere. Avevamo litigato per la tua carriera, per i tuoi mesi di lontananza in giro qua e là, per dove avremmo dovuto vivere e stavo quasi per perdere entrambe. Davanti a tutto questo, mi sono sentito terrorizzato. Mi sono ripromesso di smettere di fare il rompiscatole su questo. Quindi ora sono qui, pronto a trovare un compromesso. Non posso perderti di nuovo. Quindi, parliamone."

"Quell'orribile esperienza ha fatto riflettere anche me. Ho quasi perduto Sarah. Quel matto avrebbe facilmente potuto tagliarle la gola, proprio davanti a me! In questo momento, per me non c'è nulla di più importante di te e di Sarah. Con lo spettacolo che sta andando bene, non siamo obbligati a prendere una decisione adesso, vero?"

Lui scosse la testa. "Suppongo di no. Eppure, c'è un'altra cosa di cui mi piacerebbe parlare prima di sposarci. Forse, se non fossi stato così idiota sette anni fa, staremmo ancora insieme."

"Io non mi sono comportata molto meglio, scappando senza nemmeno pensare a cosa significasse per te, dando per scontato che tu mi avresti aspettata. E, ovviamente, non mi hai aspettata per molto tempo." Lei fece una risata beffarda.

"Mi dispiace. Mi dispiace molto. Avrei dovuto chiamarti. Ero confuso e arrabbiato e mi sentivo in colpa. Credevo di aver messo incinta Evelyn. Che idiota!"

"Acqua passata, G. abbiamo bisogno di un piano per andare avanti, senza guardare indietro."

Lui le diede un bacio. "Sei la migliore."

"Ora che sappiamo che Tiffany non ha intenzione di distruggere la mia vita, valuterò la proposta per il film di Gunther Quill. Tuttavia, questo non vuol dire che la accetterò. Voglio essere libera di scegliere. Se dovessi avere l'opportunità di un buon film, potremmo parlarne?"

Lui annuì. "Purché tu non stia lontana da casa tutto l'anno..."

"Non potrei sopportarlo. Stare lontana da te e da Sarah per tutto quel tempo mi ucciderebbe. Credi che potrei fare un film durante l'estate e portare Sarah con me?"

"E io?" Lui bevve un sorso del suo liquore.

"Beh, tu potresti raggiungerci nel fine settimana o per una o due settimane di vacanza. Potresti accettarlo?"

"Credo che potrei. Essere scapolo in una città piena di belle donne..."

"Ehi!" Lei gli diede dolcemente una pacca sulla spalla. "Non dovresti rispettare i tuoi voti?"

"Non ancora. Del resto, tu non hai ancora accettato di sposarmi."

"Forse perché tu non mi hai ancora fatto la proposta. E io voglio una proposta alla vecchia maniera." Lei sorseggiò il suo drink, con un'espressione imbronciata sul volto.

Grant si allontanò da lei e si alzò in piedi. Si avvicinò alla sua scrivania per prendere una scatolina, poi tornò da Cara e si inginocchiò davanti a lei. "Carol Anne Brewster, vuoi sposarmi?" Lui aprì la scatolina, mostrandole un bellissimo anello con un diamante di due carati, circondato da diamanti più piccoli. Cara ebbe un sussulto, si coprì la bocca con la mano e le lacrime le offuscarono la vista.

"Beh? Mi farai invecchiare qui in ginocchio."

"Sì, sì. Certo, sì."

Grant le mise l'anello al dito, poi si rialzò.

"Tu avevi il denaro per comprare un anello così bello sette anni fa?" Lei gli lanciò un'occhiata scettica.

"Mia madre me l'ha dato poco prima di morire."

"Non me l'hai mai detto."

"Lei che conosceva e voleva che tu lo avessi. Non avrei mai dato quest'anello a Evelyn. So che mamma sarebbe orgogliosa di vedertelo indossare."

Cara si asciugò le guance. "Oh, mio Dio, questa è una cosa dolcissima, bellissima...è davvero speciale." Lei osservò il suo bellissimo gioiello.

Lei gli tirò la manica, finché lui non si abbassò per darle un bacio. Lei si aggrappò alla sua spalla senza lasciarlo andare, così lui la baciò più intensamente. Un piccolo gemito le sfuggì dalle labbra, dicendogli ciò che voleva sentire, ovvero che lei era pronta a riprendere la loro vita amorosa. Lui si allontanò da lei, col respiro affannato. "Puoi...ti va di..."

"Mi va. E posso."

"Ma con attenzione, giusto?"

Lei annuì, con gli occhi che brillavano per il desiderio.

"È ora di prepararci per andare a letto." Lui cominciò a spogliarla.

Lei aggrottò la fronte. "Mi piacerebbe poterti spogliare."

"Non appena toglierai quell'ingessatura, sarò il tuo schiavo...potrai spogliarmi e fare qualsiasi cosa tu voglia di me."

"Qualsiasi cosa?" disse lei, con uno sguardo malizioso.

"Entro i limiti." Lui puntò un dito verso di lei.

"Oh, puah! Non sei affatto divertente.", disse lei imbronciata. Lui le diede un bacio.

"Ora ti faccio vedere io quanto sono divertente." La prese tra le braccia e la baciò intensamente, tentando di farla stendere sull'amorino.

"Maledizione! Questo è troppo piccolo per te, per me e per la tua ingessatura." Lui si alzò, la sollevò e la portò delicatamente sul letto. "Così va meglio."

Grant si abbassò lentamente, mentre Cara si metteva sul fianco del braccio sano.

"Puoi distenderti la schiena?"

"Non del tutto, solo con molti cuscini. Ma posso stare seduta." Lei gli lanciò un'occhiata impertinente.

"Oh?" Lui sollevò la fronte. "Ecco cosa avevi in mente, allora!"

Lui finì di spogliarla, si spogliò, spense la luce e le sistemò i cuscini. Lasciando scivolare le mani sul suo seno, ridacchiò, "Non ti ho toccata per sette anni e ora, se non ti tocco per una settimana, mi sento come un animale in gabbia."

Lei gli accarezzò una guancia mentre lui le metteva la bocca sul petto. "Tu resta così. Lascia fare a me, Cara Mia."

"Non me lo farò ripetere due volte." Lei appoggiò la schiena sui cuscini e chiuse gli occhi, emettendo occasionalmente un sospiro o un gemito.

Lei è nuovamente mia. Non la lascerò mai andare, qualsiasi cosa succeda.

"Ti amo tantissimo," mormorò lui, mentre le sue mani scorrevano su tutto il suo corpo.

"Ti amo con tutta me stessa. Grant, dimmi che non mi lascerai mai...che non mi lascerai mai andare."

"Mai, tesoro, mai." Lui la aiutò a sedersi sopra di lui e, quando fu dentro di lei, emise un gemito.

Stringendo le sue lunghe dita intorno ai suoi fianchi, la aiutò a muoversi su e giù ritmicamente sopra di lui.

"Ancora...ancora," sussurrò lei con voce rauca.

Lui aumentò il ritmo, finché entrambi non raggiunsero contemporaneamente il nirvana. Cara crollò sul suo petto e lui iniziò ad accarezzarle la schiena.

"Quando finirà lo spettacolo, perché non facciamo un altro figlio?" Lei gli passò le dita tra gli spessi capelli scuri.

"Un altro figlio? Meraviglioso," mormorò lui.

Aiutò Cara a sollevarsi e a trovare la posizione più comoda possibile, prima di alzarsi dal letto. La finestra si era aperta e lui vi si avvicinò per chiuderla, in quella gelida serata di novembre.

Restando nudo accanto alla finestra, guardò le luci della città, le auto e i taxi che passavano. Le persone che camminavano a testa bassa per ripararsi dal forte vento. Lungo la strada, vide le pedane di metallo per la parata del giorno del Ringraziamento, organizzata da Macy.

La sua mente ritornò a un'altra notte in cui era rimasto nudo accanto alla finestra. La notte prima che Cara l'aveva lasciato per sfondare con i suoi film. Si ricordò di quanto si era sentito irrequieto e infelice. Poi sorrise. Sono l'uomo più fortunato del mondo. I miei ricordi dell'amore più grande che abbia mai conosciuto si sono avverati un'altra volta.

Il respiro costante di Cara gli fece capire che lei si era addormentata. Lui si mise a letto, distendendosi accanto a lei. Lei borbottò qualcosa mentre si stringeva a lui. Lui emise un sospiro di soddisfazione e chiuse gli occhi per riposare, in attesa di vivere un altro giorno del suo sogno.

Epilogo

Cara e Grant erano comodamente spaparanzati in salotto con le pagine della copia domenicale del New York Times sparse ovunque. La loro tradizione della domenica consisteva nel fare un brunch al mattino presto e nel leggere il giornale per un'ora prima della matinée di Cara e, se Sarah era da qualcuno a giocare, nel fare l'amore. Mancavano meno di due settimane al Ringraziamento e i preparativi erano già cominciati. Jane aveva invitato Gary. Sarebbe venuto anche Skip e Cara non vedeva l'ora di sapere se anche Grace avrebbe potuto esserci.

Voleva che sua sorella stesse con lei a New York, che conoscesse Sarah, che andassero a fare shopping e uscissero insieme. Le mancava la sua sorellina. All'improvviso, le squillò il telefono. Ah, è Gracie.

"Ciao, sorell —" ma si interruppe quando sentì il suo pianto disperato. "Grace? Gracie, cosa c'è che non va? Parlami."

Lei sentì sua sorella fare un paio di profondi sospiri, poi il silenzio.

"Per favore, tesoro, cosa c'è che non va?"

Silenzio.

"Gracie, ascoltami. Ascoltami! Prendi un aereo e vieni subito qui, Grace Brewster. Di qualsiasi cosa si tratti, troveremo una soluzione."

"Tu non puoi, tu non puoi..." Poi, sua sorella scoppiò in lacrime e riagganciò il telefono.

Fine

Notizie sull'autrice

Jean Joachim è un'autrice di romance di successo e i suoi libri sono in cima alla classifica Amazon Top 100 fin dal 2012. Scrive romance contemporanei, tra cui gli sport romance e la romantic suspense. Dangerous Love Lost & Found ha vinto il primo premio International Digital Award dell'Oklahoma Romance Writers of America nel 2015. The Renovated Heart ha vinto il premio Miglior Romanzo dell'Anno del Love Romances Café, Lovers & Liars è arrivato tra i finalisti del Rom-Con del 2013 e The Marriage List ha conquistato il terzo posto nella classifica Miglior Romance Contemporaneo del Gulf Cost RWA. To Love or Not to Love si è classificato al secondo posto del Reader's Choice contest del 2014 della sezione del New England dell'associazione Romance Writers of America. È stata nominata Miglior Autore dell'Anno nel 2012 dalla sezione di New York dell'associazione Romance Writers of America. Moglie e madre di due figli, Jean vive a New York City. Solitamente, di mattina presto la si può trovare al computer a scrivere mentre beve una tazza di tè, con al suo fianco Homer, il carlino che ha salvato, e la sua scorta segreta di liquirizia nera.

Jean ha scritto e pubblicato più di 30 libri, novelle e racconti brevi. Consultate il sito: http://www.jeanjoachimbooks.com.

Iscrivetevi alla newsletter sul suo sito per partecipare alle sue vendite private di libri in formato tascabile. Iscrivetevi alla sua newsletter qui: